Le Tortionnaire

Vladimir Volkoff

Le Tortionnaire

roman

ÉDITIONS DU
ROCHER

ISBN 2 268 05721 6

Ce que vous faites à autrui, vous le faites d'abord à vous-même.

Proverbe musulman.

Prenons l'habitude de ne pas nous considérer comme une contingence dans l'univers mais comme le souci primordial de Dieu.

Jacques de Baudus.

1

– Ça se prononce *Lavilio*, mon colonel, fit remarquer le lieutenant Robert Lavilhaud au colonel Roland Fauberge commandant le secteur[1] de Bourmont, qui venait de lui dire « Asseyez-vous, *Lavilo* ».

Depuis que l'archange Lucifer s'était rebellé contre Dieu le Père, il n'y avait guère eu pareil outrage à une autorité. Mais le colonel devait être de bon poil. Ses yeux bleus, pointés comme des caronades par-dessous les épis blonds des sourcils, ne firent que pétiller, et sa lèvre inférieure, charnue et luisante de salive – une lèvre de séducteur –, s'avança dans une moue bon enfant :

– Oui, oui, d'accord, ça va. Asseyez-vous.

Le lieutenant Julien Jullien, qui était venu présenter au colonel son subordonné Lavilhaud, nouvellement affecté, pouffa dans son poing. Le lieutenant Jullien pouffait volontiers dans son poing. Cependant, une

1. Dans la guerre d'Algérie, un « secteur » était une partie de territoire dont la sécurité incombait à un colonel commandant les troupes dites « de secteur » à partir de bureaux communément appelés « le secteur ». Ni la réserve générale ni les services spéciaux ne dépendaient du « secteur ».

intuition fulgura en lui – phénomène dont, Dieu sait, il n'était pas coutumier : à cet instant, il sut de la connaissance absolue des prophètes et des télépathes, que les deux phrases qui venaient de s'échanger entre celui qui était présenté et celui à qui il était présenté étaient enceintes de conséquences fatidiques. Ce fut comme si un coin du voile cachant l'avenir avait été soulevé devant les yeux de Jullien, ce qui arrive, paraît-il, à qui va mourir bientôt.

Le lieutenant Julien Jullien, des CROP[1], était en bleu parce qu'il appartenait originellement à l'armée de l'Air ; le colonel Roland Fauberge était en tenue camouflée de parachutiste soigneusement retaillée par un tailleur militaire pour mettre en valeur ses cuisses de skieur et le poitrail dont les poils moussaient dru par l'échancrure de sa veste : bien que chasseur alpin, il se permettait ces fantaisies ; le lieutenant Robert Lavilhaud, fantassin de réserve, était le seul en « moutarde ». Ils se trouvaient tous les trois dans le bureau agressivement fonctionnel du colonel Fauberge : table et armoires de métal gris de l'Intendance, pas un tableau au mur. Le bureau était au fort Bourmont, qui, de ses bastions à la Vauban, commandait la ville et le port de Bourmont sur la Méditerranée.

– Moi, personnellement, dit le colonel Fauberge, un peu avachi derrière sa table de travail (mais il fallait

1. *Commando régional opérationnel de protection* : désignation imaginaire d'un ensemble d'unités appartenant aux services spéciaux. De telles unités ont véritablement existé pendant la guerre d'Algérie sous une autre appellation. Elles étaient formées de militaires des trois armes, de gendarmes et de policiers appliquant la doctrine dite du RAP : Renseignement (espionnage), Action (coups de main clandestins), Protection (contre-espionnage offensif).

se méfier de cet avachissement charmeur, en réalité les nerfs et les muscles du quadragénaire maigre et souple étaient suprêmement affinés), moi, vous en savez quelque chose, Jullien, je n'ai rien contre les CROP. J'applaudis même des quatre mains – Fauberge aimait à rire et à montrer qu'il avait entendu parler de Darwin – à la création d'une force mélangée de soldats, de flics et de pandores spécialisés dans le travail crade : les spécialistes le font mieux que nous et ça nous dispense de le faire. Je sais qu'il y a des commandants de secteur qui vous ostracisent, mais reconnaissez, Jullien, que ça n'a jamais été mon cas : je vous ai fait confiance et je m'en suis bien trouvé. D'accord ?

– D'accord, mon colonel, complètement d'accord.

– Et le jeune *Lavilo*, il est d'accord ?

Jullien répondit pour son subordonné :

– Il s'y fera.

Le lieutenant Lavilhaud était un grand garçon de vingt-deux ans – on aurait presque pu dire un gros garçon, parce qu'il était un peu potelé, mais ses muscles à lui aussi fonctionnaient 5 sur 5, et les lunettes carrées posées sur son nez ne l'avaient jamais empêché de crapahuter aussi bien que certains et mieux que d'autres. Il avait les yeux noisette avec le regard limpide et un peu fixe de ceux qui vivent en accord avec leur foi. Il était naturellement silencieux et n'éprouva le besoin de rien ajouter à la déclaration de son chef.

Quelques phrases urbaines et insignifiantes constituèrent la suite de la conversation. Fauberge ne tenait pas à savoir ce qui se passait dans les CROP, tant que les renseignements fournis par les CROP lui permettaient d'avoir « du bilan ». Il aurait pu, c'est vrai, offrir un pot aux deux lieutenants, mais le « Ça se prononce

Lavilio » lui en avait ôté l'envie : « Je ne vous retiens pas, messieurs, vous avez sûrement quelqu'un à cuisiner, ha ha », et les deux lieutenants montaient dans l'Aronde de Jullien. La sentinelle leur présenta les armes à la sortie du fort.

– Vous inquiétez pas pour Faux-Derche, dit Jullien. Il est comme ça avec tout le monde. Je vous emmène bouffer à *La Grotte*.

C'était un bon vivant que Jullien, avec de gros traits déjà un peu bouffis malgré ses quelque trente ans, un teint couperosé, des veines violacées s'entrecroisant sur les pommettes, un pif de travers, de petits yeux qui semblaient nager dans un bain d'huile, la bouche veule de l'homme de plaisir, veule mais non pas lâche, et qui savait se rétracter et se durcir quand il fallait commander.

– Vous ne cessez de m'inviter, mon lieutenant, dit Lavilhaud en braquant sur le profil de son chef le regard de ses yeux innocents mais fermes.

– *Meuh* non, pouffa Jullien. Il faut bien que je réceptionne comme il convient mon jeune et brillant camarade. À propos, n'oubliez pas, samedi prochain, pot à la Ferme en votre honneur.

Jullien adorait organiser des pots à la Ferme. Il pensait que c'était bon pour le moral du commando. Commando, du reste, était un grand mot pour une quinzaine de petits gars appelés, pas très doués ou un peu turbulents, que leurs régiments d'origine, qui devaient fournir un contingent aux CROP, y avaient envoyés pour s'en débarrasser.

La Grotte était le meilleur restaurant de Bourmont. Il occupait l'intérieur d'une caverne donnant sur une plage de cailloux d'où montaient des odeurs de varech.

Le sol était sablé, les nappes quadrillées blanches et rouges, amidonnées ; des phalènes tournaient autour des petits abat-jour individuels. Le patron était un pied-noir typique et se plaisait à en jouer le rôle : « Po po po, la mort de tes *osse* ! » Il descendait d'un communard anarchiste déporté qui avait épousé une Alsacienne patriote exilée : tout cela, assaisonné d'Andalou, donc de Juif et de Moresque, faisait un bon Français (médaille militaire à Cassino). Les serveurs kabyles étaient souriants et déférents, avec leurs petites moustaches bien taillées et leurs yeux pointus.

– On se demande lesquels rendent compte aux fellouzes, dit Jullien. Probablement tous.

– Parce qu'ils sont contre nous ? demanda Lavilhaud.

– Parce qu'ils ne savent pas ce que nous voulons. Étant donné que nous ne le savons pas nous-mêmes… Faut bien qu'ils prennent des assurances des deux côtés.

On savoura des rougets du golfe, puis des brochettes, en arrosant les uns de mascara blanc, les autres de rouge. Comme Lavilhaud semblait dégoûté devant ses *claouis* de mouton : « Tu ne manges pas ? dit Jullien. Je prends. » Quand le plat de résistance – un couscous bien sûr – arriva, on n'avait plus d'appétit. On mangea tout de même. La harissa aidait. Lavilhaud trouvait choquant de bâfrer ainsi dans un pays où tout le monde ne devait pas manger à sa faim, mais cela ne gênait pas Jullien, qui avait une doctrine : « Il ne faut pas se laisser abattre. D'ailleurs rien ne se perd : le patron a des cochons qui terminent tout. »

Les relations n'étaient pas très souples entre le vieux lieutenant aviateur et le jeune lieutenant biffin. Il y avait d'abord la question du tutoiement, que Jullien utilisait libéralement, s'attendant qu'à grade égal

Lavilhaud en usât aussi, mais Lavilhaud était trop conscient des années-lumière qui séparaient un réserviste de vingt-deux ans d'un officier de carrière de trente. D'ailleurs, il n'était tutoyeur que sélectivement, et la bonhomie de Jullien le mettait mal à l'aise. Il avait trop bien compris à quoi son ancien passait une partie de ses journées, il ne savait pas s'il devait l'évangéliser, le contrecarrer ou le dénoncer, et cela ne l'aidait pas à fraterniser avec lui. Il regardait les mains aux gros doigts spatulés saucer la *cheurba* et il se demandait à quoi elles avaient été occupées cette après-midi.

Dehors, il faisait noir, quand Jullien, la chemise froissée, la cravate de côté, la vareuse ne tenant plus que par un bouton, repoussa l'assiette de fruits confits en avant, sa chaise en arrière, et prononça :

– Bon, eh bien moi, quand je suis repu, j'ai envie de r, de p et de b. Pour r et pour p, je m'arrange tout seul, mais pour b, je préfère être à deux. Tu viens, je t'invite au 69 ? Il y a même des Européennes, enfin plus ou moins. Mais même les moukères sont propres. Et tu vois, moi qui te parle, et qui ne les regarde pas quand elles sont empaquetées dans leurs *haïks*, leurs *serouals*, tout leur barda – j'ai l'impression qu'elles doivent puer par-dessous – eh bien à poil, ça passe. Remarque qu'elles se rasent. Alors ?

Robert Lavilhaud, dont l'uniforme, malgré la chaleur, semblait sortir du pressing, secoua la tête avec conviction :

– Merci, mon lieutenant.

Jullien pouffa dans son poing et n'insista pas :

– Patron, le téléphone.

On lui apporta le téléphone à table, avec un long fil qui impressionnait les clients.

– Allô ? C'est vous, Zubira ? Vous m'envoyez une jeep et deux gaziers à *La Grotte*, pour chercher le lieutenant. Non, moi je rentre par mes propres moyens. Mais méfiez-vous : en rentrant, je vais faire ma ronde. Enfin, peut-être.

Ils sortirent. Dans la nuit, les vers luisants faisaient de la chorégraphie à trois dimensions et les vagues phosphorescentes imitaient des épaules de cachalot.

Jullien se tourna vers la falaise qui semblait sourdre de la mer :

– Il y a un an, les salopards se pointaient encore quelquefois là-haut pour nous canarder à la sortie. Après l'opération *Jumelles* [1], terminé, mon vieux, terminé. On monte faire des pique-niques les dimanches et pas que des piques, je te promets.

La jeep arrivait, débâchée selon le règlement. Deux MAT 49 [2] luisaient à l'arrière entre les mains de troufions en béret noir.

Les officiers se serrèrent la main, non sans quelque répugnance de la part de Lavilhaud. « Pour Jullien, pensa-t-il, il n'y a pas tellement de différence entre le jour et la nuit : des corps et des corps, des violences et des violences… » Jullien monta dans son Aronde d'une démarche laborieusement assurée.

La jeep suivit le bord de mer, pénétra dans les bas quartiers de Bourmont, s'arrêta devant le pont, fut contrôlée par des Sénégalais, nerveux, consciencieux, la tête noire et ronde, engoncée, quelque temps qu'il fît, dans un passe-montagne.

---

1. Grande opération de nettoyage menée avec succès contre la rébellion algérienne en 1959.

2. Pistolets-mitrailleurs.

– Nuit d'Afrique, pensa avec ravissement Robert Lavilhaud.

Cela faisait deux ans qu'il vivait dans ce pays, dont il pensait à faire le sien si Blandine acceptait de l'y rejoindre, et le charme de l'exotisme n'avait pas diminué avec le temps. C'était toujours l'Afrique mystérieuse d'où, d'après Jung et Leakey, provient la race humaine, l'Afrique romaine de Scipion et de Régulus, chrétienne d'Augustin et de Cyprien, musulmane[1] d'Abd el-Kader et d'Abd el-Krim, et surtout française, française par l'intelligence d'une colonisation qui, non sans défauts, avait tout de même été – Lavilhaud n'en doutait pas – fondamentalement bénéfique ; française par les goums, les tabors, les maghzens, maintenant les harkas, bref les chéchias et les képis, plus encore que par les routes, les écoles et les hôpitaux ; française par cette alliance sacrée scellée entre les rêves d'un peuple vainqueur et les besoins d'un peuple vaincu.

Comme, trois kilomètres plus loin, on approchait de la Ferme, la lune se leva, éclairant des hectares et des hectares de zébrures rectilignes et longitudinales dont la France avait griffé cette terre, qui s'en était émue et mise à produire des vins capiteux, auxquels un jour, grâce à l'intégration promise par l'Algérie française, tous les habitants goûteraient fraternellement.

La boule jaune de la lune se profilait derrière un des quatre pavillons formant les coins de la Ferme Garcia, construite en carré, avec quatre corps de logis

1. Quand il s'agit de substantifs et non d'adjectifs, l'auteur a pris soin d'écrire « musulman », lorsqu'il est question de la religion musulmane, et « Musulman », lorsqu'il est question de la population autochtone d'Algérie.

s'articulant à angles droits, et le lieutenant Lavilhaud frissonna à la vue de cette masse noire qui, dans son esprit, figurait une espèce de forteresse du mal, un avant-poste de l'enfer: des choses y étaient faites par des hommes à d'autres hommes, des choses que personne ne devrait jamais faire à son prochain.

De loin, Lavilhaud remarqua qu'un rai de lumière brillait sous le volet du secrétariat servant de salle de permanence: une roquette antichar où même une grenade à fusil pouvait faire des dégâts. Il le signalerait à Jullien... ou même – à quoi bon prendre un risque pour cette nuit? – il ferait lui-même mettre immédiatement un bourrelet ou un rideau.

Le chef de poste ouvrit le portail qui grinça. Il faudrait faire huiler les gonds. La jeep roula sous la voûte sonore et s'arrêta dans la cour noyée de lune. Lavilhaud remercia avec une courtoisie sèche le chauffeur et les gardes du corps et gagna la salle de permanence.

– Bonsoir, Zubira. On voit de la lumière sous votre volet.

– Ça séra arranhé démaine, mone lieuténane, répondit le caporal-chef interprète, d'origine oranaise, l'air d'un vieux mannequin de cuir, tout en plis, en rides et en cicatrices.

– Tout de suite, Zubira.

– Bienne, monne lieuténane.

Lavilhaud fit une ronde. Si Jullien en faisait une autre plus tard, tant mieux. Il était important d'entretenir une certaine appréhension parmi la troupe et cela devenait difficile depuis que l'opération *Jumelles* avait décimé les katibas[1] et que la guerre semblait

1. Compagnie rebelle.

gagnée. Mais quand une guerre révolutionnaire s'essouffle, le terrorisme reprend : il faut redoubler de vigilance.

Aucune des quatre sentinelles ne dormait ; cependant les petits gars avaient l'air fatigué et Lavilhaud se dit qu'en plaçant sur les miradors des projecteurs allumés en permanence on pourrait ne plus mettre que deux sentinelles aux deux coins opposés de la Ferme : elles auraient deux pans de mur à surveiller au lieu d'un seul, mais, les heures de garde étant deux fois moins nombreuses, on pourrait demander à tous une concentration redoublée. Surtout, cela permettrait de faire sortir le commando plus souvent, ce qui serait meilleur pour la forme et pour le moral que tous les pots organisés par Jullien. Lavilhaud se promit de lui en parler. Il essayerait de se rendre utile de cette façon purement militaire, puisqu'il avait l'intention de refuser d'autres besognes.

Il rentra dans sa chambre, fit une toilette spartiate dans le lavabo – Jullien, bricoleur, avait, à renfort de tuyaux de plastique, installé l'eau courante – et, dans son pyjama bien repassé, se planta devant son lit, face à la croix de bois noir qu'il avait fixée sur le mur chaulé.

Pas un crucifix, une croix nue.

Il s'agenouilla.

Toute sa vie, il avait dit ses prières du soir sans s'en cacher : facile en famille et plutôt héroïque dans des colonies de vacances, même catholiques. Il aurait fait la même chose à l'école d'officiers, quitte à affronter railleries et brimades, si l'aumônier ne lui avait pas recommandé d'user de discrétion : « Tes camarades n'auront pas reçu ton éducation, tes gestes les feront rigoler, ce n'est pas la peine de les induire en tentation de blasphème. » Il s'était donc résigné à prier couché, mais, depuis qu'il avait sa piaule à lui, il avait repris ses habitudes avec un vrai plaisir.

Il se signa avec attention, le regard fixé sur la croix.

Il se dit : « Maintenant, je vais répéter ce en quoi je crois. » Et, remuant à peine les lèvres, ne produisant qu'un chuchotis religieux, il récita « Je crois en un seul Dieu » – en français : le latin, c'était pour la messe. Il prononça ensuite, toujours en français, le Notre Père, en pesant sur chaque mot, pour ne pas perdre une miette de sens : le Nom, le Royaume, la Volonté, le Pain, les offenses, les tentations, le mal. Puis il récita un « Je vous salue, Marie ». Il aimait les « Je vous salue », dont la première moitié au moins n'est que salutation joyeuse, volubile, sans aucune mendicité égoïste : « Je vous salue, Marie, pleine de grâce ; le Seigneur est avec vous ; vous êtes bénie entre toutes les femmes ; et Jésus, le fruit de vos entrailles, est béni. » Il évoqua enfin les morts de sa famille, son père surtout. Il ne savait pas très bien s'il devait prier son père ou *pour* son père. Il priait *pour* les âmes du Purgatoire, oui, mais comment imaginer que son père, qui avait donné sa vie pour sa patrie, pût se languir dans un lieu aussi sinistre ? Jésus, qui avait donné la sienne pour son peuple, avait dû reconnaître en lui un semblable dès son arrivée ! Alors fallait-il plutôt imiter Maman, qui ne priait pas *pour* son mari défunt mais le priait, lui, à propos des grandes choses comme des petites : « Bertrand, j'ai encore perdu mes lunettes, tu ne veux pas me les chercher ?... Bertrand, on se retrouve dès que Robert n'aura plus besoin de moi, d'accord ? »

Ensuite, Robert passa à son examen de conscience. Sauf le vendredi, il ne se soumettait pas au crible des dix commandements, des sept péchés et des trois vertus théologales. Simplement, il revivait sa journée, diapason chrétien en main :

– Ai-je eu tort de gronder Marceau parce que, pour les couleurs, il a commandé « Amenez » au lieu d'« Envoyez » ? Non, d'abord je ne l'ai pas grondé, je lui ai simplement fait la remarque, et il faut qu'ils apprennent. J'ai peut-être été un peu sec avec Carvaillac sur les rangers du commando qui ne brillaient pas assez, mais là aussi, c'est ma responsabilité : une troupe sur le qui-vive se bat mieux et a moins de pertes. J'ai hurlé quand Redouane a voulu tordre les testicules du prisonnier, mais il fallait pour qu'il arrête. En écrivant à Maman, je lui ai raconté des mensonges au sujet de ma nouvelle affectation. Pour Blandine, c'est pareil. Avec le colonel Fauberge ? Non, je n'ai rien à me reprocher : je lui ai demandé respectueusement de prononcer mon nom comme il faut. Avec Jullien, ai-je manqué de charité… ? Peut-être. Une chose est sûre, j'ai trop mangé. Ce n'était même pas de la gourmandise : de la goinfrerie ! Pour l'essentiel…

L'essentiel de ce qui troublait Robert ne tombait pas sous le coup de l'examen de conscience : il n'avait rien commis d'ignoble, rien cautionné par sa présence, il avait simplement compris ce qui se pratiquait à la Ferme, et, lorsqu'on lui commanderait de participer à ces activités, même d'y assister, sa décision était prise, il dirait non. Dût-il être puni, mal noté, même cassé, ce serait « non ». Il savait que son père l'approuverait, et, comme officier, son père était son critère. Oh ! Lavilhaud devinait bien que Jullien essaierait de l'humilier, que ses subalternes seraient choqués de sa pusillanimité, que ses supérieurs tenteraient de lui faire entendre raison, mais il était prêt à ce petit martyre que constituerait une désobéissance au nom du Christ, au nom de l'armée française, au nom de Maman, au nom de Blandine.

Alors il se leva, refit le signe de la croix, et prononça la formule qui, dans ses prières, lui causait le plus de jouissance.

Déjà enfant, il avait été frappé de constater qu'à la messe deux mots se disaient toujours en grec. Pourquoi ? Dans les missels, en face de ces deux mots, on lisait « Seigneur, ayez pitié », mais pourquoi *Kyrie eleison* et non pas *Miserere Domine* ? Il devait y avoir une raison sérieuse pour qu'à cette messe qui, en France et aux antipodes ne pouvait se dire qu'en latin, langue sacrée, universelle, s'incorporassent deux mots d'une langue appartenant à une tradition schismatique. *Kyrie eleison* ! Pourquoi *Kyrie eleison* ?

En quatrième, Robert commença des études de grec, et Maman, veuve d'officier, qui, s'étant découvert des talents de couturière, taillait et cousait pour ses amies devenues clientes, lui acheta un Bailly d'occasion. Alors ce fut la révélation : le verbe grec *eleeô*, j'ai pitié, est de la même racine qu'*elaia*, l'olivier, et *elaion*, l'huile. Or, aucun mot français (ou latin) faisant état de pitié, de compassion, de miséricorde, ne peut donner une idée de la richesse cosmique d'*eleison*. D'où la décision infiniment raisonnable des responsables de la messe catholique romaine d'y avoir gardé deux mots grecs intraduisibles.

Mais, pour Robert, cela ne s'arrêtait pas là. Que fallait-il dire en français ? « Huile-moi » ? Ridicule. « Oins-moi » sonnait presque aussi mal. « Olive-moi » ? Il aurait assez aimé « olive-moi », mais le verbe n'existait pas. D'ailleurs, ce *Kyrios* traduit par Seigneur, ne lui plaisait pas non plus. « Seigneur » sentait Racine : « Mais je vous vois, seigneur, et si j'ose le dire… » Comment pouvait-on rendre « Seigneur » en français sans mettre la bouche en cœur ? « Maître » faisait avocat, « Prof » était familier, « Monsieur » tenait de la galéjade, « Sire », « Monseigneur », de la littérature… Alors, un jour, Robert avait eu une intuition : « Chef ».

– Chef ? Sublime ! Le Christ n'est-il pas la tête – le « Chef » – de l'Église et donc de l'humanité ? Chef. Pas rabbin, pas professeur, pas père, même pas prince : Chef.

Et comme, en fin de compte, *eleison* n'était pas vraiment un appel à la compassion, à la commisération, à la pitié, à la sympathie, ni même au droit de grâce qui est le meilleur ornement du Christ Roi, comme *eleison* voulait dire, en substance : « Fais-moi profiter de ton amour universel, bref, aime-moi », Robert, face à la croix, prononça, comme tous les soirs, sur un ton de complicité révérencieuse et avec le tutoiement – inhabituel à l'époque – qu'il en était venu à préférer pour parler à Dieu :

– Chef, aime-moi.

Et il se lova sous ses couvertures.

Blandine, bien sûr, blanche et blonde, Blandine aux lèvres pâles, Blandine la pure, Blandine l'ovale, Blandine l'intangible, Blandine vint le visiter.

Zubira, au visage de cuir recuit, le réveilla au petit matin :

– Monne lieuténane, ils viennent de trouver le lieuténanne Roullienne… L'Aronde, qué on voit lé ciel à travers.

Lavilhaud se rendit sur place.

Il avait déjà vu des cadavres, bien sûr : les plus propres, français ou rebelles, avaient été tués au combat et leurs yeux béants semblaient s'étonner de ne plus voir ; mais il y avait eu aussi deux soldats français qui s'étaient rendus au FLN et avaient été mutilés avant d'avoir la gorge tranchée d'une oreille à l'autre, et surtout des civils, sur lesquels les fellouzes s'étaient acharnés : des hommes pendus à quelques centimètres du sol, les dents mordant la langue bleuie, ou gisant dépecés, les doigts sectionnés, ou les bras et les jambes tranchés, ou les lèvres chantournées en dents de scie pour punir leurs propriétaires d'avoir fumé une cigarette.

Rien de tel pour Jullien. Les Sénégalais qui l'avaient trouvé l'avaient tiré de l'Aronde mitraillée et déposé dans l'herbe, sur un brancard. Il était tombé dans une embuscade en rentrant de Bourmont, et son visage, intact et un peu jauni, n'exprimait qu'une légère perplexité. Sa vareuse bleue, en revanche, était couverte de sang caillé. Lavilhaud se mit à genoux et se décoiffa pour fermer les yeux du mort. Les paupières résistèrent un certain temps, finirent par céder. Quelqu'un était allé chercher une couverture militaire et on y roula le corps. Robert s'était relevé. Vivant, cet homme à qui il devait quelques repas ne lui avait jamais rien inspiré qu'un certain dégoût. Qu'il fût mort le ventre plein de vinasse et de bidoche en sortant du bordel où il s'était vidé les reins ne le lui rendait pas plus sympathique. Mais c'était un homme, il avait sans doute été baptisé, et il était officier. Il n'y avait plus à le juger. Il n'y avait plus que des honneurs à lui rendre. Alors, Robert Lavilhaud remit son béret noir, se solidifia au garde-à-vous, et, le bras droit horizontal, l'avant-bras formant un angle aigu, la main ouverte, les doigts rigides effleurant la tempe, salua longuement le paquet gris à ses pieds.

Le corps fut transporté à la morgue du fort Bourmont et, la température étant proche des 40, les obsèques furent fixées pour le lendemain.

Lavilhaud rentra à la Ferme pour rendre compte.

Le commandant Tourquois, chef de poste des CROP à Constantine, de qui dépendait l'antenne de Bourmont, avait ses qualités et ses défauts, mais il savait prendre une décision en quelques secondes et s'y tenir, à moins qu'il ne jugeât qu'il fallait en changer, ce qu'il faisait rarement, mais judicieusement et avec autant d'énergie. Au téléphone, Lavilhaud l'entendit pousser quelques feulements : c'était pour mieux réfléchir. Il réfléchissait toujours tout haut et dialectiquement, en grattant son crâne tondu.

– Bon. Lavilhaud, je sais que vous êtes un *boujadi* [1], que vous n'avez aucune formation dans le métier, et en plus, je ne veux pas vous le cacher, Jullien était un peu mi-figue mi-raisin à votre sujet. D'après lui, le boulot ne vous plaisait pas plus que ça, d'ailleurs vous ne me l'avez pas caché, mais il pensait que vous vous y mettriez, ce en quoi il se trompait peut-être. Vous êtes réserviste, et nous évitons de mettre des réservistes dans des postes de responsabilité, en partie par respect pour eux. Je veux dire par respect pour leur sensibilité qui peut ne pas être, qui ne peut pas être, exactement la nôtre. Cela dit, les CROP ont doublé de volume en

1. Jeunot.

quelques mois, on ne me donne pas assez de monde, et, je vais vous le dire franchement, pour le moment, je n'ai personne à mettre à la place de Jullien. Alors... Après tout, je n'ai pas eu si mauvaise impression de vous : vous avez vos principes, bon ; malheur à l'homme sans principes et, à la limite, peu importe ce qu'ils sont tant qu'on en a. Vous avez fait vos preuves sur le terrain : deux barrettes, une citation, rempilé volontaire... Bref. Vous recevrez par radio votre nomination de chef du CROP de Bourmont par intérim, et, je vous le dis tout de go, dans mon esprit, je souhaite rendre cet intérim définitif. Dorénavant, c'est vous qui commandez la Ferme Garcia.

« À vous de voir.

L'*à vous de voir* avait quelque chose de vaguement menaçant, mais Robert Lavilhaud était d'un naturel calme. Il n'avait l'intention de faire carrière ni dans ce service bizarroïde ni dans l'armée en général. Ce n'était pas du fatalisme, c'était du « Que ta volonté soit faite ». Il répéta seulement en lui-même : « Chef, aime-moi. Aime-moi quoi qu'il arrive. Je te resterai fidèle. »

L'après-midi, il ne prit aucune initiative sauf de faire sortir les quelque vingt prisonniers dans la cour et de nommer parmi eux une corvée pour nettoyer leurs latrines et les trois cuves à vin où ils logeaient et qui puaient. C'était pratique, ces trois cuves rondes aux parois de ciment lisse, surmontées d'une passerelle : une fois ôtée l'échelle par laquelle on y descendait, il n'y avait aucun moyen de s'en échapper.

Il regarda les prisonniers défiler devant lui : il y avait là des gamins en vêtements à l'européenne, qui auraient mieux fait de jouer au foot que de lancer des grenades dans des cafés, des hommes mûrs, en treillis, pris les armes à la main, des vieux en chèche et gandoura, soupçonnés de collecter des fonds ou de faire de l'agitation politique. Certains gardaient l'air austère, dédaigneux : Robert se rappela un vers cueilli, enfant, dans un dictionnaire : « L'Arabe mendiant a l'air d'un Bélisaire. » D'autres filaient comme des ombres faméliques, les yeux au sol. Quelques-uns, surtout parmi les plus jeunes et les plus vieux, souriaient gentiment ou faisaient même le salut militaire : « Bonjour, mon lieutenant ! »

Naturellement, les membres du CROP de Bourmont tournaient autour de leur nouveau chef, mais n'ayant pas encore pris officiellement son commandement, Lavilhaud évitait de leur parler en privé : il échappa ainsi aux avances du gros officier de police Gonarelle, des deux gendarmes, du sergent-chef Carvaillac, marsouin, ancien d'Indo, du sergent Marceau, appelé, un peu fayot, un peu tire-au-cul, pas antipathique pour autant, et de Gastonne Clisson, la PFAT[1] femme fatale qui, toujours en pantalon, s'occupait de la trésorerie et du secrétariat. Redouane, le rallié, fut le seul à ne solliciter aucune attention : cela n'étonna pas Lavilhaud qui avait appris à respecter la dignité sourcilleuse des Musulmans.

Les obsèques eurent lieu au fort Bourmont, sur le parvis de la chapelle. Les uniformes numéro 1 avec leurs plis réglementaires et les alignements géométriques des hommes transformés en automates rappelaient à Robert, féru de peinture, celles de Bernard

1. Personnel féminin de l'armée de terre.

Buffet. Mais ici il y avait de la lumière : les képis, les pattes d'épaule, les ors, les argents, les fourragères, mettaient des touches gaies sur ce tableau grave. Il y a toujours du grave et du gai dans les cérémonies militaires, même funèbres : tout y est tragique, mais le tragique exclut le triste. Au moment de l'Élévation, les tirailleurs algériens présentèrent magnifiquement les armes, et Lavilhaud s'émut de penser que, sans comprendre ce qu'ils faisaient, ces guerriers musulmans rendaient hommage au Christ ressuscité. Il alla communier avec quelques hommes de troupe des mains du curé de Bourmont, que l'on savait « de gauche », donc plus ou moins favorable à la rébellion, et que, par conséquent, les officiers boudaient. Lavilhaud avait une autre hiérarchie des valeurs : *ex opere operato* et non pas *operantis* [1], comme disent les théologiens.

Après la sonnerie *Aux Morts* – la gorge de Robert se serrait chaque fois qu'il l'entendait, et pas seulement parce qu'il pensait à son père –, le colonel Fauberge, en guise de condoléances, lui planta son regard bleu dans les yeux :

– Eh bien, va falloir vous y mettre, hein.

D'autres officiers du secteur venaient renifler l'inconnu, sans lui montrer beaucoup de chaleur. Jullien l'avait prévenu :

– Tu vas t'habituer. Tu es officier des *services spéciaux*. Tu n'es plus comme les autres. On ne sait pas exactement ce que tu fais. Toi, lieutenant, tu as plus de pouvoirs que la plupart des officiers supérieurs, tu as

1. Ce qui compte, c'est ce qui est fait et non qui le fait.

le droit de te mettre en civil, de conduire des véhicules militaires, de transporter n'importe qui et n'importe quoi, tu ne dois de comptes qu'à ta propre hiérarchie. Alors ça, mon gars, ça excite l'envie, la crainte et la curiosité. Pas mal pour se faire bien voir. Les méthodes que nous utilisons… Pour certains, elles déshonorent l'armée ; mais ils ne peuvent pas en nier l'efficacité. Je sais bien que tu racontes à qui veut l'entendre que toi, jamais, au grand jamais, pour rien au monde, mais ce n'est pas ça qui va te faire des amis non plus. Au maximum, il y en a qui voudront te tirer les vers du nez, et, crois-moi, pas pour de bons motifs. Alors, si j'ai un conseil à te donner, ne te commets pas ! De toute façon, pour eux, tu ne seras jamais qu'un faux frère. Ne va pas au mess du secteur, sauf exception. Tu peux très bien bouffer au restaurant tant que tu gardes les additions pour la caisse noire. Tiens-toi à l'écart. C'est la seule façon de te faire respecter.

Tout de même, les obsèques d'un officier tombé dans une embuscade, c'était une occasion qui sortait du commun et Lavilhaud décida de se mêler pour une fois à ses pairs. On parlait de vengeance, de représailles, avec moins de conviction que si le mort avait été un para ou même un simple officier d'infanterie. Certains avaient l'air de sous-entendre que Jullien n'avait eu que ce qu'il méritait : pour son imprudence d'après les uns, pour sa cruauté d'après les autres. On parlait beaucoup du « commando urbain » de Si Youssouf, qui avait échappé à la nasse de *Jumelles*, seul capable d'un coup aussi audacieux dans la banlieue même de Bourmont… Si Youssouf intriguait l'imagination, entre autres parce qu'on ne possédait aucune photo de lui.

Un jeune lieutenant blond, sécot, fringant, aux barrettes d'argent, le stick sous le bras (sept mains treize nœuds, bien sûr), fut le premier à venir serrer la main de Lavilhaud.

– Cressé de Beauhaloir. OR [1] du bataillon. Toi, c'est Lavilhaud ? Je sais que tu as déjà vu le colonel, mais je crois que tu ne t'es pas encore présenté au capitaine De Wachter, D majuscule, il y tient. Deuxième bureau du secteur. Pas le mauvais bougre, mais volumineux et qui ne fait pas dans la subtilité. On dit qu'il n'a aucun mal à interroger les suspects, parce qu'à la seule idée qu'il pourrait s'asseoir dessus, ils crachent. Breveté para : on dit qu'il lui faut deux parachutes.

De Wachter arrivait, gigantesque motte de beurre flamande. En effet, à l'idée de servir de siège à ce séant, on s'évanouissait.

– Déjeunez avec moi ?

Ils déjeunèrent tous les trois au mess, servis par des militaires du contingent, dont la majorité était composée de Musulmans : là aussi, il devait y avoir des fuites, jugea Lavilhaud.

Entre Lavilhaud et Beauhaloir, les relations étaient simples : de même rang, de même âge (encore que l'un fût de réserve et l'autre d'active), ils seraient appelés à s'épauler de temps en temps ; plus complexes entre Lavilhaud et De Wachter. De Wachter considérait que le chef du CROP travaillait au profit du Deuxième bureau, comme les OR des bataillons ; Lavilhaud avait suivi un stage où on lui avait enseigné le contraire : tout en observant les formes de la courtoisie militaire,

1. Officier de renseignement.

sa mission consistait à manipuler l'expérimenté capitaine De Wachter pour qu'il fît exécuter par le secteur les opérations que lui, jeune lieutenant Lavilhaud des CROP, lui suggérerait.

Le déjeuner ne fut pas des plus sereins, encore que chacun s'appliquât à le rendre tel. On parla, bien sûr, de l'avenir de l'Algérie. Sur le terrain, on avait gagné, mais Paris avait l'air de reprocher sa victoire à sa propre armée.

Au dessert – une glace à la framboise –, De Wachter toussota :

– Euh, dites donc, euh, *Lavilo*…

– *Lavilio*, mon capitaine.

– Pardon. *Lavilio*.

« Je sais ce qui est humain, hein. C'est normal de réagir comme un être normal. Peut-être surtout dans votre boutique, parce que là, l'habitude, hein… Enfin, la mort d'un officier, chef de CROP, hein… Eux aussi, il faut qu'ils comprennent. D'ailleurs, on le sait, ils ne respectent que la force. Non, moi, ce que je veux dire, c'est que vous faites ce que vous voulez à titre de compensation, mais moi, je ne veux pas le savoir. Ce n'est pas la responsabilité du Deuxième. Vous voulez être indépendants, soyez-le. Vous vous payez quelques prisonniers, le sang appelle le sang, mais dans la discrétion, hein… Je vous connais, vous autres jeunes, tout feu tout flamme, mais… Par les temps qui courent, je ne veux pas de cadavres sur les bras. Remarquez, si vous avez de la chaux vive, ou alors des copains dans l'ALAT[1]…

Robert Lavilhaud regarda De Wachter de son

1. Aviation légère de l'armée de terre.

regard auquel les lunettes carrées donnaient on ne savait quelle autorité candide :

– Mon capitaine, je me permettrai de vous soumettre demain le rôle de mes prisonniers : il sera le même qu'hier.

Après le café, Lavilhaud demanda à Beauhaloir s'il saurait où trouver un drapeau neuf, qui n'aurait jamais servi.

– Je vais vous en donner un, dit De Wachter. Nous en recevons de très beaux pour distribuer aux groupes d'autodéfense qui commencent à proliférer depuis qu'il n'y a plus besoin de se défendre... L'étamine est de première qualité.

Et, sous les voûtes de son bureau, il déploya les trois couleurs.

Lavilhaud les replia religieusement. Son père était mort pour ce drapeau, et, pour le même drapeau, mouraient au jour le jour les deux cent mille musulmans qui se battaient pour que l'Algérie devînt la France, contre cinquante mille fellaghas qui se battaient pour qu'elle devînt une tête de pont de l'islam. Il en baisa discrètement un coin.

Il retourna à la Ferme. Maintenant, il allait véritablement *prendre* son commandement.

En chemin, il vit son chauffeur glisser un regard subreptice vers le potager où, en contrebas, au creux d'un tournant, on avait découvert l'Aronde et le corps du lieutenant Jullien criblés de balles. Au milieu de la cour, le vieux drapeau flottait à mi-mât. Lavilhaud le salua au garde-à-vous.

Il fit appeler son planton :

– Normand, vous nettoyez la chambre du lieutenant Jullien. Vous rangez ses affaires dans ses cantines pour être envoyées à la famille. S'il y a du linge sale, vous le lavez. Vous transportez mes affaires dans ma nouvelle chambre.

Puis il se rendit dans la salle de permanence. Un bout de rideau trempé dans l'encre bleue avait été ajouté au volet. Bien, Zubira. Le sergent-chef Caraillac esquissa un garde-à-vous. Lavilhaud, demanda, désignant un poste de radio posé à terre dans un coin :

– L'ANGRC9 est en état de marche ?

Il y eut un instant d'hésitation.

– Négatif, mon lieutenant.

– Pourquoi ?

– Pas de génératrice.

– Vous savez où elle est ?

La même hésitation.

– Affirmatif. Dans le pressoir.

Quel nom, « le Pressoir », pour une salle d'interrogatoire !

– Allez la chercher et remettez-la en place.

Ensuite Lavilhaud convoqua Marceau, le sergent appelé.

– Venez avec moi.

Ils entrèrent dans un cellier obscur, avec, au fond, le pressoir à vin, qui avait fait la fierté et la fortune de la famille Garcia, tout en donnant de quoi vivre aux fellahs qui travaillaient pour eux. « Nous sommes justes, nous sommes bons, ils nous aiment, nous ne quitterons jamais ce pays », disait le père Garcia. Il n'avait pas lu Netchaïev : il ne savait pas qu'en situation révolutionnaire les bons et les justes disparaissent les premiers. On garde un temps les autres, pour servir d'épouvantails. Garcia avait commencé par trouver la tête de son intendant Mahmoud dans un couffin, et puis, une nuit, il avait été égorgé lui-même, avec la vieille Mme Garcia, dans le lit matrimonial.

Dans le temps, le pressoir rutilait de cuivres et luisait de bois. La vis, en particulier, avait de nobles reflets en spirale. Maintenant, que le cellier était devenu salle d'interrogatoire, tout était couvert de poussière et de toiles d'araignée. En revanche, il y avait au milieu, sous une ampoule suspendue à un abat-jour émaillé blanc, une petite table de bureau et trois tabourets modernes, avec des pieds en métal. Quand on allumait l'ampoule, cela faisait un îlot de lumière crue dans l'ombre ambiante.

Au plafond pendait un assemblage de barres de bois, de poulies, de moufles, de cordages :

– Faites décrocher et brûler, dit Lavilhaud.

Marceau ouvrit de grands yeux :

– Ben alors, comment on va faire, mon lieutenant ? Je veux dire pour les durs de durs ?

Lavilhaud ne répondit rien.

– Bon, d'accord, je vais chercher une échelle.

– Non, Marceau. D'abord vous n'avez pas à être « d'accord » avec moi : vous avez à exécuter mes ordres. Et ensuite vous êtes sous-officier : vous *n'allez pas chercher* une échelle. Vous envoyez quelqu'un chercher une échelle, vous le surveillez pendant qu'il descend le palan et qu'il le met dans le poêle, et vous vérifiez que le palan est bien brûlé. Autre chose. Ce baquet, là…

Devant la petite table, à même le sol, était posé un vaste baquet, fait de douelles cerclées de deux ronds de fer.

– Vous le faites porter au pas de tir et vous rassemblez le commando pour 17 heures.

Lavilhaud s'était dressé à ne jamais faire suivre un ordre d'un mot qui risquait de l'affaiblir comme «bon ? d'accord ? compris ?».

À 17 heures, le commando était rassemblé, et M. Gonarelle, l'officier de police qui aimait utiliser son 7,65 depuis qu'il avait des cartouches à volonté, se trouvait là aussi et il glapissait :

– Mais alors, Marceau, qu'est-ce que c'est que ce bin's ? Vous n'avez pas fait mettre de cibles ? Et qu'est-ce que ce baquet fait là ?

Prudemment, Marceau ne répondit pas. Les choses changeaient. Il se mit au garde-à-vous devant Lavilhaud qui examinait la scène à travers ses lunettes :

– Commando rassemblé. À vos ordres, mon lieutenant.

– Faites mettre vos hommes à des intervalles de deux mètres et tirer un chargeur complet à volonté sur le baquet.

Le baquet vola en éclats, en éclisses. Les hommes se regardaient, comprenant qu'ils ne comprenaient pas.

Au milieu de la cour, le drapeau pendait à mi-mât. Lavilhaud fit faire la cérémonie des couleurs à 18 heures au lieu de 20. Et puis, il tendit le nouveau drapeau, tout frais, à Carvaillac.

– Faites envoyer.

Marceau tira sur la drisse. Un bleu, un blanc et un rouge neufs, pimpants – un Dufy, pensa gaiement Lavilhaud – flottèrent paresseusement au-dessus de la Ferme Garcia.

Lavilhaud s'avança.

Il parcourut les sous-officiers et la troupe des yeux et dit sèchement en désignant l'objet du doigt :

– Ceci, messieurs, est un drapeau français.

Il reprit sa respiration parce qu'il avait une boule dans la gorge.

– Sous un drapeau français, on ne fait rien que d'honorable.

Il répéta :

– D'honorable.

Il laissa peser un silence :

– Rappelez-vous.

Puis :

– Carvaillac. À votre disposition. Faites rompre les rangs.

Il dîna d'un sandwich et d'une bière au foyer de la troupe, prêt à être interrogé par ses hommes, mais ne s'étonnant point de ne l'être pas.

Puis il monta dans sa nouvelle chambre. Dans le corps de logis central, il y en avait deux qui se faisaient face, séparées par le palier et la salle de bains. Celle de droite revenait à l'officier commandant le CROP, et Lavilhaud se l'était attribuée, celle de gauche, à la seule femme du détachement. La salle de bains était partagée.

Robert y entra.

La pièce était dominée par la baignoire, une monstruosité qui avait dû être la seule dépense somptuaire du couple Garcia, d'autant plus qu'ils ne s'en étaient peut-être jamais servis, une espèce de crocodile au dos creux, avec des pattes de bronze griffues, et, sur les côtés, en relief, des masques antiques, des couronnes de laurier, des grecques, des feuilles d'acanthe. Mais le chauffe-eau à Butagaz fonctionnait : merci, Jullien. Des bas et d'autres lingeries féminines pendaient à des cintres. Robert évita de les voir, beaucoup par pudeur, un peu par dégoût. Quand il sortit en pyjama, il se heurta presque à Gastonne qui entrait, en pyjama elle aussi, maigre, brune, olivâtre, et la cigarette au bec comme d'habitude.

Il fallait dire quelque chose. Il dit :

– Je vous ai laissé Léviathan tout propre. Et... il doit rester de l'eau chaude.

Elle le déshabilla posément du regard et répondit de sa voix rauque :

– Mais je l'espère bien.

Personne d'autre, sous le même toit n'aurait su ce qu'était Léviathan.

2

Quinze jours plus tôt.

El Biar, banlieue chic d'Alger.

Une villa blanche, de style dorique, au milieu d'un jardin planté de palmiers crissant dans la brise et entouré de murs exhaussés par des rouleaux de barbelés.

Camouflés derrière des sacs de sable aux quatre angles du parc, des mortiers de 60. Invisibles derrière les soupiraux de la cave, quatre AA 52, les plus modernes des mitrailleuses françaises.

C'est là que Robert Lavilhaud avait fait ses trois jours d'initiation avec une demi-douzaine de camarades, et le clou devait en être une entrevue avec le général Simonoff, chef suprême des CROP, homme-légende qui, pendant la guerre, avait assuré au plus haut niveau les liaisons des services spéciaux français avec les Britanniques. Lavilhaud passa le dernier, en extrême fin d'après-midi.

Un adjudant qui ne l'avait même pas salué – les mœurs des services spéciaux n'étaient pas celles des corps de troupe – l'introduisit dans un bureau du deuxième étage où, au contraire du reste du bâtiment, régnait une bonne fraîcheur dispensée par un climatiseur vrombissant ; cela surprit Robert qui n'en avait encore jamais vu.

Le bureau n'avait pas grand-chose de militaire ni de français. Des lambris de chêne foncé, des fauteuils club, des gravures anglaises de chasse à courre, avec ces rouges et ces verts crus si caractéristiques, un tableau noir sur un chevalet, un bureau d'acajou, supportant une grosse lampe de cuivre à abat-jour vert, et, à droite, un mur entièrement vitré par lequel, de l'endroit où il était, Robert ne découvrait que le ciel et la mer qui avaient été de deux bleus différents et viraient ensemble à la nacre. Le seul élément qui sentît l'armée était, sous vitrine, un fanion rouge et vert de la Légion étrangère.

Même le fameux général, assis derrière le bureau d'acajou, était en civil.

Gêne.

Oui, Simonoff était en costume gris tirant sur le vert, il gardait une pipe éteinte à la bouche, et, la tête moins haute que large, il avait l'air d'une grenouille distinguée. Toute son attitude semblait signifier : « Eh bien oui, je joue un rôle. C'est ce qu'on me demande, non ? » Ce rôle, on voyait tout de suite que c'était celui d'un chef de ces services spéciaux britanniques où beaucoup d'officiers français avaient servi jusqu'à en devenir anglomanes.

Lavilhaud salua de la main droite, arracha son béret noir de la main gauche – il en avait déjà acheté un parce que, pour lui, cela participait de la discipline (alors que certains de ses camarades – pingrerie ou fidélité ? – demeuraient coiffés des calots et des képis de leurs unités d'origine). De la main droite qui retombait il claqua vigoureusement sa cuisse et resta lignifié au garde-à-vous en se demandant s'il ne commettait pas un sacrilège : au garde-à-vous devant un pékin ?

Le général Simonoff le dévisagea longuement, comme s'il s'était attendu que la statue immobilisée devant lui montrât des signes de faiblesse, et soupira enfin, d'un ton qui laissait entendre que c'était lui qui se sentait épuisé par un tel spectacle :

– Repos.

Le lieutenant Lavilhaud prit la position, dite « repos », presque aussi contractée que le « garde-à-vous » : les jambes légèrement écartées, le pied gauche décalé, les mains nouées dans le dos, la gauche cerclant le poignet de la droite ; toujours un effet de statue, avec simplement ce demi-pas en avant, qui différencie la sculpture classique de l'archaïque.

De nouveau, le général le considéra à travers les verres circulaires qui lui donnaient l'air d'une de ces grenouilles dont le fils Rostand faisait, au moment même, ses délices, et, en désignant de l'embouchure de sa pipe un des deux fauteuils-mastabas qui lui faisaient face, il finit par laisser tomber :

– Et si vous vous asseyiez, lieutenant Lavilhaud ?...

Il avait prononcé correctement : *Lavilio.*

Lavilhaud s'assit, cubiste : la colonne vertébrale verticale, les cuisses horizontales, les jarrets verticaux. Un Fernand Léger ? Dans un fauteuil club, c'était du sport.

Le général feuilletait un dossier, prenait son temps, marquait une note d'un coup de crayon, levait les yeux sur son visiteur, les baissait à nouveau, repartait vers l'avant. Ou vers l'arrière...

Enfin il constata :
– Vous êtes enfant posthume…
– Oui, mon général.
– Votre père a été l'un des soixante-dix-neuf cadets qui se sont fait tuer à Saumur en juin 40.
– Oui, mon général.
Simonoff enregistra, réfléchit.
– Et vous avez été volontaire pour servir en Algérie.
– Oui, mon général.
– Cependant vous ne vous destiniez pas à l'état militaire…
– Non, mon général.
– À quelle profession ?
Simonoff feuilletait toujours.
– J'ai l'intention de préparer une agrégation de lettres classiques.
– Pour enseigner ?
– Transmettre.
– Transmettre quoi ?
Lavilhaud sentit qu'il était en train de tomber dans le piège, de succomber à l'expérience, de subir le fameux charme simonovien, mais pourquoi pas, puisque lui ne proférerait que la vérité ?
– Mon héritage.
– Vous avez devancé l'appel et vous vous êtes fait mettre en situation d'activité…
Le général laissait peser des silences au bout de ses phrases.
– Oui, mon général.
– Vous désirez rester dans l'armée ?
– Non, mon général. Dès qu'on en aura fini avec cette guerre, je reprendrai mes études.
Après une hésitation, Robert conclut :

– Et, quand j'aurai passé mon concours, je me ferai affecter en Algérie.

Le général feuilleta encore, mais plus distraitement, comme s'il pensait à autre chose. Il dut presser un bouton invisible car la porte s'ouvrit et un homme de troupe apparut, poussant devant lui une table roulante, en acajou, sur laquelle s'alignaient les pièces rose vif et vert pomme d'un service à thé de porcelaine anglaise. Avant de se retirer, l'homme de troupe disposa la table roulante entre les fauteuils. Le général vint s'installer dans le second, si bien que son visiteur et lui n'étaient plus tournés face à face, mais de trois quarts, ce qui permettait de se regarder ou de ne pas se regarder sans affectation. Ce fut le général qui fit le service. Lavilhaud prit du sucre et refusa le lait ; Simonoff prit des deux et remua longuement le mélange avec une cuiller d'argent. Il y avait des scones dans la corbeille de porcelaine tressée, rose et verte. Le thé fumait et répandait une odeur épicée et vigoureuse, parlant de pays lointains, de toute l'aventure coloniale. Le climatiseur s'époumonait bruyamment.

Lavilhaud restait silencieux. Ayant pris quelques petites gorgées de thé brûlant, le général finit par dire :

– Expliquez-moi.

– Quoi, mon général ?

– Vous savez bien.

Et Lavilhaud, qui n'avait jamais fait de confidences à des supérieurs militaires qu'il vénérait, sentit qu'il allait tout dire à ce faux civil qu'il ne connaissait pas.

Il énonça d'abord que, selon lui, les événements d'Algérie – on disait pudiquement « les événements » – constituaient une chance prodigieuse offerte à la France.

– Une chance ?

Oui, une chance. La France, et en particulier la jeunesse française, se mourait de n'avoir pas de cause à servir, pas d'autre idéal que le mariage de la cagnotte et du tiroir-caisse, pas l'occasion de se sacrifier. La jeunesse a besoin de se sacrifier : si tous ne sont pas retenus pour le martyre, ceux qui le sont ennoblissent les autres. En Algérie, les circonstances les plus favorables pour un martyre utile étaient réunies.

La France avait-elle eu raison de coloniser l'Algérie ? Robert reconnaissait que cela se discutait : on pouvait certes soutenir (contrairement à ce que tout le monde, depuis les Grecs et les Romains avait toujours pensé) que la colonisation est un acte immoral et que, si la conquête d'Alger avait été rendue indispensable par les raids des pirates barbaresques, on aurait pu s'en tenir là et ne pas aller jusqu'au Sahara. Voire... Peut-être la conquête du hinterland avait-elle été nécessaire pour des raisons stratégiques : de toute manière, ce n'était pas là la question, puisque la colonisation de l'Algérie était un fait qui durait depuis cent trente ans.

Non que Robert fût dupe du subterfuge par lequel l'Algérie n'était pas considérée comme une colonie mais comme une province française. Il y avait eu là un mensonge énorme de la République ; le découpage de ce pays de près de 2 500 000 km² en trois départements était une absurdité ; la sous-administration qui en résultait, un scandale ; le décret Crémieux conférant la nationalité française aux Juifs d'Algérie mais pas aux Musulmans, un déni de justice lourd de conséquences. Le père de Foucauld avait bien vu cela et, cinquante ans à l'avance, prédit une rébellion pour la date approximative où elle avait eu lieu.

Mais cela, c'était du passé, et aujourd'hui la France avait non seulement la possibilité de réparer ses torts mais celle de faire progresser tout un peuple, un peuple éminemment sympathique, un peuple dont elle s'était rendue responsable et qu'elle n'avait pas le droit d'abandonner à lui-même. Si jamais cela arrivait, Robert était certain que, Arabes contre Berbères, fellahs contre caïds, musulmans modérés contre islamistes fanatiques, l'Algérie serait à feu et à sang pour des générations, et ce serait la double faute de la France, qui, ayant envahi et accaparé l'Algérie, n'avait pas le droit de l'envoyer valdinguer.

Dans ces conditions, deux solutions.

Ou bien la France, dans un effort de générosité sans précédent, créait une nation algérienne, dans laquelle elle s'obligeait à maintenir l'ordre aussi longtemps qu'il y aurait des frottements entre les divers éléments qui la composeraient, car il était hors de question, n'est-ce pas, d'abandonner à leur destin des Français, qui avaient choisi de vivre dans la partie algérienne de la France, et, pour certains, y avaient leurs biens et leurs tombes, bref les Pieds-Noirs, ni de ne pas protéger les Musulmans qui avaient donné à la France les preuves d'une fidélité absolue. Donc l'indépendance à long terme, sous la tutelle française.

Ou bien, c'était l'intégration, et Robert avouait que cette idée ne l'avait pas d'abord enthousiasmé. Non qu'il fût raciste, tous les hommes sont frères puisqu'ils ont le même Père, et, de toute manière, la France constituait déjà un tel mélange de peuples qu'il ne fallait pas trop s'inquiéter de quelques apports ethniques de plus – ne pas oublier que les Kabyles, les Touaregs, les indigènes des Aurès n'étaient pas des Arabes –, mais les différences culturelles pouvaient avoir des conséquences. Il fallait examiner la situation sans préjugés.

Premier fait : la France avait 50 millions d'habitants, l'Algérie 10 millions dont 9 de Musulmans. La proportion était favorable à la France, et le mixage qui s'opérerait prendrait suffisamment de temps pour que, si l'on procédait intelligemment, une véritable assimilation pût se réaliser. Il y faudrait beaucoup de générosité et de compréhension mutuelle, beaucoup d'encouragements donnés par l'État, mais il n'y avait pas vraiment de raison pour qu'une France composée de Celtes, de Francs, de Latins, de Juifs, et, depuis peu, d'Espagnols, d'Italiens, de Portugais, de Polonais et même de Russes schismatiques, ne pût pas digérer moins d'un cinquième d'Algériens musulmans. De toute manière, la situation démographique en France était telle qu'on serait sûrement obligé de recourir à l'immigration : n'était-il pas sensé de faire immigrer des hommes qui avaient choisi de se battre pour être français ?

Linguistiquement, cela ne posait aucun problème : les Algériens qui ne parlaient pas encore français ne demandaient qu'à l'apprendre ; même les rebelles arabes et kabyles correspondaient entre eux en français, leur seule langue commune.

Culturellement, il y aurait des heurts, oui. Ce serait à la France de prévoir un enseignement, un parrainage, un encadrement des immigrés de manière à les faire accéder en une génération à une culture pleinement française.

– Ne voyez-vous pas, mon général, comme ce sera beau, ces Français natifs qui prendront sur eux d'acclimater en France ces Français volontaires ? Et ce sera là un service pacifique, qui fera appel à toutes les vocations et ne pourra choquer aucune sensibilité !

Religieusement, bien sûr, la République serait mal placée pour convertir à un christianisme auquel elle ne croyait pas des musulmans dont certains étaient attachés à leur religion. Eh bien là aussi, il y aurait des solutions à trouver dans le respect des différences : l'histoire française était, qu'on le voulût ou non, si pétrie de christianisme, qu'il n'y aurait rien de choquant, même d'un point de vue laïc, à demander à de nouveaux citoyens d'apprendre l'histoire de la religion chrétienne et de l'art chrétien. Et à partir de là, si Dieu le souhaitait...

– Je ne sais pas si vous êtes catholique, mon général, mais enfin, la France, c'est tout de même Saint Louis et Jeanne d'Arc. Et quand Dieu veut quelque chose...

Restait, d'après Lavilhaud, un grand coup à frapper. Si on voulait vraiment, comme l'affirmait la propagande du Cinquième bureau, une France « de Dunkerque à Tamanrasset » « traversée par la Méditerranée comme par la Loire », il ne fallait pas que l'immigration n'eût lieu que dans un seul sens. Il fallait au contraire susciter un grand mouvement de migration de la jeunesse française vers ce pays ensoleillé, fécond, dont Lavilhaud lui-même était tombé amoureux, et où il y avait place pour tout le monde. Et c'est là où la providentielle découverte du pétrole d'Hassi Messaoud donnait une chance de plus à l'Algérie française. On n'allait tout de même pas s'en priver, de ce pétrole, pour faire plaisir aux Soviétiques et aux Américains, n'est-ce pas mon général ?

Le général sirotait son thé et croquait ses scones.

– Moi, dit Lavilhaud, je pense qu'il faut jouer l'intégration à fond. Je connais la répugnance de nos petits gars pour les Musulmanes voilées, mais je suis sûr que, dévoilées, elles ne sont pas plus mal que d'autres – or, beaucoup ne demandent qu'à se montrer. Il suffirait de donner une prime d'établissement à tout soldat français qui épouserait une Musulmane et s'installerait dans le pays, pour accélérer sérieusement le processus. Vous voyez pourquoi je dis que l'Algérie est une occasion miraculeuse offerte à la France ? Une occasion de faire du nouveau, de revivre, de sortir de la sclérose, de l'embourgeoisement, de l'hédonisme à la petite semaine.

« Je dirai plus. Pour moi il est évident que la France est un pays cassé en deux. Cassé à la Réforme, recassé à la Révolution française, cassé par Louis-Philippe, cassé par la Troisième République votée à une voix de majorité, cassé par l'affaire Dreyfus, cassé par les lois anticléricales de 1905, cassé par l'armistice et encore cassé par l'épuration… Eh bien, peut-être qu'avec l'aide de l'Algérie on pourrait recoller les morceaux. En Algérie, il n'y aura plus de droite ni de gauche, mais une œuvre à faire ensemble. « Si tu veux unir les hommes, donne-leur une tour à construire », disait Saint-Exupéry : pour les Français, l'Algérie pourrait être cette tour, pourrait être ce Grand Rêve. Il suffira de le rêver assez fort.

– Prendrez-vous encore du thé ? demanda le général sans relever un mot du discours enthousiaste que son subordonné venait de lui débiter.

Il savait tout cela mieux que personne, mais il avait l'art et le goût de déclencher ces logorrhées de jeunes hommes.

– Merci, dit Lavilhaud.

Le général se leva pour retourner à son bureau, mais ne s'assit pas encore. Il était de petite taille, large du bassin, et portait des pantalons à revers, ce qui ne faisait rien pour le grandir. La pipe, qu'il avait rangée, reparut. Il dut encore appuyer sur son bouton invisible car le même homme de troupe revint pour débarrasser silencieusement. Le général bourrait le fourneau d'écume, tassait avec le cure-pipe, allumait avec un briquet d'argent décoré d'un insigne militaire, tout cela avec une lenteur théâtrale. Lavilhaud remarqua que Simonoff portait une cravate club, qui devait signifier quelque chose en Grande-Bretagne, et qu'il n'arborait aucune décoration : le comble du snobisme.

Le général feuilleta encore le dossier, mais sans le regarder vraiment, et contourna de nouveau le bureau pour se percher sur un coin, un pied à terre, l'autre en l'air, les deux chevilles coulées dans des chaussettes jaune vif, sans un pli. « Je devrais, pensa Robert irrévérencieusement, lui demander la marque de ses tire-chaussettes. » Il lui arrivait d'imaginer de ces gamineries, qu'il réalisait rarement.

Lorsque le feu eut bien pris dans la pipe et qu'une bonne odeur d'Amsterdamer flotta dans la pièce :

– Et la guerre ? demanda Simonoff. C'est aussi une « occasion miraculeuse » ?

Robert chercha ses termes.

Il sentait que rien ne pressait, que le général serait peut-être encore là à minuit à s'entretenir avec lui, tout lieutenant insignifiant qu'il était. Enfin il dit que oui, c'était une occasion miraculeuse. Bien sûr, pour un chrétien, il n'est jamais simple de recourir aux armes. La non-résistance au Mal, il connaissait. Et il savait que, pendant les premiers siècles, des chrétiens avaient refusé toute forme d'action armée. Mais, heureusement, ils avaient mis un peu de vin dans leur eau. (Simonoff sourit brièvement de ses lèvres lippues pour montrer qu'il appréciait le *concetto*.) Quand le seul moyen de défendre un innocent, c'est la violence, non seulement on est excusable d'y recourir, mais on est inexcusable de n'y recourir point. Oui, Jésus avait reproché à Pierre de tirer l'épée, mais il avait dit aussi « Quiconque n'a pas d'épée, qu'il vende son manteau et en achète une », et c'est tout de même à Pierre qu'il avait confié les clefs, non ? (Simonoff fit un geste d'ignorance ou d'indulgence, ce n'était pas clair.) Lavilhaud ne savait pas si le général se rappelait la fin d'*Anna Karénine*, mais elle avait donné lieu à une polémique entre Tolstoï et Dostoïevsky, le premier affirmant que la violence était mauvaise dans tous les cas et le second lui demandant ce qu'il ferait, si, armé d'un fusil, il voyait une petite fille en train d'être violée.

– Je cite de mémoire, dit modestement Lavilhaud.

Le nombre de guerriers canonisés et la sympathie évidente de Jésus pour les centurions montrait qu'aucune malédiction n'était jetée sur les hommes de guerre. Alors ? La guerre pouvait-elle être une bénédiction ? Oui – Robert s'enflammait de plus en plus –, quand elle transforme un épicier en patriote, quand elle donne à un jeune homme l'occasion de mesurer son courage, quand elle est juste et qu'elle rétablit une hiérarchie de valeurs qui est celle de l'Homme avec un grand H et non pas celle du fonctionnaire ou du mercanti.

Or, c'était précisément ce qui se passait en Algérie en ce moment. Il était demandé au contingent, non pas à des guerriers de métier, mais aux appelés, qu'ils fussent paysans, tourneurs, monteurs, scribouillards, instit's, ingénieurs, séminaristes, profs, il leur était demandé – non pas nécessairement de *donner*, comme l'avait fait Jésus-Christ – mais au moins de *risquer* leur vie au service d'une cause. N'y avait-il pas là une « occasion miraculeuse » ? Ne fallait-il pas avoir un mouvement de pitié pour toutes les autres nations – je ne sais pas, moi, Allemagne, Autriche, toutes les nations scandinaves – pour lesquelles cette occasion ne se présenterait plus jamais, et dont les jeunes hommes continueraient indéfiniment à se vouer au commerce international ou à l'art dentaire ? Bien sûr, on risquait de se faire descendre, mais est-on sûr que de crever d'un cancer du poumon, au fond d'un hôpital, à soixante ans est plus gai que de mourir d'une balle au cœur à vingt, sous le soleil du bon Dieu ? De toute manière, c'était une guerre à l'échelle humaine, où les pertes étaient limitées : ce n'était pas Verdun, n'est-ce pas ?

Le général dit, en balançant le pied :

– Vous pensiez déjà tout cela quand vous avez devancé l'appel ?

On retombait dans l'anecdotique. Non, la décision de devancer l'appel, c'était autre chose. Robert Lavilhaud avait fait sa préparation militaire supérieure et préférait couper ses études en deux plus tôt que plus tard.

– Il n'y avait pas une autre raison ? demanda doucement Simonoff.

Comme s'il s'était agi d'une intention mauvaise, ou peut-être ridicule, Lavilhaud avoua qu'il avait devancé l'appel par crainte que cette guerre ne se terminât avant qu'il eût eu le temps d'en faire ne serait-ce qu'un peu.

– Et pourquoi teniez-vous tant que cela à guerroyer ?

Robert répondit candidement :

– Je ne sais pas. Pour faire honneur à mon père. Peut-être un peu par curiosité : pour voir comment je me comporterais au feu. Et puis enfin, la France se battait pour défendre son territoire, non ? Je me devais d'en être.

Le général sauta légèrement à terre, et, le dos tourné pour retourner s'asseoir au bureau, demanda, sans avoir l'air d'y toucher :

– Et vous avez aimé ça, vous battre ?

Question que Robert ne s'était guère posée. Il réfléchit :

– Je ne me suis pas beaucoup battu, vous savez. La plupart des opérations n'aboutissaient pas, ou alors c'étaient les paras et la Légion qui donnaient l'assaut. Mais j'ai aimé l'effort physique, le crapahut, les patrouilles de nuit par grand froid, j'ai aimé – comment dire ? – la fraternité organique de l'obéissance et du commandement : dormir dehors avec la troupe, prendre des décisions dans l'instant. J'ai aimé faire confiance et voir qu'on me faisait confiance. Et puis oui, quand par hasard on se faisait allumer, j'aimais bien riposter. Il est vrai que c'est grisant, probablement plus grisant que de faire décliner *rosa rosam rosae*...

Le général était de nouveau à sa place et avait rouvert le dossier.

– Vous n'avez jamais demandé les paras ?

– Non. Je pense qu'il faut des hommes de qualité partout. D'ailleurs, sans les critiquer, je n'aime pas tellement leur style m'as-tu-vu. Et puis, s'il faut tout vous dire (Robert parlait sans gêne à ce général pas comme les autres), ma mère n'a que moi au monde : elle a très bien compris que je devais être volontaire pour l'Algérie, mais les paras... Il y aurait eu là quelque chose d'excessif, de pas très bien finalement.

– Et chez nous ? Comment avez-vous abouti chez nous ? Nous, c'est simple, nous recrutons des intellectuels, vous aviez une licence ès lettres à vingt ans, vous sembliez avoir le profil. Mais vous ?

Robert se sentit rougir. Il avait ce trait enfantin de rougir facilement des joues, du front, des oreilles, même du cou et de la nuque. Heureusement Simonoff regardait fixement le dossier.

– Moi ?... Avec tout le respect, mon général, je me demande si je n'ai pas fait une boulette. Quand on m'a proposé cette mutation pour les CROP, je n'avais pas la moindre idée de ce qu'on y faisait. Simplement, on m'a dit que j'y rendrais plus de services qu'en commandant une section... Et moi, je suppose que j'ai voulu voir la guerre sous un autre angle. Mais pendant ces trois jours de stage, j'ai eu l'impression que, chez vous, on faisait une espèce de police, et moi, je ne me sens pas du tout l'âme d'un policier. Est-ce que vous pensez, mon général, que je devrais faire une demande de remise à la disposition de mon arme ?

Le général se leva. Les mains dans les poches du pantalon relevant sa veste comme un derrière de poule, il alla à la fenêtre. Le crépuscule était en train de tomber.

– Venez voir.

Le lieutenant vint se placer respectueusement à sa gauche. À cette heure-ci, Alger la blanche, qui dégringolait vers la mer comme une cascade, était mauve.

Les palmiers qui se hérissaient çà et là paraissaient noirs. De petites lumières pointillaient le lointain. On dirait, pensa Lavilhaud, un tableau naïf.

Le général ôta sa pipe de sa bouche large et plate :

– Si vous croyez que nous faisons un travail de police, c'est que vous n'avez rien compris à ce qu'on vous a raconté au stage. Ce que nous faisons n'a rien à voir avec ce que fait la police, sauf quand nous le faisons mal. La police est responsable de l'ordre ; l'armée, de la paix. Ce n'est pas la même philosophie. Et nous, les services spéciaux, en tout cas nous, les CROP, nous appartenons à l'armée et nous avons la philosophie de l'armée. Cela dit, dans notre métier, le secret est essentiel et nous n'aimons pas beaucoup renvoyer dans leurs unités ceux qui ont approché l'Arche. Je crois qu'il faudra vous résigner à rester parmi nous. Qu'est-ce qui vous y déplaît tant ?

– Il m'a semblé qu'il s'agissait surtout de pratiquer la dissimulation quand ce n'est pas la tromperie.

– Eh, bien sûr ! Les plus grands chefs de guerre de tous les temps disent que la victoire est presque toujours fondée sur la tromperie et la dissimulation. Une diversion, ce n'est pas de la tromperie ? Et une embuscade, ce n'est pas de la dissimulation ?

Lavilhaud ne savait que répondre.

Simonoff, de l'embout de sa pipe, désigna la ville à leurs pieds.

– Il y a là mettons cent mille êtres humains, qui veulent manger, boire, dormir, copuler et éventuellement prier en paix. Il y a là mettons cent êtres humains qui veulent les en empêcher au nom d'une idéologie fumeuse, d'une nation imaginaire, et surtout au nom de leurs propres ambitions. Vous ne croyez pas que, si nous recrutons un de ces hommes pour empêcher les quatre-vingt-dix-neuf autres de plonger cette ville dans le chaos, nous aurons fait œuvre utile et je dirai même, pour vous faire plaisir, lieutenant, œuvre pie ? Et j'ajouterai œuvre de soldat. Il est vrai que les moyens que nous aurons utilisés pour le recruter sont douteux : l'argent, l'intimidation, le sexe, l'orgueil, *mice* disent les Anglais : *Money, Intimidation, Sex*[1], *Ego.* Mais vous n'allez pas prétendre, lieutenant, après deux ans de crapahut, que la guerre est une activité propre ? On sue, on saigne, on remplit sa culotte, comme, paraît-il, Henri IV avant chaque bataille…

Simonoff aspira quelques bouffées et reprit :

– L'infanterie, c'est vous qui l'avez choisie, ou vous avez été affecté d'office ?

– J'ai été affecté. Je n'avais pas de préférence.

– Eh bien, vous auriez pu être envoyé dans la cavalerie, ou l'artillerie. Maintenant, vous voilà chez les moustaches. C'est pareil, sauf que, bien sûr, c'est plus dangereux pour le salut de l'âme, parce qu'on marche sur la corde raide entre le bien et le mal. Mais vous aimez le danger, non ?

Le général retourna à son bureau et pianota des doigts en l'air, comme s'il hésitait à appuyer ou non sur son bouton caché.

– Aimez-vous le bon whisky, Lavilhaud ?

– Euh…

– Vous préférez autre chose ?

---

1. Originellement : *Money, Intimidation, Constraint, Ego. Constraint* : en français, « contrainte ». Cette contrainte s'exerçant principalement dans le domaine de la sexualité, on a fini par lui substituer le mot *sex* sans abandonner pour autant le mot *mice* (en anglais : souris) plus facile à retenir.

De nouveau le lieutenant se sentit rougir comme un petit garçon, mais avoua bravement :

– J'aime bien le Saint-Raphaël.

– *My God !* fit Simonoff. Tant pis pour vous, vous en aurez.

Le bouton fut actionné, l'homme de troupe revint, reçut sa commande, ramena la table roulante avec une bouteille de whisky, une de Saint-Raphaël, les verres correspondants et des amuse-gueules, disparut à nouveau. Le général et le lieutenant reprirent leurs places dans les fauteuils club, toujours orientés de trois quarts.

– Tel que vous êtes, il y a autre chose dont il faut que je vous avertisse, Lavilhaud, dit Simonoff en tirant toujours sur sa pipe odoriférante et en proférant de temps en temps de petits pouf pouf appétissants, comme un nourrisson qui apprendrait à dire papa. Quelle est, selon vous, la différence entre une guerre révolutionnaire et une guerre tout court ?

Question rhétorique : le général ne laissa pas au lieutenant le temps de répondre.

– Dans la guerre tout court, on ne sait pas toujours *où* est l'ennemi, mais on sait *qui* est l'ennemi. Dans une guerre révolutionnaire, on ne sait ni *où* ni *qui*. Il s'ensuit que le renseignement lequel, dans une guerre ordinaire, est important mais auxiliaire, dans une guerre révolutionnaire devient primordial. Pri-mordial. Vous me parliez de police. Nous ne faisons pas de police. Nous faisons du renseignement, parce que sans renseignement notre guerre ne serait pas possible. Nous n'aurions qu'à plier bagages et à abandonner les populations à la merci des terroristes. Or, quelles sont les sources de renseignement ?

Le général déposa son gobelet de cristal taillé sur la table basse, alla au tableau noir, prit une craie jaune et écrivit d'une écriture lente et minutieuse :

Sources du renseignement en guerre révolutionnaire

1) *Interceptions de liaisons adverses*
2) *Agents infiltrés chez l'adversaire*
3) *Informations données spontanément par la population*
4) *Interrogatoires*
   a) *de ralliés*
   b) *de prisonniers*
   c) *de suspects.*

Il se retourna vers Lavilhaud.

– Vous me suivez ?

– Oui, mon général.

– Les interceptions, nous avons, mais comme l'adversaire communique peu, nous en avons peu, et trop tardivement pour que nous puissions en faire un emploi tactique ; stratégique, je ne dis pas. Les agents en place, nous avons, mais ceux-là ne sont pas de votre ressort. La population nous informe quelquefois, quand elle demande notre protection, et, même à votre niveau, il n'est pas exclu que vous ayez à manipuler un informateur ou deux. Mais ne nous faisons pas d'illusions : quatre-vingts pour cent de vos renseignements vous viendront d'interrogatoires. *Ralliés* : facile parce qu'ils ne demandent qu'à parler, il vous suffit de savoir quelles questions poser et dans quel ordre ; *prisonniers* : déjà plus difficile, mais enfin ils ont été pris la main dans le sac, ils ne peuvent pas nier qu'ils sont rebelles et généralement ils sont prêts à donner quelques bribes : il faut savoir amener le reste ; *suspects*... alors là... il y faut une expérience, une humanité, un sens du pari : est-ce qu'il me ment ? jusqu'où me ment-il ? quelle réaction vais-je avoir ?... Il faut un peu pousser quelquefois.

Simonoff revint s'asseoir.

– C'est là où je voudrais vous mettre en garde. Vous m'avez l'air d'un petit gars propre, mais tous ne sont pas comme vous. Il y a, dans la nature humaine, un fond de sadisme dont nous devons nous méfier. Je ne parle pas des sous-offs qui, en général, font ce qu'il faut faire quand il faut le faire. Mais vous aurez des appelés qui vous demanderont de participer à des interrogatoires pour raconter à leur bonne amie. Surveillez-les, Lavilhaud. Ne les laissez pas faire n'importe quoi. Les garçons sont naturellement cruels. Et vous-même... Oui, même vous, mon petit Lavilhaud, sachez jusqu'où ne pas aller trop loin.

Lavilhaud reposa lentement son verre de Saint-Raphaël :

– Trop loin... Où, trop loin ?

– Vous savez bien ce que je veux dire.

– Non, mon général ! On croirait presque à vous entendre que vous parlez de torture. Mais l'armée française ne torture pas ! Tout ça, ce sont des racontars de la presse communiste ou apparentée. Enfin, cela fait deux ans que je sers dans une unité opérationnelle et je n'ai jamais vu de torture, jamais entendu parler de torture ! Oui, j'ai eu un gars qui a donné un coup de pied au derrière d'un prisonnier : je l'ai collé au gnouf pour huit jours. Et mes camarades sont comme moi. Nous faisons la guerre, nous risquons la mort, nous tuons quand il faut, mais les prisonniers… C'est sacré, les prisonniers. Enfin, nous ne sommes pas des inquisiteurs.

Simonoff se replia dans son fauteuil, dans sa pipe et dans son whisky comme dans un cocon, comme dans une coquille. Il allait sécréter un onguent qui ferait du bien à ce garçon dont la valeur ne lui échappait pas. Il remarqua :

– Vous confondez un peu. Les inquisiteurs étaient à la recherche d'aveux pour sauver l'âme du coupable. Nous sommes à la recherche de renseignement pour protéger des innocents. Vous avez entendu parler de la bataille d'Alger ?

Il désignait la fenêtre, presque entièrement obscure maintenant, et il n'allumait pas les lampes, il laissait le bureau sombrer dans la pénombre.

– Oui, dit Lavilhaud d'un ton buté. Je ne sais pas ce qui s'est passé pendant la bataille d'Alger et je ne veux pas le savoir. D'abord, c'étaient les paras. Moi, je crois en une armée française qui croit à l'honneur.

– Oh ! ce qui s'est passé est assez simple, dit Simonoff. Il y avait des bombes qui pétaient dans les bistrots et arrachaient des bras et des pieds européens et musulmans, et maintenant il n'y a plus de bombes qui pètent dans les bistrots et arrachent des bras et des pieds européens et musulmans. Pour simple, c'est simple. Mais vous avez prononcé un mot… Un mot tellement vague, tellement abject, tellement sentimental, qu'il est plus digne du *Prolétaire* ou de *Labeur chrétien* que de vous et de moi.

Le général alla à son tableau noir, alluma un projecteur braqué dessus, d'un coup d'éponge effaça ce qu'il y avait déjà écrit, mit en titre :

De la même écriture appliquée, il traça :

1) Atrocités sadiques
2) Atrocités
  a) Pour intimider
  b) Pour punir
3) Exécutions sommaires
4) Interrogatoires coercitifs.

– Vous remarquerez, dit-il, que vos amis de *Labeur chrétien*…

– Mes amis, mon général… !

– Ayez un peu d'humour, Lavihaud. Ça sert quelquefois, dans la vie.

« Vos amis amalgament quatre activités qui n'ont rien à voir, et sous la même étiquette, ce qui n'est pas innocent. Vous m'avez dit "l'armée française ne torture pas" et, dans l'ensemble, j'en suis d'accord avec vous. Les exécutions sommaires, c'est autre chose… Nous faisons la guerre sous une législation de paix. Vous capturez un terroriste responsable de cinquante morts de civils, vous le déférez à la justice, un avocat à la mode fait le joli cœur, le terroriste est acquitté et retourne dans le circuit. Si, au lieu de tout cela, vous l'envoyez vous-même en corvée de bois, c'est expéditif et peu légal, mais ça n'a rien à voir avec la torture.

« Les atrocités sadiques… Je n'en ai jamais été témoin du côté français.

– Moi non plus, mon général.

– Atrocités pour punir ? Oui, j'ai vu donner une paire de claques à un prisonnier insolent, mais est-ce qu'une paire de claques est une atrocité ? Atrocités pour intimider ? Il y a peut-être eu, ici ou là, quelques coupeurs de route ou de poteaux fusillés pour l'exemple. Je dirai même probablement. Mais comment voulez-vous que des colonels responsables de leur secteur ne répondent pas à l'intimidation par d'autres intimidations ? Est-ce que tout cela peut se regrouper sous le terme abusif et racoleur de "torture" ?

– Vous avez aussi écrit "interrogatoires coercitifs" et Kant a dit qu'un être humain devait toujours être traité comme une fin et non un moyen.

– Kant n'avait jamais fait de guerre contre-révolutionnaire, Lavilhaud.

Le général Simonoff regarda le lieutenant Lavilhaud dans les yeux, et il y eut quelque chose de comique dans ces hublots épais et ronds affrontant ces vitraux minces et carrés. À travers les verres, les regards plongèrent l'un dans l'autre. Dans celui de Simonoff, il y avait une compréhension sans limite, capable, à la demande, de toutes les incompréhensions, une humanité infinie, enceinte, probablement, de toutes les inhumanités requises, mais aussi une tendresse, quelque chose qui tenait de la paternité. Dans celui de Lavilhaud, il y avait surtout une honnêteté presque désespérée :

– Oui, mon général, mais si moi, je m'interdis – ou plutôt si je suis incapable, incapable ! – de porter un coup à qui ne pourrait pas me le rendre ?

– Mon jeune camarade, dit Simonoff dans l'obscurité, vous avez posé la seule question valable.

3

« Chef, aime-moi. Ce que j'ai à faire ne sera pas facile, mais j'y arriverai. À une condition : aime-moi. »

*

Même le commando, en qui la nature humaine s'étalait dans tout son bariolage de possibilités pour le bien et pour le mal, le nouveau lieutenant y rencontra quelque résistance.

Dans les unités d'où venaient ces hommes de troupe, on leur avait appris à respecter les prisonniers, et cela leur avait paru étrange – car enfin, pourquoi respecter qui ne peut se défendre ? – mais ils s'étaient soumis à ce qui leur semblait une bizarrerie de l'armée : est-ce que les flics, eux, ne passent pas les voyous à tabac au commissariat ? L'armée a d'autres bizarreries : la boule à zéro, le petit doigt sur la couture du pantalon, dix-huit plis dans le dos du blouson, pourquoi dix-huit, bon, on respecterait les prisonniers, s'il n'y avait que ça pour faire plaisir aux gradés. Au CROP, au contraire, l'équilibre normal des forces reprenait ses droits : puisqu'il y a du plaisir à botter le derrière d'un homme qui ne peut pas en retour botter le vôtre, pourquoi s'en priver ? Pas méchamment. Comme ça. Pour montrer *qui* est le maître. Ajoutez-y que Gonarelle prenait un malin plaisir à initier les petits gars au tournage de la manivelle et à la manipulation du robinet : certains en avaient pris le goût. Ça les faisait rigoler, les hurlements des interrogés !

Eh bien, avec le nouveau lieutenant, ils allaient avoir à se passer de ces menus plaisirs-là.

Il ne leur fit pas la morale, il les prévint de son ton cassant que toute brutalité envers un prisonnier serait punissable de huit jours avec demande d'augmentation, et surtout il les occupa incessamment. Ils furent employés le jour à des contrôles d'identité sur les routes – et il arrivait qu'ils ne revinssent pas bredouilles – et la nuit à des embuscades dont beaucoup refermaient leurs mâchoires sur le vide, mais pas toutes : le commando de Si Youssouf employait des agents de liaison dont quelques-uns n'étaient pas aussi prudents que les fellouzes et qu'on capturait. Tout cela redonnait de la dignité à ces garçons et ils aimaient assez que leur lieutenant, qui, le plus souvent possible, sortait avec eux, leur adressât des paroles dures comme :

– Quand vous étiez petits, vous étiez du genre à arracher les pattes à une mouche ou à casser la figure du grand qui embêtait votre petite sœur ?

Donc, peu à peu empaumé, le commando. Toujours de la vigilance, bien sûr, et toujours les tenir en haleine. Une baffe est si tôt partie, mais le style « Nous, on est des hommes, on se bat contre des hommes, on ne s'acharne pas sur les vaincus » rendait assez bien. Le lieutenant y ajoutait ce qu'il fallait de bondieuserie, mais pas trop, juste le niveau acceptable : « Moi, je suis catholique, vous, je ne sais pas, mais je vais vous montrer que personne ne respecte l'homme plus que moi. » Ça marchait. Le sergent de réserve Marceau, qui préférait toujours être du bon côté des autorités, eut même l'adresse de se faire conduire à la messe par son lieutenant.

*

Avec Zubira, ce fut différent. Le caporal était « interprète » et, dans ce genre de circonstances, on ne recrute d'interprètes que capables de mettre la main à la pâte. Mais Lavilhaud avait assez d'intuition pour savoir que Zubira n'était pas un mauvais ; que, derrière son visage de cuir mal tanné, se cachait – tiens, à propos de pâte – une pâte d'homme embryonnaire, mal malaxé, mal achevé, mais non pas rebelle à la grâce, et que, pour ce fruste qui portait au cou plusieurs médailles religieuses, la grâce ne pouvait être que superstition ou discipline : ici, ce serait la discipline.

– Maintenant, Zubira, on ne touche plus à un prisonnier, sans un ordre de moi.

– Mais commane one fait pour les inneterrorrher, monne lieuténane ?

– Vous faites comme je vous dis. C'est tout ce que *je* vous demande.

« Je ». Pas « on ». Et jamais de « vous avez compris ? »

Le poing de Zubira et le pied de Zubira succomberaient sûrement, âme simple qu'il était, à une tentation de temps en temps. Mais il se sentirait coupable d'avoir désobéi. Et il n'aimerait pas se sentir coupable. C'était à peu près gagné, du moins tant que Robert serait chef du CROP.

*

Plus compliqué avec le rallié Redouane.

Il fallut à Robert des heures et des heures de conversations au crépuscule pour commencer à le comprendre.

Redouane s'était battu dans les rangs des rebelles.

Pourquoi ? Parce qu'une fois il avait vu sa mère obligée à descendre du trottoir pour le céder à une « Ieuropène » : « Elle était même pas belle, l'Ieuropène, elle était même pas riche, elle était Ieuropène : alors toi, la fatma, tu me laisses passer. »

Mais la rébellion avait déçu Redouane : charcuter des femmes pieds-noires pour venger l'honneur de sa mère – l'avait-il fait ? on n'allait pas le questionner de trop près – lui paraissait excessif. Lui, il était allé à l'école française, et il en était reconnaissant à « Franssa ». Kabyle, il avait compris que la rébellion ne profitait qu'à ces « sales races » d'Arabes. Alors, à partir de maintenant, il allait servir « Franssa » par tous les moyens.

Tous.

D'opération en opération, ce colosse trimbalait sa Thompson et les chargeurs et son équipement et sa couverture – il se proposait pour porter aussi tout ce qui aurait pu gêner son lieutenant –, et pour les interrogatoires, il était toujours volontaire. Il avait choisi son camp, c'était « Franssa » ; tous ceux qui étaient contre « Franssa » étaient des *saloupards* et méritaient d'être traités comme tels. Ses anciens camarades ? Il ne les craignait pas au combat, et, prisonniers, n'avait pas plus de pitié d'eux qu'eux n'en auraient eu pour lui s'ils l'avaient pris.

Aucun raisonnement n'avait prise sur lui, ni fondé sur la noblesse du métier militaire – « Le militaire, mon lieutenant, c'est pour gagner », – ni fondé sur le respect dû au faible : « Si je suis le plus fort, *c'i* bien pour moi ; si je suis pas le plus fort, *c'i* mal pour moi ; *c'i* tout. » Il fallait déjà le surveiller pour l'empêcher de piller et de violer – « Tu sers dans l'armée française, Redouane ! » ; il fallut le surveiller aussi pour l'empêcher de sévir contre les prisonniers. Lavilhaud s'y employa, sachant que Redouane le tenait, d'une certaine manière, pour un enfant ou un demeuré, et tentait par ses brutalités de lui rendre service en cachette, car il aimait son lieutenant d'un amour simple et viril – un amour dont la société moderne, occidentale et démocratique, a perdu jusqu'à l'idée.

*

Le sergent-chef Carvaillac, marsouin, ancien saharien, ancien d'Indo, plutôt émacié que maigre, avec un front bourrelé de sillons épais, un nez d'épervier et deux longues rides verticales mettant sa bouche comme entre crochets, avait toujours eu du mal à s'entendre avec ses chefs, parce que, à peine lettré, il était intelligent, qu'il avait le coup d'œil, de l'expérience, et même une capacité de synthèse dont peu lui faisaient crédit. C'est à la suite d'une dispute avec son colonel qu'il avait été muté et s'était retrouvé dans les CROP.

Du lieutenant Jullien, Carvaillac n'avait pas pensé grand-chose. De toute manière, étant marsouin, il n'attendait rien de bon d'un officier en bleu, et s'il appartenait à l'armée de l'air, encore moins. Cela dit, Jullien s'était montré grand bricoleur, grand organisateur de pots avec une légère tendance à la démagogie, avait su montrer de l'autorité quand il le fallait, et n'avait pas joué les petites natures quand il fallait procéder à des interrogatoires « serrés » et même « poussés ». Carvaillac en avait acquis pour lui une certaine estime.

Lui-même avait une philosophie empirique de l'interrogatoire. On *avait* un prisonnier, parce que, d'une manière ou d'une autre, il s'était fait *avoir*. Qu'allait-on en faire ? Pas le garder jusqu'à la fin des « événements » ! Il y avait trois solutions : le relâcher, le descendre ou l'interroger. Pour le relâcher, pas la peine de l'avoir pris, et les exécutions sommaires se faisaient de plus en plus rares, clandestines, difficiles. L'interrogatoire était donc la solution évidente. On supposait que le gars connaissait le nom de tel commissaire politique, l'emplacement de telle cache, les projets de telle unité adverse. Il était normal d'essayer de les apprendre de lui. S'il parlait spontanément, c'était tant mieux pour lui et pour Carvaillac qui avait le sang chaud, mais ignorait le sadisme, et, de plus, n'aimait guère se salir dans les vomissures. Si l'interrogé ne voulait pas « cracher », il finissait par « cracher » tout de même, mais Carvaillac n'était pas assez sot pour s'illusionner : cela pouvait être la vérité, comme cela pouvait être une menterie. Si, de manière quelconque, Carvaillac apprenait que c'était une menterie, il punissait le prisonnier sans colère, sachant que lui aurait agi de même dans une occasion semblable. En tout cas, il ne lui était jamais arrivé de « perdre » un prisonnier par excès de zèle, faute gravissime, le propre des bleus.

La décision du nouveau lieutenant le médusa. On était là pour faire du renseignement, non ? Et le renseignement, c'est, malheureusement, la castagne, la gégène, le baquet, le palan. Aussi simple. Carvaillac n'était pas un vicieux, il répugnait aux fantaisies comme les brûlures de cigarette, ne parlons même pas des allumettes sous les ongles ni du chalumeau à soudure : ce qui est rituel est en quelque sorte exorcisé et qui veut la fin veut les moyens. Or, voilà que ce réserviste prétendait mettre le monde à l'envers ?

Il alla frapper à la porte du bureau de son chef, entra, ôta posément son calot illustré d'une ancre de marine – il n'avait pas pu se résigner à porter le béret noir des CROP – et prit une attitude qui n'était ni le garde-à-vous ni le repos mais sous-entendait tout de même, malgré la différence d'âge, un certain respect hiérarchique.

– Je peux vous parler, mon lieutenant ?

– Asseyez-vous, Carvaillac.

Ils s'étaient déjà serré la main le matin : une fois par jour suffisait.

– Vous avez donné des ordres pour qu'on ne touche plus aux prisonniers.

– Exact.

– Même pour les interroger.

– Exact.

– Ces ordres viennent de vous ou de Constantine ?

– Pour vous, chef, ils viennent de moi.

– Alors il faut que vous m'expliquiez.

– Quoi ?

– Pourquoi on ne doit plus y toucher. C'est des sacs à renseignement. Quand il faut les secouer pour que ça sorte, on est là.

– Je ne pense pas, Carvaillac, que ce soient des sacs. Ce sont des hommes. Je ne pense pas que nous soyons des secoueurs. Nous aussi, nous sommes des hommes.

La relation entre un jeune officier réserviste et un sous-officier d'active qui baroude depuis vingt ans n'est pas simple, mais Robert n'avait jamais eu de difficultés avec les siens : il les traitait en subalternes et non en inférieurs, il était toujours prêt à s'instruire auprès d'eux, et eux flairaient en lui une qualité d'homme au moins égale à la leur.

Carvaillac demanda :

– C'est parce que vous allez à la messe que vous dites ça ?

Lavilhaud réfléchit :

– Probablement. C'est parce que je vais à la messe que je fais la plupart de ce que je fais. Et que j'essaye de le faire bien. Si vous étiez prisonnier, Carvaillac, vous aimeriez qu'on vous torture ?

Carvaillac haussa l'épaule :

– Je trouverais ça normal. À moi de ne pas me laisser prendre.

– Et ça ne vous fait rien de cogner sur un pauvre type qui est attaché, ou maintenu par vos copains, et qui ne peut pas riposter ?

– Je ne fais pas ça pour mon plaisir, mon lieutenant.

Ils se turent quelques instants. Carvaillac voulait comprendre :

– Et vous, vous n'avez jamais flanqué une paire de baffes à quelqu'un ? Je ne veux pas dire pour l'interroger. Je veux dire… pour qu'il comprenne qui commande.

– Je ne crois pas qu'on ait à flanquer de baffes pour qu'on comprenne qui commande.

– Bon, enfin, mon lieutenant, vous êtes en opé ; vous capturez un prisonnier ; la katiba s'est planquée dans une grotte ; si vous passez la nuit sur le terrain, elle va se carapater, vous ne demanderez pas au prisonnier où est l'entrée ?

– Pas en le torturant.

– Vous pourriez le faire faire.

– Ce serait pire.

– Bon, je comprends qu'il y en a qui ne veulent pas se salir, même moralement. C'est même pour ça qu'on a inventé les CROP, non ? Mais alors vous, qu'est-ce que vous y faites, dans les CROP ?

Lavilhaud mordilla la gomme de son crayon et sourit de son sourire ingénu, presque espiègle :

– Quelquefois, Carvaillac, je me le demande moi-même...

Il reprit son sérieux :

– Mais je crois entrevoir à peu près ce qui est bien et ce qui est mal. Et, tant que je commanderai le CROP de Bourmont, on y fera ce que je considère bien et on n'y fera pas ce que je considère mal.

Carvaillac comprit qu'il était congédié. Il se leva.

– Le rendement en renseignement va sacrément baisser, mon lieutenant. Ils ne vont pas être contents. Ni à Constantine ni au secteur.

Lavilhaud se demanda s'il relèverait l'impertinence – « Ça, si vous permettez, c'est moi que ça regarde » – mais, comme l'autre remettait son calot de marsouin pour saluer, il trouva mieux.

– À propos, sergent-chef...

– Oui, mon lieutenant ?

– Vous ferez l'acquisition d'un béret noir : c'est la tenue réglementaire dans les CROP.

*

Ce n'est pas à l'officier de police Gonarelle qu'il aurait été besoin d'imposer le béret noir ; à peine s'il s'en séparait pour dormir, et le jour, il s'en servait aussi bien pour s'éponger le front qu'il avait chauve, rubicond et perpétuellement en sueur, que pour essuyer la table avant de prendre un repas ou pour épousseter ses rangers avant de paraître devant une autorité. Certains policiers rechignaient à servir en Algérie dans les CROP, pleurant après la sécurité, bobonne et les mômes, mais l'assimilation du grade d'officier de police principal à celui de lieutenant militaire avait transporté d'aise Gonarelle, et on le voyait souvent loucher avec complaisance sur les deux barrettes dorées qui brillaient à ses pattes d'épaule.

Du point de vue de l'âge, il aurait presque pu être le père de Lavilhaud, et il s'était dit que, tout en lui montrant les égards nécessaires, il se retrouverait, avec un peu de chance, commandant effectif du CROP. Si les prisonniers crachaient bien, il y aurait peut-être là la possibilité d'une nouvelle vie. Eh oui. Cela ne déplairait pas à Gonarelle de faire carrière dans les services spéciaux où apparemment tout était permis, plutôt que de se languir à Nogent, où pas grand-chose ne se passait, et où la moindre gifle allongée pour se désennuyer à un suspect pouvait provoquer une enquête de la police des polices.

L'attitude du nouveau chef de CROP le sidéra. Que le jeunot se crût capable de commander l'établissement, c'était déjà fortiche, mais qu'il se fût mis en tête de supprimer ce qui en faisait à la fois l'efficacité et l'agrément, cela dépassait les bornes.

Gonarelle commença à en parler à Carvaillac, avec qui il avait travaillé en tandem et à qui il offrit une bière au foyer :

– Non, mais enfin, pour qui il se prend ? Il n'y a pas si longtemps qu'il tétait encore sa môman. Et, à vue de nez, il doit être puceau ! Il va à la messe et vous avez remarqué qu'il ne dit jamais un gros mot ?

Sur le fond, Carvaillac était d'accord, mais ce flic déguisé en officier inspirait une antipathie profonde au sous-off, pour qui l'épaulette était sacrée : elle permettait de distinguer non pas entre plus gradé et moins gradé mais – Carvaillac ne connaissait pas le mot – entre *adoubé* et *non adoubé*. Bien sûr, l'existence des réservistes venait mettre un peu de pagaïe dans tout ça, mais c'était la guerre et, si le réserviste était bon, Carvaillac acceptait le sacrement comme valide. Quel rapport avec ce poulet qui déclarait avec force gloussements que, ce qui lui plaisait le plus dans son métier, c'était « les visites de lit à l'aube » : l'adultère étant encore réprimé par la loi, rien n'était plus jouissif que de pénétrer dans une chambre d'hôtel et de faire lever le couple illégitime, apeuré et à poil, pour vérifier l'état des draps.

Carvaillac ne répondit donc à Gonarelle que par des grognements et, « sur interpellation », se contenta de bougonner :

– Vous savez, je ne sais pas comment c'est chez vous, mais chez nous, les ordres, c'est les ordres, hein ? Merci pour la Kronenbourg.

Il s'éloigna, sans proposer la rince. Lui-même ne buvait que de la Tuborg à goulot doré.

Gonarelle espéra trouver plus de compréhension auprès des gendarmes, mais les deux pandores n'en menaient pas large. En théorie, comme ils étaient OPJ [1], leur présence au CROP devait conférer la légalité à ce qui s'y déroulait : c'était ce qu'on leur avait signifié à Paris. Mais ils avaient rapidement compris que le commandement n'avait que faire de légalité : ce qu'on leur demandait, c'était, outre leurs capacités dactylographiques bidigitales, l'emploi de leurs muscles et, quelquefois, leur expérience des interrogatoires les plus rudimentaires. Alors pas question de leur faire exprimer une opinion :

– Nous, vous savez, on n'était pas volontaires pour venir. Tous les soirs, on marque le calendrier pour savoir combien de jours il nous reste à tirer avant de rentrer à Clamecy.

Il n'y avait pas autre chose à faire que de parler au lieutenant lui-même. Gonarelle essaya de l'arrêter dans un couloir :

– Dites donc, Lavilhaud (il avait été une fois rappelé à l'ordre et prononçait correctement), j'avais une question à vous poser.

– Ça tombe bien, monsieur Gonarelle. Moi, j'ai une prière à vous faire. Venez dans mon bureau.

Et le jeunot s'installa à sa table, en désignant à Gonarelle un fauteuil de bois pour visiteurs.

Il y eut un silence.

De nouveau, Robert se sentait rougir jusqu'entre les cheveux, rougir de la honte qui s'emparait de lui quand il allait mettre quelqu'un dans une situation embarrassante. Il allait devoir dire deux choses désagréables à son aîné, et le plus tôt serait le mieux : il se

1. Officier de police judiciaire. Qualification n'ayant rien à voir avec un grade d'officier.

mépriserait s'il ne les disait pas. Il parla lentement, pour être sûr de ne pas bégayer.

– Premièrement, vous avez le double de mon âge, je sais. Vous portez deux barrettes comme moi, je sais. Je ne vous demande donc pas de me saluer, de me témoigner de « marques extérieures de respect ». Mais je commande ce CROP et il n'est pas convenable – Robert aimait ce mot militaire : « convenable » – que vous m'appeliez par mon nom de famille devant des subalternes. Je vous appelle « monsieur Gonarelle »...

– Vous pouvez m'appeler « Gonarelle » tout court. Ça ne me gêne pas.

– Moi, ça me gênerait. Ou vous m'appelez « mon lieutenant » ou vous ne m'appelez pas du tout.

« Autre chose. J'ai examiné la comptabilité. J'ai vu que le lieutenant Jullien vous offrait l'hôtel sur la caisse noire.

– Une gargote...

– L'hôtel néanmoins. Nous n'allons plus pouvoir assumer cette dépense. D'ailleurs, c'était lourd pour le commando de vous envoyer chercher et faire ramener tous les jours. Nos gars ont autre chose à faire. Vous pouvez prendre mon ancienne chambre : j'y étais très bien.

– Mais je croyais que le commandant Tourquois avait autorisé...

– Vous pouvez demander le rapport du commandant Tourquois pour cette question ou toute autre qui vous tracasserait.

Ce n'était pas le style de Gonarelle de brusquer les choses. Il eut un petit rire et s'essuya le front avec son béret.

– Comme si ça avait de l'importance, tout ça, dit-il. D'accord, je vais prendre votre chambre. (À vrai dire il regrettait surtout de ne plus pouvoir draguer les filles dans la rue Bourmont haute et surtout la rue Bourmont basse.) Moi, je voulais vous parler d'autre chose. Votre décision d'interdire tout interrogatoire un peu… hé hé !… disons musclé, disons corsé, ça n'est pas sérieux ?

– Pourquoi ?

– Parce que les CROP sont des usines à renseignement, qu'elles doivent donc en produire et que, en guerre révolutionnaire, on n'en a pas sans y mettre les moyens. Ce n'est pas difficile de défoncer un baquet à la mitraillette et de brûler un palan dans un fourneau, mais quand vous aurez besoin de savoir en vitesse où Si Youssouf cache ses mitrailleuses, vous serez obligé de faire appel à votre moulin à renseignement, et votre moulin ne tournera plus.

– Je pense que vous vous trompez, monsieur Gonarelle : il tournera. Il tournera de façon humaine, mais il tournera.

– Eh ben ça, je peux vous dire que vous vous mettez le doigt dans l'œil. Mais exposez-moi donc ce qui vous gêne tant dans la nécessité de triturer quelques salauds.

– La torture est-elle conforme à la loi française ?

– Non, mais…

– À la loi de Dieu ?

– Vous savez, moi, le bon Dieu…

– À la loi naturelle ?

– Écoutez, je vais vous raconter une petite histoire. Vous capturez un type et vous savez qu'il sait où va péter une bombe dans une heure. Elle fait déjà tic tac, mais vous ne savez pas où. Vous l'interrogez ? Ou vous prenez sur vous de laisser péter la bombe plutôt que de tremper le type ? Ce serait conforme à la loi naturelle, ça ?

Lavilhaud se renversa dans son fauteuil avec lassitude.

– Depuis que je suis entré dans cette maison, monsieur Gonarelle, tout le monde me raconte ce genre de blague. Le commandant Tourquois y est allé de la sienne. Et moi, je vais vous poser une question : cela vous est arrivé souvent, en torturant un prisonnier, de trouver une bombe qui faisait tic tac ?

– Pas souvent, mais…

– Vous voulez dire jamais, n'est-ce pas ? Et, dans l'entretemps, combien avez-vous torturé de pauvres types qui ne savaient rien sur aucune bombe ? Et combien d'hostilité avez-vous créé dans une population qui ne nous est pas défavorable ?

La sueur formait des ronds sous les aisselles de Gonarelle et dans les plis de sa chemise qui se mettait en accordéon sur son estomac.

Le lieutenant Lavilhaud laissa peser le silence quelques instants.

– J'ai l'intention de commander ce CROP à ma façon, monsieur Gonarelle. Je serai peut-être muté pour inefficacité, on verra. En attendant, si vous voulez présenter votre demande de mutation, vous êtes libre.

*

Et le soir, au lit, avant de rêver à Blandine dans le grand lit qui avait été celui de Jullien :

– Chef, aime-moi. Ai-je été trop dur avec Gonarelle ? Dans la façon dont je l'ai traité, le fait qu'il me soit antipathique a-t-il joué ? Et le fait qu'il transpire beaucoup ? Ai-je oublié à un moment quelconque qu'il était aussi mon frère ?… Dis-moi comment il faut faire, Chef : j'obéirai, tu le sais bien.

4

Hé non, le moulin à renseignement ne s'arrêta pas de tourner.

D'abord, Lavilhaud n'avait pas complètement perdu son temps pendant son stage. Il avait appris les fichiers entrecroisés par noms, adresses, professions, âges. Il avait appris les organigrammes à remplir et les monographies où rassembler les renseignements concernant une unité, un douar, une entreprise. Sous Jullien, on avait négligé d'exploiter le travail de Titan fait pour préparer *Jumelles* et au cours duquel avait été recueillie une masse de renseignements dont on n'avait exploité que la partie la plus directement opérationnelle. La masse des comptes rendus d'interrogatoires pratiqués en dehors de *Jumelles* était toujours là, et il suffisait de l'organiser pour qu'elle se mît à laisser transpirer çà et là quelques indications. Ce n'étaient pas, bien sûr, des dépôts d'armes dont on apprenait ainsi les coordonnées précises, mais cela pouvait être, de manière presque certaine, l'identité d'un collecteur de fonds, ou l'itinéraire préféré de telle *ferka* [1] sur lequel poser

1. Section rebelle.

une embuscade ou accrocher un tir préréglé, ou un lieu de rendez-vous au fond d'un oued avec tel commissaire politique. C'était du renseignement et du bon, et Lavilhaud l'obtenait à force de recoupements, grâce auxquels il commençait à croire à son nouveau métier.

Ayant d'autres occupations le jour, Lavilhaud consacrait une bonne part de ses nuits à remplir les bouts de carton quadrillé sur lesquels il reportait la photo quand il y en avait une et qu'il classait par couleurs : suspects, recherchés, prisonniers, décédés… Seul Gonarelle aurait été capable de l'aider, mais, souhaitant que le moulin s'arrêtât de tourner et connaissant trop les bienfaits des fichiers pour en faire profiter autrui, l'officier de police y mettait de la mauvaise volonté.

Une nuit, comme Lavilhaud travaillait dans son lit, on frappa à sa porte. Dans l'entrebâillement obscur se profila Gastonne Clisson. Sous sa robe de chambre, elle portait un pyjama crème gansé de marron. La peau mate de sa gorge luisait doucement dans un décolleté en pointe. Le visage oblong, hâve et brun restait dans l'ombre, une boucle noire retombait sur le front comme un point d'interrogation espagnol.

– Vous ne dormez pas, lieutenant ? J'ai vu de la lumière sous votre porte.

– Oui, elle ferme mal. « Du travail arabe », dirait Carvaillac.

– Vous êtes encore au boulot à cette heure-ci ?

Il était adossé à ses oreillers et écrivait sur sa planchette d'officier. Il sourit :

– Pour une fois je ne me suis pas mis de patrouille de nuit.

– Il est indiscret de… ?

Elle tirait sur sa cigarette

– Je suis en train de refaire le fichier de manière à le rendre utilisable.

– Je pourrais peut-être vous aider.

Toujours la voix un peu enrouée.

Il réfléchit.

Se sachant jeune pour son commandement, il avait pris soin de créer des barrages entre ses subalternes et lui. Il ne partageait pas leurs repas : comme, pour respecter les conseils de Jullien, il n'allait pas non plus au mess, et, par économie, ne fréquentait guère les restaurants, il se faisait servir dans son bureau le menu de la troupe, ce qui, d'ailleurs, plaisait aux gars du commando. Mme Clisson, il l'évitait plus que les autres, ne voulant prêter le flanc à aucune ambiguïté.

Mais pourquoi ne la laisserait-il pas l'aider pour le bien du service ?

Il savait qu'il ne suffisait pas à la tâche et que, pendant ce temps, des terroristes échappaient à l'armée française et continuaient à persécuter la population. Mme Clisson était intelligente, débrouillarde, travailleuse, toujours à tourner, d'un doigt humecté de salive, les pages d'un livre de poche ; son écriture était claire ; elle avait qualité pour connaître les arcanes du fichier ; grâce à elle, il aurait fini en deux fois moins de temps.

– Volontiers. Je vous remercie.

Elle sourit, et son sourire ne manquait pas de charme bien qu'elle eût une dent en or :

– C'est moi qui vous remercie, lieutenant. On commence demain ?

C'est ainsi qu'une intimité distante se lia entre eux, bien que Gastonne fumât comme un pompier et trouvât drôle de ne faire allusion à Carvaillac qu'en l'appelant Ravaillac et de décorer Gonarelle des surnoms de Sganarelle ou de Gonorrhée.

*

Il n'y eut pas que le fichier, encore que, se mettant d'un coup à servir pleinement, il éclaircît soudain la situation, comme on perce une fenêtre, mais le lieutenant Lavilhaud, sans compter les embuscades et les contrôles permanents qu'il posait çà et là de sa propre initiative, voulut être de toutes les opérations du secteur, payant de ses hommes et de sa personne, et fut, en peu de temps, admis comme une espèce d'expert par ceux pour qui il travaillait. Oui, il était CROP, oui, certains le réprouvaient comme tortionnaire, d'autres au contraire lui reprochaient ses allures catholiques, vertueuses et proprettes, il en devenait un personnage un peu comique, mais dont personne n'eût voulu se moquer, une espèce de santon, de mascotte. Quand des unités de la réserve générale venaient se joindre aux troupes du secteur, tel colonel de paras demandait : « Lavilhaud sera là ? Parfait : on saura où on met les pieds. » Car non seulement il savait renseigner les cartes, le gars Lavilhaud, mais il avait en tête les comptes rendus des opérations qui s'étaient déjà déroulées sur le même terrain, et, guidé par un prisonnier ou un rallié, il menait les éléments d'intervention droit au but.

Le colonel Fauberge, qui arpentait les djebels avec la tarte bleue des chasseurs alpins surplombant son treillis camouflé recoupé à sa taille, accueillait Lavilhaud sur un ton à la fois sarcastique et chaleureux : « Ah ! voilà

Torquemada ! Venez par ici, asseyez-vous à ma droite et prenez votre part de singe et de picrate » – « Torquemada » lui épargnant de céder sur la prononciation de *Lavilio* et lui permettant de montrer à ses confrères qu'il disposait des services d'un spécialiste pour « le travail crade ».

S'étant persuadé de l'importance du renseignement, Lavilhaud finissait par contaminer les autres de sa certitude. Jusque-là, les prisonniers, les blessés, n'avaient guère créé, pour les troupes du secteur, que des embarras regrettables : on préférait les fellouzes morts, qui ne posaient plus de problèmes. Bien sûr, Beauhaloir, OR de bataillon, et De Wachter, patron du Deuxième bureau, avaient toujours réclamé des prisonniers, mais, appartenant à l'état-major, les unités de terrain ne les portaient pas dans leur cœur ; en outre l'obèse De Wachter ne sortait guère en opé et Cressé de Beauhaloir avec son stick n'avait pas de chance : il était toujours à l'autre bout du terrain quand il se passait quelque chose d'intéressant. Lavilhaud, lui, avait le nez dans tous les terriers et on lui remettait volontiers les gêneurs.

Pour lui, c'était avant tout une question de charité – un blessé ? le secourir, un prisonnier ? le rassurer, et s'il y avait eu des pertes de notre côté, le soustraire à une explosion de colère de la troupe. « N'y touchez pas, il est à moi », criait Lavilhaud en arrivant ventre à terre, et on lui laissait faire pour le renseignement ce qu'on ne lui aurait pas laissé faire pour l'humanité.

– Comment t'appelles-tu ?

Il demandait toujours cela d'abord.

– Terzi Mouhammad, répondait d'une bouche grimaçante l'autre, dont l'épaule avait été traversée en séton, ou peut-être la hanche entamée, et qui perdait tant de sang que sa face basanée blanchissait à vue d'œil.

Et lui, à qui on avait raconté que les Français allaient le découper en morceaux s'il se laissait capturer, le premier appel qu'il entendait, c'était :

– Infirmier !

Tampons, morphine, garrots, attelles. État de choc. Une immense fatigue et un immense soulagement fût-il momentané. Toute question, dans ces conditions, avait des chances de recevoir une réponse véridique :

– Les autres, ils taillent la route ou ils vont résister ?

– Taillent la route.

– Par les crêtes ou par l'oued ?

– L'oued.

Quelquefois cela suffisait pour que Fauberge eût « du bilan » parce que le renseignement avait été reçu et exploité en quelques secondes.

Une habitude se créait, un pli se dessinait. Dès qu'on avait un prisonnier, au lieu de le renvoyer à l'arrière ou – quelquefois, s'il était trop amoché – de l'abattre pour ne pas s'en embarrasser – on faisait venir Lavilhaud, fût-ce en hélicoptère : « Y a un client pour *le Tortionnaire* ! » – le mot étant prononcé plutôt par antiphrase, mais aussi non sans quelque suspicion de sorcellerie : « On sait qu'il ne trempe pas : il doit avoir des moyens spéciaux. »

Lorsque, le soir venu, les prisonniers regroupés, De Wachter et Cressé de Beauhaloir s'attribuaient les plus gradés, les plus connus, parce qu'ils ne voulaient pas que des renseignements importants fussent aspirés vers le haut par la tuyauterie parallèle des CROP, mais ils abandonnaient quelquefois à Lavilhaud un lambda quelconque : « De toute manière, il n'y a rien à en tirer. » Et il arrivait que le lambda avouât, dans l'euphorie d'une captivité relativement douce, tel détail significatif que Lavilhaud ne manquait pas de recueillir et qui aidait à faire tourner le moulin.

Tout cela n'allait pas sans cas de conscience nocturnes.

– Chef. J'ai fait soigner Mouhammad, parce que c'était mon prochain, et il m'a parlé parce qu'il m'a pris pour son prochain. Mais il était blessé ; j'ai abusé de sa blessure ; il était captif ; j'ai abusé de sa captivité. Est-ce que cela veut dire que j'ai abusé de la charité que je lui ai montrée ? J'éprouvais de la charité pour lui, mais si je n'en avais pas éprouvé, si j'avais seulement fait les mêmes gestes, m'aurait-il parlé de la même manière ? Et qu'est-ce qui vaut mieux ? Qu'il n'ait parlé qu'à cause des gestes que j'ai faits ou à cause de la fraternité sincère mais intéressée qu'il a lue dans mon regard ?

Et puis, brusquement :

– Stop, mon vieux Robert. Tu refuses de torturer : ça suffit. Ce n'est pas une raison pour commencer à couper les cheveux en quatre. La guerre, ça suppose du renseignement ; le renseignement, ça suppose des interrogatoires ; les interrogatoires, ça suppose de la ruse. « Soyez innocents comme des colombes et rusés comme des serpents », le Chef l'a dit lui-même. Oui, bon, d'accord, les interrogatoires, c'est un travail sale. Et pourquoi, mon vieux Robert, serais-tu seul à sortir de cette guerre les mains propres ? Tu n'en aurais pas honte, un jour, de tes mains propres ?

*

Aussi, pour faire tourner le moulin, il y avait *Trismégiste.*

Il avait été baptisé ainsi en l'honneur d'Hermès Trismégiste par le capitaine Lalouette, dragon, prédécesseur de Jullien, qui, à Paris, se fournissait en selles, foulards et agendas chez Hermès, tandis qu'à Bourmont Ahmed Bouzouaoui vendait des articles de cuir, des portefeuilles, des couvre-livres, des poufs, des badras, des naïls, des cravaches et même des selles arabes à l'étrivière unique. Il avait une boutique des mieux achalandées, située tout en haut de la ville européenne et tout en bas de la Casbah, à la hauteur de la flèche néogothique de l'église et de l'entrée voûtée de la mosquée :

– Moi, aimait-il dire, avec l'oreille gauche j'entends les cloches et le muezzin avec l'oreille *droit.*

C'était un patriarche, descendant d'une famille de marabouts çoufis illustres dans la région, et il aimait à raconter qu'un de ses ancêtres avait été crucifié par des wahhabites. Sa barbe, sa dignité naturelle, sa fortune, en imposaient, et il n'avait jamais été inquiété par les autorités françaises. La question était de savoir s'il payait son écot à la rébellion, et l'on s'accordait à penser que oui, sinon il aurait été égorgé depuis longtemps, mais cela était toléré parce que monsieur Bouzouaoui ne marchandait pas sa présence chaque fois qu'on avait besoin, pour une réception de préfet ou de général, d'un beau vieillard musulman pro-français. À la différence de beaucoup de musulmans de son âge, il n'était pas ancien combattant, et le regrettait : une santé fragile l'avait empêché d'être mobilisé, sinon il aurait été fier de servir au 7e RTA[1]. À tu et à toi avec les agas et les bachagas de la région, il ne cachait pas les raisons de son engagement :

– Avec la France, disait-il, le peuple algérien a *tous* les possibilités. Sans la France, les Algériens, vous verrez…

Il crachait par terre.

Des tentatives avaient été faites pour le recruter comme informateur, mais il avait repoussé les propositions de l'armée, de la gendarmerie, des diverses polices et des services spéciaux, jusqu'au jour où il avait tout à coup sympathisé avec le capitaine Lalouette venu acheter une paire d'étrivières. Lalouette était passionné de chevaux et Ahmed Bouzouaoui avait un élevage d'Arabes. Il proposa à Lalouette de venir monter ses étalons. Ce fut entre eux la confiance démesurée que peut apporter une passion commune. Bouzouaoui invita Lalouette à venir dîner chez lui, lui ouvrit son cœur, et, sous le pseudonyme *Trismégiste*, devint un honorable correspondant du CROP.

La relation s'était distendue à l'époque de Jullien, que les finasseries du traitement d'agents fatiguaient et qui n'arrivait à prendre au sérieux aucun aspect de l'islam. Pour lui, tout ce qui était chéchia, gandoura, tapis de prière, Coran et même écriture arabe appartenait à la catégorie mamamouchi : « S'il est pour la France, pourquoi ne m'offre-t-il pas un coup de rouge au lieu de son thé à la manque ? »

Au contraire, Lavilhaud avait trouvé la note juste. Il avait compris que c'était à lui de venir se présenter, et

---

1. Régiment de tirailleurs algériens.

publiquement, à M. Bouzouaoui, avec tout le respect dû à son âge et à son rôle religieux, de manière que l'agent *Trismégiste* sût avec qui il allait reprendre le contact. *Trismégiste* ne s'en était pas privé, et maintenant, à peu près tous les quinze jours, sur rendez-vous, Lavilhaud allait dîner chez Bouzouaoui. Il se faisait déposer place Bourmont, continuait à pied, et serrait de près son MAC 50[1] en passant dans certains passages courant sous des maisons. Le maître de maison lui ouvrait une porte dérobée et lui servait de ses mains un repas raffiné arrosé en effet de thé à la menthe, ce qui n'était pas pour gêner Lavilhaud.

La première fois, l'honorable correspondant musulman prit le lieutenant français par les épaules et le conduisit à un endroit où deux lampadaires lui éclairaient le visage sous deux angles différents. Il le dévisagea longtemps, et, devinant ce que l'autre voulait, Lavilhaud ôta ses lunettes carrées. Aussitôt Bouzouaoui plongea ses yeux noyer foncé dans les yeux noisette claire du Français. Il finit par conclure, avec l'autorité d'un médecin portant un diagnostic :

– Vous, mon lieutenant, vous êtes un bon. Vous croyez en Dieu, n'est-ce pas ?

Devant ce vieillard solennel, brossé, peigné, huilé, imprégné de vapeurs odorantes, Robert eut soudain l'envie de commettre une de ses gamineries : « Si je crois en Dieu ? Tu parles, Charles ! », mais il répondit gravement :

– Oui, Si Ahmed, je crois en Dieu.

Le « Si Ahmed » plutôt qu'un « monsieur » vulgaire était un trait de génie, d'autant plus que Robert avait

1. Pistolet automatique.

compris que le *h* se prononçait et qu'il avait mis à la bonne place une *jota* du meilleur effet.

À partir de ce jour, Si Ahmed parla librement devant Lavilhaud. Librement..., c'est-à-dire qu'il ne dit que ce qu'il voulait dire, mais il facilita à Lavilhaud la compréhension de la situation et, à de rares intervalles, l'aiguilla vers des actions précises. Son grand thème de scandale était la proposition de « paix des braves » lancée par le chef de l'État.

– Les braves ? Qu'est-ce que c'est, les braves ? Vous êtes brave, je suis brave, et qu'est-ce que ça veut dire ? Le bandit est brave et le soldat est brave, tous les deux ils sont braves, et qu'est-ce que ça veut dire ?

Il écartait les bras, les paumes ouvertes.

– Le lion est brave, et il mange les moutons ; le taureau est brave et il donne des veaux à la vache : c'est la même chose ? La « paix des braves », ça veut dire : « Tu as tué, tu as volé, tu as violé, maintenant tu te rallies à la France, tu rends ton fusil, et tu n'as plus tué, tu n'as plus volé, tu n'as plus violé. *Dibarrassi* ! »

Il faisait le geste de s'épousseter les mains.

– Et le nez que tu as coupé, il va repousser peut-être, parce que tu es rallié ? Et l'enfant que tu as mis dans la femme qui n'était pas à toi, il va mourir peut-être, parce que tu es rallié ? Nous, mon lieutenant, nous sommes peut-être les melons arriérés, mais nous ne comprenons pas la paix des braves, nous comprenons la paix des justes. Ou alors l'aman.

– Qu'est-ce que l'aman ?

– L'aman ?

« Tu as fait les bêtises (pas plus que Robert, Si Ahmed n'utilisait de grossièretés), tu as fait les crimes, tu t'es trompé le chemin, tu t'as révolté contre le Dieu et le gouvernement, peut-être même tu as coupé les nez, alors tu vas voir le caïd ou le préfet ou le sultan ou le général, tu vas voir celui qui a l'autorité, et tu ranges le fusil à ses pieds et tu lui dis : "Voilà, j'ai fait les crimes et les bêtises, j'ai trompé le chemin, j'ai tué, j'ai volé, j'ai violé, je me suis révolté contre le Dieu et le gouvernement, et je viens pour que je me soumets." Vous comprenez, mon lieutenant ? Me soumettre, sans les conditions. Et le caïd ou le général, il va juger : "Celui-ci n'est pas si mauvais : je lui pardonne. Celui-ci, c'est le diable, je lui coupe la tête." Et moi, qui attends, j'accepte d'accepter. C'est ça la justice que nous comprenons, nous autres.

Ce genre de discours était fréquent. Parfois – rarement – il aboutissait à une remarque apparemment fortuite :

– C'est comme Fayoun Moustique. Fayoun Moustique, vous savez qui c'est, mon lieutenant ?

Lavilhaud commençait à connaître ses fichiers et le nom lui disait quelque chose, mais il trouvait plus correct de mentir :

– Non, je regrette, Si Ahmed, je ne sais pas.

– Fayoun Moustique, c'est le fils de Fayoun Belaïd et de Mokrane Fatma. C'est le mauvais. Il était petit, il pendait les chats par la queue. Il ne faut pas faire souffrir les bêtes pour rien. Il est parti à la forêt, c'est parce qu'il avait égorgé le vieux Mouloud Salem pour coucher avec sa femme Saliha : alors, comme on a su que c'était lui, il s'est sauvé. Et maintenant, quand il a une permission de la forêt, il revient à Bourmont coucher avec la femme Saliha. Il y est en ce moment, je te jure. Tout ça pour vous dire, mon lieutenant, que le Dieu est Dieu, que la justice est justice et que ce n'est pas à l'homme de décider ce qui est juste et ce qui ne l'est pas.

Sur quoi Lavilhaud, par savoir-vivre, prononçait quelque parole sentencieuse comme :

– Il y a des différences entre nos religions, Si Ahmed, mais une chose est sûre : il ne peut y avoir qu'un seul Dieu.

Et abrégeait la soirée.

À la Ferme, coup d'œil au fichier : oui, Fayoun Mohammed, dit Moustique, HLL [1], membre du commando urbain Si Youssouf, était recherché pour meurtre sur la personne de Mouloud Salem, domicilié 13, impasse Babazoun.

Coup d'œil au plan de Bourmont : impasse Babazoun dans le quart nord-ouest de la Casbah.

Coup d'œil au ciel : il y a de la lune, une fuite par les toits sera plus difficile.

Coup de fil à Cressé de Beauhaloir :

– Tu pourrais t'arranger pour boucler le quartier NO ?

– Quand ?

– Maintenant.

– Faut que je demande à mon commandant. Il ne va pas être content, il a son tournoi de bridge… Je te rappelle.

Coup de fil de Cressé :

– D'accord. Mise en place légère, rapide, à trois heures du matin. On aura deux compagnies et deux AMX [2] pour patrouiller. Un élément à Si Marbout pour balayer les toits. Je suppose que tu veux faire l'arrestation tout seul, faux frère ?

---

1. Hors-la-loi.
2. Chars de combat légers.

– Tu peux venir avec moi, mais c'est moi qui opère. Je te remettrai le prisonnier quand j'aurai fini de l'interroger à chaud.

– C'est un sérieux ?

– Il est fiché comme commando.

Et, deux heures plus tard, Redouane, d'un coup de rangers, fait voler en éclats la porte basse et se rue avec sa Thompson dans la chambrette que Carvaillac illumine d'un projecteur, Lavilhaud sur leurs talons, l'arme à la main.

Sur un matelas, sous une couverture kabyle aux larges bandes blanches et violettes qui paraissent blanches et noires dans la lumière crue, la veuve Mouloud Salem et le jeune et mignon Fayoun Mohammed dit Moustique, égorgeur du mari, se cachent les yeux avec les mains pour essayer de mieux voir…

Le lendemain matin, à l'appel du muezzin, Si Ahmed Bouzouaoui remercie Allah de la justice qu'il répand sur le monde, fût-ce par la main des infidèles.

*

Cependant, l'essentiel du renseignement demeurait la matière douteuse extraite des interrogatoires de prisonniers, ceux dont Lavilhaud avait hérités, ceux qu'il capturait, ceux que d'autres lui confiaient. Il avait une conscience aiguë et profonde de ses responsabilités : envers ces hommes dont le bien-être et la sécurité sinon la vie et la mort dépendaient de lui, mais aussi envers la France, l'armée française et ce Grand Rêve d'une nation intégrée qu'il avait fait sien.

Ce qui le frappa dès l'abord dans le jeu de l'interrogatoire, c'est qu'il était foncièrement inégal, rétiaire contre mirmillon : l'interrogateur était libre, se reposait entre deux séances, pouvait user de violence à volonté, bref, apparemment, tenait le bon bout, mais – sauf exception – ne savait pas ce que savait l'interrogé ni même s'il savait quelque chose, tandis que l'interrogé savait – presque toujours – ce que l'interrogateur voulait savoir. Seul l'interrogé savait s'il disait la vérité et s'il disait toute la vérité et s'il ne racontait pas, outre la vérité, ou en lieu et place de la vérité, des carabistouilles invérifiables. D'où, comme Lavilhaud l'avait appris pendant son stage, l'intérêt d'organigrammes et de monographies tenus rigoureusement à jour, pour pouvoir aisément prendre l'interrogé en flagrant délit de mensonge, ce qui, dans une certaine mesure, le mettait en situation d'infériorité, mais dans une certaine mesure seulement, car, sans même parler des prisonniers qui savaient mal ou feignaient de savoir mal le français, le caractère foncièrement fruste de la plupart d'entre eux, doublé d'une absence complète de respect humain, rendait bien des interrogatoires inopérants et plongeaient souvent l'interrogateur dans le ridicule.

Un *yaouled* [1] : quinze ans.

– Mohammed, tu portais dans ton sac une paire de pataugas neuves. Tu venais de les acheter ?

– Oui, mon lieutenant.

– C'était pour qui ?

– Pour moi, mon lieutenant.

– Quelle est ta pointure, Mohammed ?

– Trente-neuf, mon lieutenant.

1. Jeune garçon algérien.

– Quelle est la pointure des pataugas que tu as achetées ?

– Je ne sais pas.

– Tu as acheté des pataugas sans les essayer ?

– Si, je les ai essayées.

– Et elles te vont, ces pataugas 42 ?

Silence. Les « mon lieutenant » à répétition ont disparu à partir du moment où Mohammed s'est vu bien traité.

– C'était pour mon père.

– Il chausse du combien, ton père ?

– Je ne sais pas.

– Alors tu achètes des pataugas pour ton père sans savoir sa pointure ?

Un regard insolent :

– Oui, mon lieutenant.

– Mais, si tu achètes la mauvaise pointure, ton père il te flanque la peignée. Pourquoi tu dis n'importe quoi ?

Lavilhaud se surprenait à parler petit nègre et en avait honte. L'autre répondait d'un ton boudeur, presque excédé :

– Parce que les pointures, mon père, les pataugas, vous m'avez embrouillé…

Zubira s'avance, indigné, prêt à gifler du revers.

– Pas de ça, Zubira.

Mais, dans le fond, c'est Zubira qui a raison.

Un *chibani* [1], soixante-dix ans, barbu, crasseux, majestueux :

– Tu sais lire le français, Hocine ?

– Non, mon lieutenant, je ne sais pas le lire le *fransi*, mais je toujours sous le drapeau *fransi*. Toujours sous

---

1. Vieux, avec la nuance de « respectable ».

le drapeau tricolore ! Je, toujours. Si je mens, tu me coupes en morceaux petits comme ça (le geste à l'appui).

– Tu es ancien combattant ?

– Non, mon lieutenant, moi je fais épicier, mais je toujours sous le drapeau tricolore. Si je mens, tu me coupes en morceaux petits comme ça.

– Tu lis les journaux français, Hocine ?

– Oui, mon lieutenant.

– Tu viens de me dire que tu ne savais pas lire le français.

– Oui, mon lieutenant, moi je sais pas le lire le *fransi*.

– Alors comment tu lis les journaux français ?

– Moi, je les lis pas les journaux *fransi*, mon lieutenant.

– Mais tu viens de me dire « oui, mon lieutenant, je lis les journaux français ».

– Je pas pu dire ça, mon lieutenant, parce que je sais pas le lire le *fransi*.

Redouane s'avance, sa patience est à bout, il n'aime pas qu'on se moque de son lieutenant. Un geste pour arrêter Redouane.

– Écoute, Hocine, quand tu as été arrêté, tu avais *Labeur chrétien* sur toi. Tu es chrétien, Hocine ?

– Non, moi je suis pas chrétien, moi je suis vrai croyant, mais toujours sous le drapeau. Le drapeau *fransi* tricolore. Je, toujours.

– Pourquoi avais-tu ces journaux sur toi, Hocine ?

– Mon lieutenant, *jti* jure, je savais pas ils sont défendus.

– Ils ne sont pas défendus, tous les Français les lisent, et tu es français, n'est-ce pas, Hocine ?

– Oui, mon lieutenant. Je est *Fransi*. J'ai la carte nationale d'identité. Tu veux voir tu demandes au sergent. Le sergent, il l'a pris dans ma poche, la carte nationale d'identité.

– Bon, bon, on te la rendra, mais aujourd'hui, quand tu as été arrêté, tu rentrais dans ton douar ?

– Oui, mon lieutenant, je rentré dans mon douar.

– Alors, Hocine, qui est-ce qui, dans ton douar, voulait lire *L'Univers, Le Dindon déchaîné* et *Labeur chrétien* ?

– *Jti* jure de par le Dieu, mon lieutenant, je sais pas.

– Est-ce qu'il y a quelqu'un dans ton douar qui lit les journaux français ?

Malgré la dignité de son âge, Hocine commence à paniquer :

– Non, mon lieutenant, *jti* jure, il y a personne dans mon douar qui lit les journaux *fransi* défendus.

– Ils ne sont pas défendus, Hocine, mais qui est-ce qui lit les journaux français ?

– Il y a personne, mon lieutenant, *jti jure.*

– Alors pourquoi rapportais-tu dans ton douar des journaux français ?

– *Akhkarbi, mannarf.*

– Qu'est-ce qu'il dit, Redouane ?

– Il dit « je jure par le Dieu, je ne sais pas ».

Que faire du vieux Hocine, quand on a compris qu'il n'est pas plus favorable à la rébellion qu'à l'armée française, que simplement il a moins peur de l'armée française que de la rébellion ? L'une arrête, gourmande, houspille, interroge, tape, triture un peu quelquefois si on est mal tombé, l'autre vous fait le sourire kabyle d'une oreille à l'autre.

Il y avait les vrais durs, qui serraient les dents : « Je ne dirai rien », et pour lesquels Robert éprouvait à la fois du respect et de la compassion, mais dont il savait qu'il ne tirerait rien. Il y avait aussi les faux mous, qui vous submergeaient sous des renseignements tantôt controuvés – ils désignaient des caches depuis longtemps explorées ou dénonçaient des rebelles abattus depuis l'an dernier – tantôt asphyxiants par leur quantité même : à en croire tel jeune cireur poussé en graine, ce n'était pas seulement l'épicier Bouchlarem qui collectait des fonds pour la rébellion, c'étaient aussi le boucher, le mozabite, le boulanger aux bonnes fougasses, le cafetier du café maure de la rue Bourmont basse, et même l'autre, celui de la rue Bourmont haute, sans compter le fossoyeur et naturellement l'imam. Mais ce n'était pas sans espoir. Il fallait trier et recouper, et, au bout d'un certain nombre de tris et de recoupements, on obtenait le nom d'un suspect sérieux, qui, cueilli discrètement la nuit à la faveur du couvre-feu, acceptait, une fois sur dix, de collaborer : alors on avait la satisfaction de démonter une filière de collecte, pour le soulagement de la population, laquelle, impitoyablement pressurée par le FLN, n'en aurait jamais dénoncé un membre aux forces de l'ordre, mais, sitôt qu'il était pris, se remettait à espérer en la paix française.

Tous les interrogatoires, fussent-ils les plus souriants, les plus faciles, répugnaient à Lavilhaud. Qui était-il pour fouiller dans les papiers privés, les photos de famille ? S'il n'usait pas de violence, pouvait-il se passer entièrement de recourir à l'astuce et à la menace (« Si tu ne parles pas avec moi, je te donne à Redouane ») ? D'autant moins ! Et, bien sûr, torturer, c'est manquer à l'amour, mais dire « Parle, sois un lâche, trahis et tu seras libre... », n'est-ce pas manquer à l'amour aussi gravement ? Lavilhaud voyait qu'à partir du moment où on interroge, on devient le Tentateur, et rien ne lui répugnait plus que ce rôle, lui qui demandait tous les jours à Dieu de ne pas être lui-même induit en tentation, mais comment nier qu'en guerre révolutionnaire la tentation soit indispensable ?

Certains prisonniers apitoyaient Lavilhaud, mais ce n'étaient généralement pas ceux qui s'y appliquaient ; d'autres l'auraient fait rire aux éclats par leur effronterie, mais il ne s'en sentait pas le droit puisqu'eux ne pouvaient ouvertement rire de lui, d'autres l'horrifiaient par le reniement professé de leur race (« Mes chiens ne mangeraient pas la soupe que font les melons »), d'autres le décontenançaient par leur ingratitude – un tueur qu'il avait été le premier à faire nourrir après une semaine de diète s'attendait à être relâché sur le champ –, ou ils l'étonnaient par leur fatalisme (« Quoi, tu t'es laissé frapper par les fellouzes ? – C'est comme avec toi, mon lieutenant : si tu me frappes, qu'est-ce que c'est je peux ? »), ou ils faisaient son admiration par leur entêtement : il y en eut un qui avait refusé de parler et à qui, pendant des semaines, il posa une fois par jour la même question du haut de la passerelle courant au-dessus des cuves : « Ho, Mouloud, tu n'as pas changé d'avis ? – Non, mon lieutenant, répondait-il d'en bas, en levant la tête, *c'i* toujours *li* même. »

Et une chose devenait de plus en plus claire, de plus en plus lumineuse, pour Robert : dans le visage de tout prisonnier, de tout vieux *hadj*[1] enveloppé dans sa

1. Musulman ayant fait le pèlerinage de La Mecque.

barbe, ses chèches, ses voiles et ses djellabas, soupçonné de dresser la population à la révolte, dans tout minois de petit cireur de chaussures – « Un *douro*, mon lieutenant, *jti* cire à la glace de Paris » –, dans toute trogne de maquereau à la moustache brillantinée dont les diligentes employées ne laissaient pas échapper une confidence de légionnaire, dans tous ces visages, il voyait celui du Christ. Littéralement, celui du Christ qui est tous les hommes, surtout les hommes sans défense.

« Et moi, se disait-il, en suffoquant d'humilité, mais peut-être aussi de cet orgueil qu'on éprouve à servir aux avant-postes de l'humanité, et moi, je suis Pilate. »

*

Le commandant Tourquois annonça – c'était un homme « convenable » – une inspection : « Ne vous avisez pas, Lavilhaud, de me montrer ce qui va bien mais ce qui foire. » Et Lavilhaud obéit, faisant impeccablement nettoyer les armes et les chambrées, et cependant se plaignant du manque de personnel officier ou du moins lettré, des conditions de vie des prisonniers (« Les cuves, ça va en été, mon commandant, mais l'automne va arriver… »), du ravitaillement quelquefois insuffisant, du régime de permissions imprévisibles pour la troupe…

Tourquois, la boule à zéro, déambulait par la Ferme Garcia, vérifiait qu'il n'y avait pas de mégots dans les miradors (« C'est en fumant qu'ils se font allumer, les bidasses ! »), la propreté des cuisines et surtout, étant bon officier de troupe, celle des feuillées. Il fit défiler les prisonniers devant lui – « C'est bien, Lavilhaud, aucun n'est marqué» et, de son œil expérimenté en repéra un :

– Qui est le grand flandrin blond ?

– Rehab Mohand Saïd. Kabyle. Ex-coiffeur. Sous-lieutenant. Pris les armes à la main. Un peu amoché par ceux qui l'ont interrogé avant nous, mais pas trop. Il ne donnait que des renseignements inutilisables ou périmés. On nous l'a passé en désespoir de cause.

– Vous l'avez interrogé ?

– Pas personnellement. Gonarelle a essayé de le faire parler avant mon arrivée. Ça s'est plutôt mal passé, si je comprends bien. Mohand Saïd n'a toujours rien dit malgré quelques séances pénibles et Gonarelle a fini par renoncer. Un jour, devant moi, il lui dit : «Bon, je t'ai un peu asticoté, Mohand Saïd, mais c'est la guerre, hein, tu ne m'en veux pas ? Si jamais c'est moi qui te tombe dans les pattes…» Et Mohand Saïd : «Oui, vous n'avez pas été si méchant. Moi, je vous ferai bien autre chose.»

– Prisonnier depuis combien de temps ?

– Trois mois, dont un chez nous.

Tourquois suivait des yeux Mohand Saïd qui, l'air de bonne humeur, était en train de vider les boîtes à ordures dans des brouettes branlantes. Après quelques euh… et quelques mmm… qui l'aidaient à réfléchir tout haut, le commandant, grattant sa tête tondue, dit :

– Bon, écoutez, Lavilhaud, je sais que vous êtes un drôle de gus, mais je vous ai fait confiance et, pour l'instant, je considère que je n'ai pas à m'en repentir. Vous avez vos méthodes. Ce ne sont pas celles de tout le monde, mais tant qu'elles payent… Vous ne touchez pas aux prisonniers, il y a des gens que ça met en rogne, il y en a que ça fait rigoler, il y en a qui approuvent…

Moi, c'est le résultat qui compte. Si, par exemple, on estime les officiers de renseignement au nombre d'armes récupérées, ce qui est une manière de compter comme une autre, eh bien, pour une période comparable, vous n'en avez pas fait récupérer moins que le pauvre Jullien, et, si je comprends bien, sans vous faire mal aux phalanges. . Vous m'avez demandé un complément de personnel : je regrette, je n'en ai pas à vous affecter pour le moment, mais je vous promets que le premier bon adjudant de carrière ou le premier sous-lieutenant appelé que je touche sera pour vous. Je vous confirme comme chef de CROP à Bourmont : vous recevrez les papiers du poireau[1] dans quelques jours. Ça embêtera Faux-Derche qui, je ne sais pas pourquoi, ne vous aime pas : tant mieux, ça lui fera les pieds. Bon, maintenant le Mohand Saïd… Je ne sais pas. Il y a des gens qui prétendent que j'ai du flair. Mon sentiment, rien qu'à le voir marcher tout souriant, le cul bas et les yeux au ciel… Il a à peu près votre âge. Si je me rappelle bien les comptes rendus d'interrogatoire, il cause le francaoui ?

– Il parle parfaitement le français, mon commandant.

– On lui a proposé d'être goumier[2], il a refusé. On lui a proposé de le relâcher, il a dit qu'il se ferait trucider par ses copains. On lui a demandé ce qu'il voulait, il a répondu non sans humour que le meilleur pour lui c'était encore de rester prisonnier. C'est bien le même ?

– C'est celui-là.

1. Le général.
2. Musulman militaire au service de la France.

– C'est sûr qu'il n'a pas tout dit, hein. Il ne le sait pas, mais il a été classé « éminemment récupérable » et, de toute manière, il sera en liberté dans trois mois. Moi, je serais vous, je lui ferais le coup de l'amitié. Ça pourrait marcher. Bon, vous m'offrez un pot ? Mais pas de la bière, hein ?

– J'ai du Saint-Raphaël, mon commandant.

Tourquois fit la grimace :

– Et qu'est-ce que vous avez, comme bière ?

*

Lavilhaud rouvrit le dossier de Mohand Saïd qui, en effet, à quelques jours près, avait son âge. Deux soldats. Même si l'un des deux se voulait professeur de français-latin-grec, tandis que l'autre avait été coiffeur.

Parmi les papiers saisis sur lui quand il avait été pris dans un accrochage, il y en avait un, quadrillé, mâchuré, mâchonné, sur lequel on pouvait déchiffrer, au stylo à bille, en français :

Mon Dieu, le temps se fait si long, si long !
Comprenons-nous ce que tu veux de nous ?
Nous en avons connu, du déshonneur !
Quatre ans, cinq ans déjà, déjà passés.
Dieu de bonté, dis-nous ce qu'il faut faire ?
Toi qui connais d'avance les destinées,
Et qui décides irrévocablement.

Robert Lavilhaud se donna trois jours pour méditer ce texte qu'il trouvait émouvant et bien cadencé en décasyllabes césurés à 4-6, et quand, finalement, il fit comparaître Mohand Saïd, ce fut au crépuscule, après les heures de travail et la soupe, mais aussi avant la nuit qui, si longtemps, avait servi aux interrogatoires brutaux. Ils étaient seuls tous les deux dans le bureau de Lavilhaud. Pas d'armes en évidence.

– Asseyez-*vous*.

Le *vous* était un trait de génie.

Mohand Saïd, après s'être battu contre l'armée française et avoir été fait prisonnier, s'était trouvé ballotté d'officier sagace en sergent mal luné, de rallié haineux en caporal communiste et sympathisant de la rébellion, et il avait toujours été tutoyé. Ce nouveau chef de CROP qui lui disait *vous*, lui inspira aussitôt une confiance dont il s'empressa de se méfier, parce qu'il sentait que la France adorée et haïe, la France objet du dépit amoureux de ses colonies, était en train de s'incarner pour lui dans ce lieutenant potelé au regard limpide.

Ils parlèrent de leurs professions. La coiffure n'avait été, pour Mohand Saïd, qu'un gagne-galette : il rêvait de faire du journalisme ou, lui aussi, de l'enseignement, et, bien sûr, il enseignerait la littérature française : il aimait Choderlos de Laclos, Flaubert, Camus. Robert défendit les études classiques : on ne pouvait pas vraiment comprendre la littérature française sans connaître Sophocle et Sénèque ; Mohand Saïd regardait plutôt l'avenir ; il voulait s'assurer que Françoise Sagan, qui avait signé toutes les pétitions en faveur de l'indépendance algérienne, était tenue pour un grand écrivain. Et ce fut soudain comme s'il n'y avait pas de guerre, pas de maintien de l'ordre, pas de révolution et pas de torture : c'étaient deux jeunes amoureux de la littérature qui se disputaient – et qu'ils se fussent honorablement battus l'un contre l'autre n'ajoutait qu'une pointe de respect mutuel à leurs débats. Ils ne se serrèrent pas la main avant de se quitter, mais ce fut tout juste.

Ils se revirent, mais il fallut plusieurs jours pour que Lavilhaud se hasardât à aborder, de manière détournée, l'actualité :

– Vous savez, Mohand Saïd (et, comme d'habitude, il s'efforçait de prononcer le *h* et de dénasaliser la nasale), je suis gêné d'avoir lu votre début de poème, mais il était dans vos papiers, et vos papiers, que voulez-vous...

– Je comprends.

– Cela m'a paru encore plus indiscret que de me renseigner sur votre état civil, mais enfin vous avez bien écrit :

> Mon Dieu, le temps se fait si long, si long !
> Comprenons-nous ce que tu veux de nous ?

Mohand Saïd ferma longtemps ses yeux, qu'il avait très bleus, et finit par les rouvrir :

– C'est dur, vous savez. Au début, on ne voulait que l'égalité ; puis on s'est dit qu'on n'aurait jamais l'égalité, qu'il fallait se battre pour l'indépendance ; et maintenant on voit qu'on n'aura jamais l'indépendance, que la France a décidé de rester, et en plus, l'égalité, elle va nous la donner. Alors on commence à se demander pourquoi tuer et être tué ?

Robert cita :

– « Dieu de bonté, dis-nous ce qu'il faut faire » ? C'est ça ? Nous n'avons peut-être pas le même Dieu, Mohand Saïd, mais... vous et moi, nous avons un Dieu.

– Et comme il n'y en a qu'un, répondit Mohand Saïd, il faut bien que ce soit le même…

Il termina sa phrase par un « mon lieutenant » à la fois conventionnel, sarcastique et déjà presque affectueux.

Lavilhaud rendait compte à Tourquois de cette relation qui se nouait, et il se le reprochait (car il avait le sentiment d'abuser d'une amitié sincère de part et d'autre) mais aussi, à la réflexion, il se le pardonnait (car enfin il ne pouvait se priver en tant qu'officier de renseignement de tous les moyens d'en acquérir). Tourquois suivait l'affaire de près : « Parlez-lui de son avenir. Promettez-lui tout. Ne lui demandez rien en échange pour le moment. Savonnez la pente. »

Lavilhaud suivait ces conseils :

– Et après la fin des événements, Mohand Saïd, qu'est-ce que vous comptez faire de votre vie ?

« La fin des événements » signifiait, pour l'un comme pour l'autre, la victoire inéluctable de la France : personne n'en doutait plus.

Mohand Saïd sourit, parce qu'il sentait d'où venait le vent :

– Je ne sais pas, moi. Les travaux forcés à perpétuité, si vous me laissez la vie sauve.

Soudain, Robert eut envie de le tutoyer, pas tout le temps, une seule fois :

– Tu as été classé « éminemment récupérable ». Tu seras libre d'ici quelques semaines. Tu veux poursuivre des études ? Tu veux aller en France ? Je peux tout ça. Je peux.

Comme il était heureux et reconnaissant, Robert Lavilhaud, de dire « je peux », parce qu'il savait qu'il pouvait. Les CROP avaient leurs défauts, mais ils « pouvaient ».

Un regard incrédule passa dans les yeux clairs du Kabyle, et puis ils devinrent confiants et puis s'embuèrent :

– Vous pensez vraiment que je pourrais faire professeur de français, moi qui ai été officier de l'ALN[1] ?

– Mais bien sûr, Mohand Saïd. Quand la France et l'Algérie formeront un seul pays, nous aurons besoin des élites les uns des autres.

Les choses allèrent vite. Les CROP créèrent une identité de bachelier et une bourse pour Mohand Saïd et l'inscrivirent à la Sorbonne. Le jour où il quitta la Ferme Garcia, il demanda à voir le lieutenant seul à seul.

– Bonne chance, « Aïssa », lui dit Robert, utilisant son nouveau prénom et appliquant toujours la consigne de Tourquois : « Promettez tout, ne demandez rien, savonnez la pente ».

Mohand Saïd se balançait d'un pied sur l'autre. Finalement, il parla :

– Mon lieutenant, comme vous savez j'ai été interrogé par les paras. C'est normal, c'est la guerre. J'ai essayé de ne pas trahir d'amis. Même avec ce que je vous dois, à vous personnellement, je ne veux toujours pas trahir d'amis…

– Je ne vous l'ai jamais demandé, Mohand Saïd.

– Mais, les objets, c'est différent. Il y a un an, c'était important pour nous d'avoir des armes. Maintenant, le temps des armes est passé. Elles ne peuvent plus servir qu'à tuer pour rien, Européens ou Musulmans, peu importe, puisque la France a gagné. Il y a un an, Si Youssouf pensait qu'un jour il prendrait Bourmont,

1. Armée rebelle, dite « armée de libération nationale ».

toute la ville de Bourmont. Alors il avait des Bren[1], des mitrailleuses, des mortiers de 60… Mais Si Youssouf, il est fou. Il pourrait encore s'en servir… Pour rien, comme je vous ai dit. C'est mieux qu'il ne les ait plus, non ?

Mohand Saïd voulait une absolution à l'avance, Lavilhaud décida de ne la lui donner qu'à moitié :

– Moi, je ne sais pas, « Aïssa » ; c'est à vous de voir ce qui est juste.

Alors Mohand Saïd, qui avait résisté pendant des semaines à la gégène et à l'entonnoir :

– L'hôtel d'Orient, mon lieutenant. La cave à vin. Le mur du fond. En parpaings.

*

Malgré les risques croissants que courait alors l'âme de Robert, ce fut une période tendue à rompre, mais, somme toute, heureuse.

Sa mère lui écrivait des lettres affectueuses, et il trouvait le ton de celles de Blandine romanesque, presque tendre. La sœur cadette, Guillemette, insistait pour y ajouter parfois un message et un pâté d'encre violette auxquels il ne prêtait pas attention, mais qui lui faisaient tout de même plaisir. Il communiait tous les dimanches chez le curé communisant. Cressé de Beauhaloir lui faisait part quelquefois de ses inquiétudes sur les intentions du chef de l'État, mais Lavilhaud se refusait à croire qu'un officier pût renier sa parole : « Il a dit : “Il n'y a ici que des Français à part entière… Moi vivant, le drapeau blanc et vert ne

1. Fusils-mitrailleurs.

flottera jamais sur Alger." » Les chefs de Lavilhaud commençaient à faire sérieusement confiance à ce réserviste pas comme les autres, et il tenait ses subalternes bien en main. Il s'habituait même à Gonarelle, qui lui avait été si antipathique, et commençait à lui trouver de bons côtés.

Tous les soirs, quand Lavilhaud n'était pas en opération, il s'installait dans la cour, à une table branlante, pour jouer aux dames avec lui, qui gagnait trois fois sur quatre en faisant force plaisanteries du style « En voilà une de troussée » ou bien « Je te prends par-derrière, je te prends par-devant »... À vrai dire, Lavilhaud n'aimait pas les dames, il eût préféré les échecs, mais c'était aux dames que Gonarelle pouvait briller : alors on jouait aux dames en sirotant qui un pastis qui un Saint-Raphaël. La nuit tombait, la fraîcheur montait. La troupe était au foyer ou au réfectoire d'où provenaient des odeurs de graisse et de vinasse. On entendait les transistors brailler la raspa (tada tada tadam tadada tadada tadam) ou « Ils sont arri-vés », ou « Gare au gori-i-lle ». Les étoiles se pointaient les unes après les autres au-dessus des miradors où veillaient les deux sentinelles et Gonarelle philosophait plaisamment, d'ordinaire sur le même sujet :

– Mon lieutenant, je ne vous comprends pas. Vous avez la chance de votre vie, et vous ne la prenez pas. Vous voulez être prof, je sais. Alors quand est-ce que vous aurez de nouveau l'occasion de fourrer un tuyau d'arrosage dans la gueule d'un quidam et de voir ses réactions, tout ça, je vous ferai remarquer, pas par cruauté, mais pour le bon motif ? Et pourquoi on n'aurait pas le droit de jouir pour le bon motif ? J'en ai vu des saloupiots dans ma vie, hein, c'est mon métier de fréquenter les saloupiots pour essayer de réduire la quantité de saloperies qui va se commettre dans le monde. Mais alors, vous comprenez, s'il faut traiter les saloupiots comme des gens du monde, hein – « Cher ami, je vous demande en grâce de me dire combien de fois vous avez enfilé le petit orphelin ? » – qu'est-ce que vous voulez, on finit par être dégoûté. Tandis que là, le tuyau et pas d'histoires. Et vous, non ! Vous faites la petite bouche, le sacristain... Moi, je vous assure, ici, je respire librement. Enfin, je respirais tant que vous n'étiez pas arrivé. J'avais le sentiment de pratiquer mon métier tel qu'il s'est toujours pratiqué dans tous les pays du monde, et pour la plus grande sécurité des gens bien, jusqu'à récemment. Qu'est-ce qui vous répugne tellement dans la trituration des saloupiots ?

– Je vais vous dire, répondait Lavilhaud. Ce qui me répugne, c'est l'indifférence des tritureurs. J'imagine un être qui, concevant toute l'horreur de la torture mais la jugeant indispensable y aurait voué sa vie : le temps qu'il ne torturerait pas, il le passerait à se mortifier pour racheter le mal nécessaire qu'il commettrait. Il se priverait de manger, de boire, de dormir. Ça, à la rigueur, je comprendrais. Ce n'est pas qu'on fasse mal à quelqu'un qui me dégoûte, c'est qu'on lui fasse faire le mal. Vous seriez torturé, vous, monsieur Gonarelle, et vous dénonceriez vos copains, pour qu'eux aussi soient torturés, de manière à dénoncer leurs copains, qui seraient torturés à leur tour pour dénoncer les leurs... vous seriez fier de vous ?

– Mais enfin eux, c'est eux, et moi c'est moi, répliquait Gonarelle. Vous n'allez tout de même pas me comparer à un bougnoul ?

Sur quoi il changeait de conversation. Il baissait la voix :

– Et alors, la Gastonne, vous l'avez déjà déculottée ?

– Enfin, monsieur Gonarelle !...

– Non, parce que le droit de cuissage : pourquoi vous vous priveriez ? Je peux vous dire qu'elle a beau lire trois bouquins par jour, Jullien, lui, c'était tous les soirs, et plusieurs fois. Normal : le chef ! Même qu'elle doit le regretter à moins que... Après tout vous êtes jeune, ça a ses avantages. Peut-être pas la qualité, mais la quantité... Alors ne me racontez pas que vous ne l'avez pas encore... Vous m'attristeriez. Avec ses airs intellos, ses pantalons de treillis et ses pyjamas crème... C'est clair qu'elle en demande.

Robert niait avec énergie, mais rougissait beaucoup dans le noir.

Quand il allait se coucher, outre la lingerie de Gastonne enguirlandant le plafond de la salle de bains, il trouvait quelquefois, sur la faïence blanche de la baignoire moulurée, un long cheveu noir qui se tortillait comme un serpent.

Au reste, Robert ne se consumait pas de désirs inavoués. C'était simplement ce terme de « déculotter », même pas l'image, le terme seul, qui l'empêchait quelquefois de s'endormir aussi vite qu'il l'aurait souhaité en rêvant à la blanche Blandine.

5

Vint le temps de sa permission.

Il aurait préféré ne pas la prendre, tant il craignait qu'en son absence le CROP ne retombât dans ses habitudes, mais le commandant Tourquois ne l'entendait pas de cette oreille : le repos, le changement, la détente, sont essentiels pour l'efficacité d'un officier. Tout au plus accepta-t-il que Robert ne prît que quinze jours au lieu de quarante-cinq et le fit-il remplacer par l'enseigne de vaisseau de première classe Courteney, nouvellement affecté, qui reçut l'ordre exprès de ne rien changer aux consignes du chef de CROP en titre.

Robert finit par embarquer le cœur léger sur le *Sidi-Ferruch*.

Seuls les enfants et les militaires connaissent cette légèreté-là, quand l'année scolaire se termine ou que la permission commence : le contraste avec le temps du travail est si fort et le sentiment d'avoir accompli des choses difficiles est si vif qu'il en résulte une joie de vivre, une innocence retrouvée qui donne un aperçu de ce qu'a pu être la condition humaine avant la chute. Lavilhaud aurait pu prendre l'avion : les Caravelles abrégeaient considérablement le voyage, mais il lui plaisait de prendre son temps pour rêver d'avance à cette France, à cette mère, à cette Blandine. Peut-être trouverait-il enfin le courage de faire sa déclaration…

Sur le bateau, il eut la surprise de rencontrer Cressé de Beauhaloir qui prenait sa permission aussi et lui fit promettre de venir passer un peu de temps à Paris :

– Il faut tout de même que tu apprennes à dégager, mon petit vieux. Je te présenterai des gens un peu décontractés. Je doute qu'entre ta maman et ta Dulcinée Amiens *by night* soit très *exciting*.

Pour Robert, l'*excitement* avait déjà commencé : c'était d'être un jeune officier qui suspendait pour quelques jours la construction périlleuse d'un empire – non, de quelque chose d'encore mieux, d'une nouvelle nation – pour aller retrouver sa famille et ses amours, et qui, pour cela, traversait la mer la plus poétique du monde, la mer qui séparait le nord du sud et l'orient de l'occident et donc aussi les unissait, le *mare nostrum* qu'avaient traversé dans tous les sens Alexandre, Hannibal, César, Antoine, Godefroy de Bouillon, Saint Louis, Cervantès, don Juan d'Autriche, Napoléon Bonaparte, le maréchal de Bourmont, René Callié, Chateaubriand, Nerval, Flaubert, le père de Foucauld, les barbaresques, les légionnaires, les batdafs, les libérateurs de la Corse, de l'Italie, de la Provence, la mer que sillonnaient aujourd'hui ces Français qui, à la barbe des Cocos et des Amerloques, étaient en train d'inventer une France et une Algérie nouvelles. Dans cette mer, l'hélice du *Sidi-Ferruch* creusait un sillon bouillonnant blanc veiné de bleu comme du marbre.

À Paris, Robert prit son billet pour Amiens avec une certaine satisfaction : par eau ou par rail, les officiers voyageaient en première, c'était un droit, un honneur, une obligation, et, pour Robert, qui avait connu adolescent pas mal de privations et d'humiliations, davantage qu'un plaisir : une restauration du rang qu'il croyait lui appartenir de droit.

De loin, il vit venir à lui la tour Perret, bubon quadrangulaire en béton gris figurant le XXe siècle épisodique, et la cathédrale, guipure de pierre blanche, représentant la France éternelle, et il pensa que sa mère l'attendait sur le quai, reconnaissable de loin à ses cheveux prématurément gris qu'elle refusait de teindre, mais probablement pas Blandine : cela n'aurait pas été tout à fait décent, puisqu'ils n'étaient pas fiancés. Mais si, quel bonheur, elle était là, et c'était décent tout de même, parce que Guillemette, sa cadette envahissante, l'accompagnait, avec son petit museau carré entre ses nattes courtes et raides, tenant avec des élastiques rouges. Blandine elle, était toujours aussi médiévale, sous ses bandeaux blond cendré, avec le grain de beauté que Robert trouvait irrésistible et qui marquait la plénitude de sa joue laiteuse, juste au-dessus de la commissure de sa bouche.

Le soir, la mère et le fils dînèrent face à face, dans le petit appartement où toutes les pièces s'ornaient de portraits de Bertrand Lavilhaud, en civil ou en uniforme, dans des cadres noirs, et ce fut très doux pour Robert de retrouver, après la langue gaillarde qu'il entendait dans l'armée, le vocabulaire chaste et châtié et les inflexions tendres en usage dans la famille, – aussi doux, remarqua-t-il, que lui avaient été les Abbeville, les Saint-Acheul, les Montdidier familiers qu'il avait relus avec attendrissement sur les panneaux de la gare du Nord et qui le changeaient des

Sidi Mabrouk et des Bab el Mansour exotiques qui illustraient les cartes de là-bas.

– Mais je ne comprends pas, dit Mme Lavilhaud, en le regardant avec inquiétude à travers ses lunettes cerclées de fer...

Son enfant, elle l'avait toujours plus admiré que compris. Que ce fils de soldat eût choisi l'enseignement l'étonnait et la rassurait à la fois. Qu'il eût aussi choisi de servir dans l'armée pendant un certain temps l'avait inquiétée, mais elle était certaine que Bertrand eût approuvé cette décision. Alors, dans la mesure de ses moyens, elle s'efforçait de saisir le sens de ce que faisait Robert mais, de toute manière, quoi qu'il fît, elle savait que ce serait bien fait.

– Je ne comprends pas. Je croyais que tu aimais ce pays, que tu voulais y faire ta vie. Vous n'allez tout de même pas changer là-bas tous les noms de lieux ?

– Non, maman. Progressivement, les deux pays vont se fondre, et moi, cela ne me gênerait pas, le jour où on créerait une banlieue nouvelle de Paris, qu'on l'appelât... je ne sais pas, moi, « Boualem », parce que le bachaga Boualem est un ami fidèle de la France. Je veux bien qu'on ait des « Harkaville » et des « Goumbourg », mais, pour le moment, quand je lis les noms des villages français, je suis ému de me trouver dans la France qui m'a enfanté, qui m'a formé, dans la douce France, prête à partager avec l'Algérie les dons qu'elle a reçus du bon Dieu. Bien sûr, il faudrait éviter les allusions religieuses : pas de Sidi-Mohammed en Picardie.

– Mais alors ces nouveaux citoyens français ne seraient pas vraiment nos égaux ?

– Ah ! maman, ce n'est pas l'égalité qu'il faut chercher, c'est l'équité. Bien sûr, pour devenir vraiment comme nous, ils devront se couler dans le moule chrétien dans la mesure où il subsiste. Tu sais que ce que nous appelons maintenant l'Algérie a donné au christianisme des saints et même des Pères de l'Église ?

– Et tu veux vraiment, quand tu seras professeur, me faire venir dans ce pays où je ne connaîtrai personne, où il fait si chaud, où tout doit être si différent de chez nous ?

– Si tu le souhaites, maman, si tu le souhaites.

Robert aimait sa mère, mais les plans qui se forgeaient dans son esprit la concernaient de moins en moins : il se voyait installé à Alger par exemple – ou pourquoi pas à Bourmont, où il y avait un bon lycée – avec Blandine et un nombre croissant de petits Lavilhauds et de petites Lavilhaudes. Sa mère serait la bienvenue, mais il ne l'imaginait dans l'avenir que légèrement en retrait, présence bénéfique mais grise et spectrale.

Le lendemain de son arrivée, il alla, tout naturellement, rendre visite à Blandine dont les parents voyaient d'un bon œil cette fréquentation.

M. de Saint-Salvat avait fait une brève carrière dans les armes et s'était tôt converti dans les assurances ; Mme de Saint-Salvat était née on ne savait trop quoi et, pendant la guerre, ses parents avaient réussi dans les beurre-œufs-fromage, ce qui avait permis à son mari de racheter l'hôtel de Saint-Salvat, d'où un certain rôle que les Saint-Salvat jouaient dans la société amiénoise. De son côté, Mme Lavilhaud « gagnait sa vie comme couturière » mais ce n'*était* pas une couturière pour autant, sa mère était née de Quelque chose ; la famille Lavilhaud, ce n'était pas rien non plus, et l'élève-officier Lavilhaud avait laissé sa femme veuve en sauvant à Saumur l'honneur de l'armée française, bref... Bref, le jeu des équivalences sociales en province faisait que M. de Saint-Salvat, dont pourtant l'hôtel jouxtait celui de Jules Verne boulevard Jules-Verne, ne répugnait pas à voir sa fille aînée Blandine « fréquenter » ce futur agrégé de lettres déjà décoré de la Valeur militaire.

Quant à Mme de Saint-Salvat, femme un peu exaltée, elle n'aurait peut-être pas dédaigné de voir Robert s'intéresser à elle plus qu'à sa fille aînée, mais elle se résignait avec bonne grâce à l'inévitable consécution des générations.

Pour être seuls, les jeunes gens sortirent de la maison familiale, suivis en tapinois par l'œil aigu de Guillemette qui les aurait bien accompagnés si elle y avait été invitée et, ne l'étant pas, rentra dans sa chambre, l'air hargneux. Plus petite, Robert avait été à son aise avec elle, lui avait racontait avec ravissement sa découverte de la mythologie antique et elle l'écoutait bouche bée ; maintenant l'adolescence mettait entre eux une barrière.

Les jeunes gens marchèrent dans cette ville de brique où ils avaient grandi, Blandine faisant ses études au Sacré-Cœur et Robert à la Pro, chez les jésuites. Rue des Trois-Cailloux, rue des Corps-Nus-sans-Têtes... Leurs pas les portèrent naturellement vers la cathédrale qui, sourdant d'une houle de toits d'ardoises, montait à l'assaut du ciel pour mieux se refléter dans la Somme coulant à ses pieds. Ils s'assirent sur le talus. Ils ne s'effleuraient pas.

– Vous n'avez pas le droit de quitter votre uniforme ? demanda Blandine.

– Mais si, voyons, je suis officier.

– Alors pourquoi ne vous mettez-vous pas en civil ?

Il la regarda avec étonnement :

– Mais j'en suis fier, de mon uniforme !

– Parce que vous avez une petite décoration ?

– Ma décoration ? D'abord, franchement, elle n'est pas si petite, et puis je pourrais fort bien la porter à une boutonnière de veston. Mais c'est de ce que nous faisons là-bas, de ce que la France fait là-bas, que je suis fier, Blandine, ce n'est pas d'un petit ruban ! Vous ne lisez donc pas mes lettres ?

Elle arrachait distraitement des brins d'herbe.

– Si, je vois que vous êtes passionné par ce que vous faites. Alors pourquoi ne voulez-vous pas rester dans l'armée ?

– Parce que je ne crois pas avoir la vocation militaire comme j'ai celle d'enseigner. Vous savez, ce n'est pas nouveau : les Romains servaient quand ils étaient jeunes et puis ils prenaient une autre profession.

– Vous avez un cheval là-bas ?

Il riait :

– Un cheval ! Pour quoi faire ?

Elle se mit à rire aussi, taquine :

– Des fantasias, avec un burnous rouge, en vous vantant d'avoir la baraka, comme Bournazel dans les bandes dessinées.

Il eut envie de lui prendre la main, mais un officier ne pouvait faire cela en public, pas plus qu'il ne pouvait donner le bras ou porter un paquet, et cette privation lui procura un plaisir d'orgueil.

Ils se levèrent, souples et jeunes, et elle épousseta sa jupe jaune paille du revers d'une main triangulaire.

Ils contournèrent la cathédrale qui, avec ses ogives crépitantes de fleurons gothiques, avait l'air d'un feu d'artifice intemporel à la gloire de Dieu. Robert fut surtout sensible au peuple innombrable que des artistes inconnus avaient sculpté là, grandeur nature ou plus grandiose ou plus humble, saint Acheul, saint Ache, saint Honoré, saint Firmin, Sophonie, Habacuc, Michée, les Vierges sages, les Vierges folles, les Prophètes, les Apôtres, les Vices, les Vertus, Daniel, Ézéchiel, Abdias, la reine de Saba, Salomon, Hérode, les rois mages, Ève, Adam, Joël, Osée, saint Christophe, Gabriel, saint Jean-Baptiste, et mille autres, et le joueur de cornemuse et le renard prêchant aux poules et les deux têtes sous un même bonnet. Robert en nommait certains, et Blandine était convenablement épatée :

– Vous les reconnaissez tous ?

Il nia modestement.

Sous une des miséricordes du chœur, presque invisible puisque fait littéralement pour s'asseoir dessus, il déchiffra, vigoureusement sculpté en bois, le sacrifice d'Abraham. On voyait le patriarche au milieu, barbu et têtu, fonçant d'un côté mais retenu de l'autre, agrippant de la main gauche son fils Isaac par les cheveux et brandissant de la droite son couteau, qu'un ange retenait par la lame, au risque de s'y couper, s'il arrive que les anges se coupent. L'ensemble était saisissant de violence, on eût pu dire d'expressionnisme. Les yeux de bois en particulier parlaient haut : ceux presque désespérés de l'ange (arriverai-je à temps ? aurai-je la force ?), ceux hébétés de soumission d'Abraham, et le bandeau sur ceux d'Isaac (car son père, prêt à l'égorger, lui avait fait tout de même la grâce d'un bandeau).

Sans qu'il comprît clairement pourquoi, la scène fascina Robert. Il passa au moins dix minutes devant elle, pendant lesquelles Blandine s'ennuya un peu :

– Dites-moi au moins de quoi il s'agit.

Il raconta l'anecdote du bon Dieu commandant à Abraham de lui sacrifier son fils Isaac, d'Abraham affûtant son couteau, de la soumission inconsciente d'Isaac, et du *happy end* final (sauf pour le pauvre bouc), mais il pensait à autre chose : cette violence à la fois commandée et interdite, sans qu'il en prît vraiment conscience, il lui semblait qu'elle résumait sa vie, qu'il était lui-même cet Abraham barbu en marche vers l'avant mais tiré vers l'arrière, à qui Dieu commandait deux choses contradictoires, ou plutôt en commandait une pour mieux la lui défendre. La vision passa d'autant plus vite que Blandine dit :

– Oui, je me rappelle. On nous avait raconté cela au Sacré-Cœur. On nous avait dit que c'était symbolique. De toute manière, je n'ai jamais aimé cette histoire. Mais quand c'est symbolique, ça me rassure.

Ils poursuivirent leur visite parmi le peuple innombrable des statues : on eût dit que les artistes gothiques avaient relevé le défi de Dieu, qu'ils s'appliquaient à façonner autant de figures que lui avait créé d'hommes, ou bien qu'à l'instar des hommes ces figures se multipliaient (dit Robert), avec des résultats souvent plus séduisants (remarqua Blandine). Les cheveux ondulés de pierre, les barbes fleuries de pierre, les drapés de pierre, les chairs de pierre semblaient bruire silencieusement tandis que la lumière argentée de l'après-midi coulait dessus comme une marée de grâce.

Le « beau Dieu » et la « Vierge dorée » (qui ne l'était pas, mais souriait une invite si mystérieuse à son Enfant jouant avec une boule) étaient toujours là, pour figurer, dit Robert à Blandine, l'humanité telle qu'elle aurait été sans la chute :

Blandine demanda :

– Qu'est-ce que c'est que cette boule ?

– L'univers, bien sûr. À moins que ce ne soit la pomme qu'a croquée Ève ?

– Ce serait plus original, dit Blandine.

En regardant en détail les statues du portail Saint-Firmin, Robert s'arrêta devant l'une d'entre elles, représentant une grande et belle jeune femme au long cou royal, au visage plein, à la chevelure ondée sous la capuche, aux yeux comme aveugles levés vers le ciel, à la petite bouche qui souriait avec un air mi-mutin mi-mystique.

– Je vais vous avouer une chose, Blandine, dit Robert. Je devais avoir treize ans quand j'ai trouvé que cette sainte vous ressemblait. Et chaque fois que je ne vous avais pas vue pendant trop longtemps, c'est-à-dire quelques jours, je venais la regarder, lui parler, lui raconter mes histoires comme à vous. Mieux qu'à vous, parce que d'elle je n'avais pas peur.

Blandine la regarda longuement, comparant par la pensée son propre front, ses joues, ses lèvres, son menton à fossette, à ceux de la statue. Elle demanda enfin :

– Comment s'appelle-t-elle ?

– Sainte Ulphe, dit Robert.

– Quelle horreur ! fit Blandine. Qu'est-ce qu'elle a fait pour être sainte ?

– À force de prières, elle faisait taire les grenouilles qui dérangeaient ses voisins.

Ils rentrèrent lentement, avec sérénité, sachant qu'ils se reverraient le lendemain et le surlendemain et autant de fois qu'ils le voudraient avant le jour du départ. Blandine dit seulement :

– Vous devriez vous mettre en civil, vous savez. Il y a des gens qui n'aiment pas l'armée, et puis on raconte tant de choses sur les horreurs que vous faites... Vous risquez de vous faire attaquer.

– Me faire attaquer ? fit Robert en se rengorgeant un peu. Mais, Blandine, c'est mon pain quotidien. Je leur souhaite bien du plaisir.

Il y eut un déjeuner chez Mme Lavilhaud, où les Saint-Salvat furent conviés : M. de Saint-Salvat débonnaire, Mme de Saint-Salvat extatique, Guillemette ronchon, Blandine placide, égale à elle-même. De temps en temps, Mme Lavilhaud levait les yeux sur le plus grand des portraits de son mari, comme pour lui demander sa bénédiction : il semblait la donner volontiers, l'œil intrépide et la bouche souriante sous la petite moustache drue.

Il y eut un dîner chez les Saint-Salvat où les Lavilhaud furent priés avec plusieurs notabilités. À la vue de l'uniforme que Robert ne quittait pas, certains faisaient des remarques flatteuses et banales, d'autres demandaient s'il ne courait pas trop de dangers en Algérie et quand il serait libéré, mais personne ne semblait conscient du Grand Rêve qui animait l'armée française, personne ne posait de questions sur l'avenir ; il semblait que tout le monde eût déjà accepté la fatalité de l'indépendance et qu'on ne s'interrogeât plus que sur ses modalités.

– Mais enfin, il n'y aura jamais d'indépendance algérienne ! rageait Robert. L'Algérie, *c'est* la France. C'est la France de demain. Le chef de l'État lui-même l'a promis. C'est un soldat. Les soldats n'ont qu'une parole.

Alors les convives se détournaient de lui comme s'il avait prononcé une inconvenance (au reste excusable) ou une naïveté (dépassant les bornes).

Naturellement, Robert alla voir ses chers pères jésuites, et il trouva un plaisir particulier à passer en tenue d'officier les grilles de la Providence, qu'il avait tant de fois franchies petit garçon terrorisé, puis adolescent timide, et à parler presque d'égal à égal aux pères pour lesquels il avait toujours nourri tant de révérence. Eux-mêmes le traitaient avec une nouvelle familiarité, l'appelaient plaisamment « mon lieutenant », lui rappelaient tel incident de son enfance que lui avait oublié. Surtout le père recteur qui, à l'époque, avait été préfet des minimes :

– C'était encore à la vieille Pro. Vous étiez venu vous accuser d'avoir cassé un carreau avec votre fronde, et ce qui vous gênait surtout, c'était que le carreau avait été badigeonné de peinture bleue, sur ordre de la défense passive. Vous aviez l'impression d'avoir non seulement détérioré les biens de l'Église mais encore contrevenu aux lois de l'État… Ça ne vous rappelle rien ? Et puis vous étiez obsédé par le péché contre l'Esprit-Saint : vous craigniez toujours d'en commettre un, parce qu'il ne peut être pardonné, mais qu'il n'est pas défini expressément. Ça ne vous rappelle rien ?

– À peine. Des heures d'étude, le soir… Et les pupitres tachés de violet sur lesquels certains gravaient leur nom. Pas moi.

– Ah ! non, vous n'auriez pas rêvé une seconde de commettre un forfait pareil !

Comme il parlait légèrement de tout cela, le père Berthier, en déambulant dans les couloirs carrelés, sentant la propreté chimique, et en donnant de grands coups de genoux dans sa soutane qui, visiblement, l'agaçait ! Mais lui, au moins, serait sensible au Grand

Rêve algérien de la France, n'est-ce pas ? Il y verrait une croisade dont la phase guerrière était presque terminée et qui garantirait à la chrétienté une citadelle dans cette Afrique du nord qu'elle avait si déplorablement laissé lui échapper au Moyen Âge !

Eh bien, non. Installé derrière son bureau moderne avec un crucifix en fil de fer barbelé dans son dos, caressant ses mains l'une dans l'autre, il répondit de manière entortillée à la quête franche de Robert :

– Vous savez... Nous admirons énormément ce que vous faites dans ce pays-là, nous sommes fiers de vous, vous êtes une de nos étoiles, mais il ne faut pas s'illusionner... On ne transgresse pas impunément la géographie – la Méditerranée est là – ni l'histoire : les troupes du Prophète ont conquis le Maghreb dès la fin du VIIe siècle... Et puis, vous savez... Il faut vivre avec son temps. Je dirais que, pour un chrétien, c'est un devoir. Or, notre temps, qu'est-ce ? C'est le marxisme. Oui, oui, je sais, le Saint-Père a déclaré qu'il était « intrinsèquement pervers », mais qu'est-ce qui est intrinsèquement pervers ? Certainement pas de rechercher le bonheur des masses, ni de s'opposer à l'oppression d'un peuple par un autre. Ce qui est pervers, c'est l'athéisme. L'avenir est à un marxisme que nous aurons réussi à baptiser d'une manière ou d'une autre, comme nous avons réussi à baptiser l'Empire romain. La présence rétrograde française dans le Maghreb constitue indéniablement un verrou qui bloque l'expansion du marxisme. Alors, sans rien nier de la noblesse de votre mission, ne faut-il pas reconnaître que, comme toutes les missions, elle n'a de valeur que transitoire ? Lyautey, *ense et aratro*, c'est d'un autre siècle. Vous menez un combat d'arrière-garde et cela est méritoire, mais, fort heureusement, votre destin personnel n'est pas attaché à l'issue de ce combat. Vous allez quitter l'armée, passer l'agrégation, inculquer aux jeunes générations de lycéens un idéal culturel à coloration chrétienne… Quand vous aurez pris votre retraite, je n'y serai plus, mais vous viendrez peut-être donner un coup de main à la Providence… Votre véritable vocation est là, n'est-il pas vrai, Robert ? Tiens, c'est la première fois que je vous appelle par votre prénom et non « Lavilhaud ». Voyez-y un témoignage d'estime et d'amitié, mon lieutenant.

Alors, bien qu'il fût triste de quitter Blandine ne fût-ce que pour quelques heures, Robert décida d'accepter l'invitation de Cressé qui, lui au moins, participait de ce monde sacré qu'était l'Algérie en guerre et dont lui, Robert, s'ennuyait déjà ou plutôt pour lequel il se languissait : n'était-ce pas un péché, ou, pis, une incongruité, de flemmarder à Amiens alors que le sort de la France se jouait *là-bas* ? Au moins, Cressé comprenait.

En débarquant à la gare du Nord où personne ne l'attendait, Lavilhaud eut l'impression de percevoir physiquement l'accueil inamical de la capitale. Son cœur se serra. Il avait passé deux ans à Paris pour préparer sa licence ès lettres, mais il n'avait jamais aimé cette ville qu'il trouvait tour à tour pédante et frivole et dans laquelle les monuments les plus sublimes – Notre-Dame, la Sainte-Chapelle, Saint-Pierre-de-Montmartre – émergeaient à grand-peine de la vulgarité haussmannienne et contemporaine. Aujourd'hui, c'était pire : tous ces hommes balançant leurs attachés-cases dans leur poing et traversant humblement dans les passages cloutés, toutes ces femmes trottinantes dont les talons aiguilles picoraient les trottoirs, comme cela paraissait bête et futile, alors que *là-bas* des hommes en armes réglaient le sort d'une nation ! Et puis comme elle était peu pittoresque, cette grisaille, à côté des haïks blancs, des burnous, des djellabas rayées et des chéchias rouges pointillant les foules sous les palmiers ébouriffés par le siroco comme dans un Delacroix !

Cressé s'était fait prêter par quelqu'un de sa famille un studio dont les fenêtres donnaient sur le Champ-de-Mars. Il ouvrit la porte au premier coup de sonnette et s'étonna de voir Lavilhaud n'apporter qu'une petite valise :

– Mais où est ton costume ?

Lui-même était en civil : blazer bleu marine, boutons dorés, foulard, tout cela allait bien à son visage jeune, sec, aux os tout en finesse, mais déjà quelque peu enluminé.

– Moi, je reste en tenue !

Il n'en était pas question. Dans les endroits où Cressé se proposait d'emmener son ami, on ne se présentait pas en uniforme : pas pour le public, Dieu sait, mais pour l'uniforme qui eût risqué d'en sortir terni. À la question de savoir pourquoi il était indispensable d'aller dans ce genre d'endroit Cressé ne répondit même pas. Ce qui le préoccupait, c'était la question vestimentaire :

– Chemise blanche et cravate noire, ça passe ; ton pantalon de tergal, personne ne le remarquera. Des chaussures marron pour sortir le soir, ça fait plouc, mais enfin la plupart du temps tu auras les pieds sous des tables. Bref, avec une veste un peu correcte, tu passes l'inspection. Je vais t'en prêter une. Tu seras peut-être un peu serré, mais j'en ai une bordeaux foncé qui devrait t'aller. Et puis même, tu sais, ta cravate noire, ça fait tout de même un peu enterrement de province. La chemise, ça va, mais je vais te prêter une Ascot et la pochette qui va avec : bleu nuit un peu électrique.

– Je ne sais pas nouer les Ascots, dit Lavilhaud.

– Je te la nouerai. Le secret, c'est de faire passer la queue deux fois par le nœud, sinon ça se défait tout de suite.

Le studio était vaste, avec un haut plafond ; les meubles, du Napoléon III de bonne tenue, venaient de la famille ; il y avait un lit à baldaquin arrangé comme un divan turc et une méridienne sur laquelle Cressé se proposait de dormir :

– J'ai fait mettre des draps propres dans le lit. On se prend un petit gin-fizz avant de commencer la tournée des grands-ducs ? Nous avons rendez-vous au Pam-pam avec deux mannequins. Elles sont bêtes comme leurs pieds, mais ils sont petits.

Lavilhaud n'avait jamais bu de gin-fizz. Sans savoir pourquoi, il eut honte de demander du Saint-Raphaël à Cressé de Beauhaloir.

– Tu peux laisser ta vareuse ici. Dans le fond, non, on ne sait jamais, il vaut mieux l'emporter. On la mettra sur un cintre dans la bagnole. Elle ne risquera rien.

Lavilhaud ne comprit pas ce que voulait dire « on ne sait jamais », mais, pour une soirée, il avait décidé de s'en remettre à Cressé et il emporta sa vareuse sur son bras.

La soirée fut longue.

Après le Pam-pam, où on avait fait le plein de mannequins, on passa par le *Café des artistes*, où l'on fut rejoint par un comédien qui jouait *En attendant Godot* et une comédienne qui jouait *La Cantatrice chauve*, puis par les *Deux Magots* où l'on se ravitailla en intellectuels – une romancière qui avait publié son premier ouvrage à seize ans et un journaliste revenant de Katmandu. Après quoi l'on décida d'aller dîner chez Castel.

– Comment connais-tu tous ces gens-là ? demanda Lavilhaud.

Cressé sourit, ironique :

– Quand on en connaît un, on les connaît tous. C'est mon petit frère qui se prend pour un cinéaste et qui m'a présenté.

– Que tu sois militaire ne les gêne pas ?

– Qu'est-ce que tu veux que ça leur fasse tant que je règle les additions à mon tour ?

La cantine du rez-de-chaussée aux murs couverts de boiseries et au plafond légèrement voûté était bourrée de gens connus que Lavilhaud ne connaissait pas, mais que ses nouveaux amis lui désignaient : il y avait là Françoise Sagan et Simone de Beauvoir, Claude Bourdet et François Mauriac, c'est-à-dire, pour Lavilhaud, des traîtres qui auraient dû pour le moins moisir en prison, mais non, ils s'affichaient, ils paradaient, ils plastronnaient, ils oubliaient les rebelles dont ils avaient épousé la cause et ils riaient de gros rires de Parisiens nantis, gavés et imbibés, des rires de silènes et de bacchantes qui paraissaient obscènes à Lavilhaud : lui pensait à ses hommes en embuscade, mais aussi, avec estime, aux rebelles qui, pour leur cause, couchaient dehors, mangeaient à peine, buvaient de l'eau, tuaient bien sûr et quelquefois tranchaient des nez, mais au moins risquaient leur vie en permanence. Il demanda à Cressé :

– Comment peux-tu supporter de manger en présence de ces ordures ? Allez, viens, on est en civil, on va leur casser la gueule.

Il y serait allé. Volontiers. Cressé le regarda, sarcastique :

– Ce n'est pas ton vocabulaire ordinaire, Lavilhaud. Aurais-tu bu trop de gin-fizz ? Tu veux que je te dise ? Moi, je suis de l'Ouest, mais Madame mère est périgourdine et ils ont un joli proverbe là-bas. (Il prit un accent méridional.) « Plus je me regarde, plus je me désespère ; plus je me compare, plus je me console. » Alors je viens chez Castel pour me consoler. Pour mesurer les abysses de la nature humaine. La France est en train de saigner à mort en Algérie et ces Français-là bouffent leur caviar et boivent leur Dom Pérignon en pérorant sur les droits de l'homme. Tu ne trouves pas ça succulent ? Moi, d'une certaine manière, ça me réjouit. Ça me montre que tout est absurde, et, crois-moi, c'est difficile de faire d'un cyrard un existentialiste. Mais ils y arriveront peut-être.

Tout le monde fumait. Les fumées bleues, grises, violettes, mauves, décrivaient des tire-bouchons ascendants qui s'enroulaient les uns autour des autres. De nouveaux amis étaient venus se joindre à la bande agglomérée ce soir autour de Cressé. Les femmes étaient mal embouchées comme des mondaines, à tort et à travers. Il y avait une Béa qui serrait Cressé de près et une Caro au décolleté triangulaire sympathique à qui Robert semblait l'être aussi. Le principal sujet de conversation était de savoir qui partageait, avait partagé ou allait partager le pageot de qui. Tout paraissait simple, facile, peut-être même innocent.

« Ces gens vivent comme s'ils ne savaient pas qu'ils vont mourir », pensa Robert.

On descendit au sous-sol pour danser le rock, le twist et le cha-cha-cha. Robert, qui ne connaissait que la valse, se trouvait sans cesse en carafe. Heureusement, Caro venait l'en arracher quand il y avait des slows et qu'avec une naïve perfidie les lumières baissaient. Il y eut, brièvement, un bump, que cavaliers et cavalières dansaient en s'entrechoquant les postérieurs. Lavilhaud ne le dansa pas, mais ceux de Béa et de Cressé rebondissaient joyeusement l'un contre l'autre.

« Mon Dieu, faites que Blandine ne vienne jamais dans un endroit pareil. »

Le ciel blanchissait quand on se retrouva rue Princesse. Il y eut un léger flottement au moment de monter en voitures. Cressé prit Lavilhaud à part.

– Écoute, pour des raisons évidentes, ce n'est pas pratique que tu couches chez moi ce soir. Mais Caro t'invite, c'est arrangé.

Béa monta dans la 404 de Cressé, et, après avoir échangé la veste bordeaux contre sa vareuse, Lavilhaud, éberlué, se tassa dans l'Austin de Caro.

– Tu es *mirlitaire*, dit Caro. Je m'en doutais.

– Pourquoi ?

– Tu n'as rien dit de la soirée. Il n'y a que les *mirlitaires* qui se taisent avec éloquence.

Elle rit d'un rire gourmand.

Au bout d'une minute :

– Je suis gêné de m'imposer ainsi, dit Lavilhaud, pour tâter le terrain.

– Ne le sois pas, répondit Caro.

Ils ne dirent plus rien dans la voiture. Dans l'ascenseur aussi, ils demeurèrent silencieux. En lui-même,

Robert répétait « Chef, aime-moi ». Il ne luttait pas contre une tentation. Simplement, il voulait rester lui-même, ce qui signifiait ne pas renoncer pour cause de gin-fizz à une chasteté scrupuleusement observée depuis toujours. Dans l'appartement, Caro n'alluma que des lumières indirectes dissimulées dans des niches contenant, sur des étagères de verre, des objets d'Extrême-Orient. Puis elle se tourna vers Robert et voulut lui déboutonner la chemise. Il la repoussa doucement, des deux mains tendues, conscient du ridicule mais décidé à tout braver.

– Non, Caroline, non. Ce n'est pas que vous ne me plaisiez pas. Au contraire, mais je suis… je suis…

Elle se recula, horrifiée :

– Tu es pédé ? Ce serait bien ma veine.

– Non, non, pas du tout. Je suis catholique.

Il descendait l'escalier quand elle se pencha par-dessus la rampe et lui lança avec une sorte d'attendrissement :

– Robert, je ne t'en veux pas.

Il passa ce qui restait de nuit à arpenter les rues de Paris où les éboueurs menaient leur tapage poubelle et où les jets d'eau des arroseuses faisaient tournoyer au bord des égouts journaux déchirés, mégots, écorces d'orange. Enfin ce fut l'heure de téléphoner à Cressé pour aller reprendre la petite valise. Pendant tout ce temps, l'uniforme de Lavilhaud n'attira pas la moindre remarque, ni éloge ni quolibet : les Parisiens l'ignoraient, voilà tout. Lavilhaud en uniforme n'existait pas. La guerre d'Algérie n'existait pas.

Trois jours avant son départ, Robert emmena Blandine faire un tour de bateau aux hortillonnages. Même adolescents, il leur était arrivé de louer une barque à fond plat, et de s'engager dans ce dédale, formé de treize bras d'eau et de quatre cent cinquante îlots couverts de fleurs et de légumes issant, géométriques et comme héraldiques, hors de planches strictement ratissées et sarclées par des hortillons maniaques. Ils suivaient les rieux au hasard, Robert ramant paresseusement, Blandine laissant ses doigts traîner entre les nénuphars. Çà et là, se balançait une barque à cornets pour le transport des légumes ou bien une cabane à outils se profilait, escaladée de rosiers ou de pois de senteur, et Robert se disait que ce serait bien d'être dans cette cabane avec Blandine, sans aller jusqu'à imaginer ce qu'ils y feraient ensemble.

Aujourd'hui, il fut frappé par l'aspect impressionniste du paysage où abondaient les fleurs d'automne, asters, dahlias.

– Sisley et Pissarro se seraient régalés, dit-il à Blandine, et il vit que Blandine pleurait, les coudes calés sur les genoux, les pommettes dans les paumes, les yeux ruisselants.

Il cessa de ramer :

– Qu'avez-vous, Blandine ? Qu'est-ce qui vous arrive ?

– Ce qu'il m'arrive ! Enfin, Robert ! Il m'arrive que vous partez demain. Et que je ne sais pas quand je vous reverrai. Ni même si.

Elle réprima un sanglot. Ses larmes coulaient toujours, librement. Noblement, pensa Robert.

Il la regardait comme un jeune homme regarde celle qu'il aime et n'a jamais embrassée : avec un désir qui n'est pas du désir, une concupiscence de l'âme pour un corps point perçu comme un corps, un tremblement religieux, la crainte mystique qu'on éprouve à l'idée de blasphémer un calice ou de scandaliser un enfant. Il se crut aussitôt obligé de dire la vérité.

– Blandine, il faut que vous sachiez… J'aurais pu rester plus longtemps. J'ai choisi de me priver de vous. Il y a une mission à remplir là-bas.

Pleurant toujours, elle articula puérilement, d'un ton boudeur :

– Plus longtemps ? Combien ?

Il se força à prononcer la vérité – il n'allait tout de même pas commencer cette nouvelle époque de leur relation par un mensonge !

– Un mois.

Alors elle donna libre cours à ses sanglots :

– Un mois ! Vous ne m'aimez pas, Robert.

Il ne lui avait jamais dit qu'il l'aimait. Les mots d'un vieux poète anglais qu'il affectionnait lui revinrent en mémoire : *I could not love thee, dear, so much, Loved I not honour more* : « Si je t'aime autant que je t'aime, C'est que j'aime encor plus l'honneur. » Mais Blandine n'était pas si littéraire qu'il pût, dans les circonstances, faire usage de cette citation.

– Si, dit-il gravement, je vous aime, Blandine.

– Et vous me quittez ! Moi, je vous déteste.

Il n'était pas d'humeur à marivauder.

Il reprit une des rames que l'erre avait ramenées contre la coque, et manœuvra le bateau de manière à le faire accoster sous un saule, dans une odeur d'eau, de cresson et d'humus. Les branches pleureuses faisaient comme une tente autour des amants.

Sans bouger de sa place à la proue, Robert Lavilhaud dit :

– Je vous aime et je vous demande d'être ma femme. Je n'ai pas grand-chose à vous offrir. Vous serez femme d'officier pendant quelque temps et puis, dès que en aurons terminé, banalement femme de prof. En Algérie, probablement, parce que l'avenir de la France est là-bas. Dites-moi si vous voulez bien.

Blandine dit qu'elle voulait bien, et, au risque de faire basculer le bateau, se jeta dans ses bras. Ce fut leur premier baiser.

En rentrant, il annonça son intention à sa mère :

– Bertrand aurait été si content ! s'écria-t-elle en se tournant vers un des portraits au regard mystique.

Elle aussi pleurait.

– Il faudra que je pense à la bague, dit Robert.

Mme Lavilhaud ôta le saphir entouré de brillants qu'elle portait avec son alliance à l'annulaire de la main gauche :

– Donne-lui ma marquise. C'est celle que Bertrand…

Elle s'étouffa un instant :

– Si la monture est démodée pour Blandine, je la lui ferai transformer.

Le soir-même, Robert alla faire sa demande. M. de Saint-Salvat lui donna l'accolade. Mme de Saint-Salvat l'embrassa tant et tant. Guillemette quitta la pièce et revint plus tard, les yeux rougis :

– Je suis follement heureuse, remarqua-t-elle à la cantonade.

– Ma mère s'est permis de demander une messe pour demain dix-huit heures, dit Robert.

– Eh bien moi, je vais me permettre de réserver au Vert-Galant pour dix-neuf et demie, répliqua M. de Saint-Salvat.

À l'issue de la messe, le prêtre prononça :

– Seigneur, je vous demande de bénir le signe que se donnent Robert et Blandine qui veulent contracter un vrai mariage catholique, comme l'ont fait leurs parents avant eux.

Il fit le signe de la croix sur la bague.

Robert passa la bague au doigt de Blandine.

Le lendemain, il prit le train pour Marseille, dans une plénitude de joie qu'il n'avait jamais connue.

6

La Ferme Garcia – quatre corps de logis en carré, quatre pavillons aux angles –, qui, quelques mois plutôt, était apparue comme un idéogramme maléfique au lieutenant Lavilhaud, il la vit maintenant, au détour de la route, comme son Chez Soi. Le drapeau tricolore faseyait au haut du mât et semblait toujours aussi neuf, aussi propre. Au lieu de « débriefer » Courteney dans son bureau, comme il l'aurait fait avant son départ, Lavilhaud l'invita à dîner à *La Grotte*. Un chef de CROP fiancé à la femme aimée valait trois chefs de CROP ; tout était plus clair dans son esprit, les hiérarchies comprises ; et l'angoisse qu'il ressentait à l'idée de ce qui avait pu se passer sans lui ne transparut pas dans le ton calme avec lequel il demanda à son aîné mais son subalterne tout de même :

– Alors, Courteney, ça s'est bien passé ? Ils ne vous ont pas fait trop de misères sans moi ?

Courteney sourit. Enseigne de vaisseau, il fumait le brûle-gueule des loups de mer pour se donner de l'importance.

– Non. Marceau était là à me cirer les pompes, Carvaillac me méprisait parce que je porte l'hameçon à l'envers [1], Redouane m'en voulait parce que je ne suis pas vous, et Gonarelle, tout miel tout sucre quand on bouffait ensemble, ouvrait mon courrier à la vapeur en pensant que je ne m'en apercevrais pas. Mais dans l'ensemble ils se sont bien tenus. Ils vous aiment, ces gens, vous savez, surtout Redouane et Carvaillac, des gars de la même race, encore que l'un soit bougnoul et l'autre quercynois.

– Et… Mme Clisson ?

Courteney se cacha derrière la fumée de son brûle-gueule :

– Gastonne, avec ses pyjamas affriolants et ses prétentions intellectuelles, est une brave fille que vous avez eu tort de dédaigner. Bien sûr, elle est un peu vexée, mais… comment vous dire ? Ça n'est pas plus mal, ça la fait rêver.

Le mot « déculotter » revint en force à l'inconscient de Robert ; il en rougit une fois de plus et prononça une ineptie :

– Ce n'est pas parce qu'on partage la même baignoire qu'on est obligé de… Bon, et alors la discipline, je veux dire le traitement des prisonniers ?

Courteney sourit : la réputation de Lavilhaud était établie.

– Je peux vous jurer qu'on n'a torturé personne. Je ne peux pas vous jurer que Carvaillac n'ait pas allongé quelques coups de pied à un prisonnier qui enlevait les trois quarts de la patate en l'épluchant.

---

1. La marine et l'infanterie de marine (qui, à l'époque, était dite coloniale) portent l'une et l'autre dans leurs insignes l'ancre de marine, surnommée « hameçon », mais le filin n'est pas enroulé dans le même sens.

Courteney partit le surlendemain et Lavilhaud reprit ses habitudes avec bonheur : les embuscades avec le commando, les parties de dames crépusculaires avec Gonarelle, le fichier, le renseignement des cartes et, bien sûr, les interrogatoires.

Il s'aperçut qu'il les menait maintenant d'une autre manière, sans pouvoir définir exactement en quoi consistait la différence. Le bon droit de l'homme heureux s'affirmait maintenant en lui, sans qu'il en devînt fanatique ni borné, mais tout de même, il se disait : « Puisque je suis si heureux, pourquoi ne le sont-ils pas tous ? C'est si facile d'être heureux. » Et il en devenait d'autant plus libéral et généreux avec les prisonniers qui lui paraissaient sincères dans leur foi et à peu près innocents dans leurs actes, mais aussi plus rigoureux avec ceux qu'il jugeait, selon l'expression en cours, « irrécupérables ». Il voyait si clairement le bonheur de la Françalgérie à portée de la main, en même temps que le sien propre, qu'il sentait que toutes les entraves qui s'y opposaient devaient être rompues.

Il alla voir *Trismégiste* d'une démarche plus dansante. Il est ridicule d'essayer d'assurer le bonheur des peuples si on ne réussit pas le sien. Mais maintenant… *Maintenant qu'il y avait Blandine, l'Algérie était sauvée, et du même coup, la France* : Lavilhaud ressentait quelque chose d'aussi confus et d'aussi éblouissant. Traversant les tunnels sous les maisons de la Casbah, il était gai de la grande gaîté de qui a tout à perdre et qui le risque.

Ce soir-là, Si Ahmed Bouzouaoui fit un grand honneur à son jeune ami français. Le repas avait été servi par le patriarche lui-même, mais les cornes de gazelle et le café furent apportés par Mme Bouzouaoui, probablement la dernière des quatre épouses autorisées par le Coran, car elle était jeune, belle, dévoilée, et portait avec sérénité une robe de soie, longue, drapée, d'un bleu tirant sur le vert, découvrant des avant-bras dignes d'un Rodin plutôt que d'un Maillol, pensa Robert. Il se leva, ne fit pas la gaffe du baise-main ni même du shake-hand. D'un regard respectueux, il remercia Si Ahmed de la confiance qui lui était faite. Quelque chose venait d'être scellé entre eux à la vie à la mort : Robert avait vu la femme d'Ahmed et, transgression suprême, il avait même appris son prénom : Daouda. Elle se retira rapidement, laissant traîner son regard sur le *Fransi*, mais avec dignité.

– Et toi, mon lieutenant, dit Si Ahmed, passant avec élégance du vous au tu, tu as une femme ?

– J'ai une fiancée, dit Lavilhaud, et il parla de Blandine à ce « bougnoul » comme il n'en aurait jamais parlé à aucun camarade, aucun ami.

Et Ahmed, étant çoufi, comprenait. L'amour courtois est d'invention arabe, n'est-ce pas ? En arabe d'abord, puis en français, Ahmed cita Ibn Dawoud :

> *Au cœur de la plaine, loin des tentes de nos pères, cette nuit-là tous les deux nous restâmes.*
> *Sous un vaste manteau du Yemen, couvert de rosée et de nuit, nous nous étendîmes côte à côte.*
> *Et Dieu fit qu'au matin nous revînmes abreuvés des plus chastes mystères, la soif suspendue sur nos lèvres…*

Et Robert lui cita son poème anglais « Si je t'aime autant que je t'aime, C'est que j'aime encor plus l'honneur », et ils prirent conscience que les traditions chevaleresques de l'islam et de la chrétienté étaient loin de s'exclure.

Au moment de raccompagner Lavilhaud jusqu'à la porte dérobée et de l'abandonner dans la nuit automnale, *Trismégiste* lui dit :

– Ils sont découragés, la France les a bien battus ! Mais il en reste dans la forêt. Si Youssouf, il a une zone de repos près de Bourmont. Il y laisse toujours quatre ou cinq moudjahidine.

– À Timri ? demanda Lavilhaud. À Tazert ?

Il nommait des villages qui n'avaient pas accepté de se mettre en autodéfense, et donc étaient tacitement du côté de la rébellion.

Si Ahmed sourit avec indulgence et susurra :

– *À Tifritine.*

Tifritine était rallié depuis les débuts de la rébellion.

– Ti-fri-tine ? répéta Lavilhaud en prenant son temps.

Si Ahmed inclina la tête plusieurs fois, solennellement, faisant siffler les dentales :

– Tifritine. Et, d'après ce que j'entends dire, à partir de sa zone de repos, Si Youssouf est en train de préparer un grand coup.

– Sur quel objectif ?

– À mon avis, ça doit être en ville. Son commando s'appelle « urbain », oui ?

Tifritine, situé à vingt-quatre kilomètres par la grand-route à l'est-sud-est de Bourmont, ne tarissait jamais dans ses déclarations de loyalisme à l'égard de la France. C'était le village d'où était issu le conseiller général Améziane qui passait pour un ami du bachaga Boualem, le village où on emmenait les grands chefs civils ou militaires de passage, les journalistes français ou étrangers – Si Abderrahmane, chef de village, djellaba blanche immaculée, décorations pendantes, faisait si bien sur les photos… et c'était Tifritine qui servait de lieu de repos aux derniers rebelles ? ! Cela blessait Lavilhaud sans le surprendre. En vérité, Tifritine, c'était un peu trop beau pour être vrai.

À partir de là, la question qui se posait était à la fois tactique et déontologique. Fallait-il passer le renseignement au secteur, ou tenter un coup de main CROP ? Lavilhaud rendit compte au commandant Tourquois à Constantine, qui, comme d'habitude, se mit à réfléchir tout haut :

– Si ce n'est pas quatre ou cinq salopards, mais le commando entier – vingt gus, vous m'avez dit – qui est embusqué là, c'est un gros morceau : vous ne faites pas le poids avec vos quinze bidasses. Remarquez, *Trismégiste* a dit quatre ou cinq… D'un autre côté, si vous faites agir Faux-Derche, il mettra tant de monde sur le terrain que ce sera une opération bouclage-passoire, comme d'habitude… Moi, a priori, je serais favorable à un coup de main maison, bien mijoté, sans grand déploiement de forces, pour ne pas attirer l'attention. Bien sûr, on risque des pertes, mais qui a jamais entendu parler d'une guerre sans pertes ?… De toute manière, si vous accrochez, vous bigophonez et on fait intervenir les paras. Ce serait un joli coup. Vous me faites un topo.

Lavilhaud prépara un topo. Il connaissait Tifritine, point de départ de plusieurs opérations auxquelles il avait participé.

Le village se trouvait sur une ligne de crête allant d'ouest en est, entre deux vallées : la vallée sud longeait les contreforts du djebel couverts de forêts ; dans la vallée nord courait la grand-route. Un kilomètre de distance entre la ligne de crête et la forêt, autant entre la ligne de crête et la grand-route. La grand-route appartenait sans conteste à la France ; la forêt avait naguère appartenu à la rébellion et devait encore abriter quelques fellaghas.

Les photos aériennes montraient que le terrain autour de Tifritine était dégagé sur un millier d'hectares, aussi bien entre la ligne de crête et la grand-route qu'entre la ligne de crête et l'orée des bois. Une exception : un ravin couvert d'un maquis touffu, descendant du village dans la vallée sud, permettait de rejoindre la forêt sans se déplacer à découvert.

Tactiquement, la solution la plus simple était, dans un premier temps, de mettre en place un bouclage côté forêt, puis d'amener par la route les troupes de ratissage qui passeraient le village au peigne fin. Mais cela supposait des effectifs considérables, au moins un bataillon et de tels éléments ne pouvaient pas faire mouvement avec assez de discrétion. D'autre part, une opération pareille détruirait la légende de Tifritine la loyale : désastreux à la fois pour l'opinion publique et pour la suite des opérations. En outre, si on ne trouvait aucun rebelle dans le village, le conseiller général Améziane était capable de faire un scandale.

Au contraire, un petit élément du CROP opérant un contrôle d'identité dans un village ami ne causerait aucune émotion, sinon au secteur : le colonel serait furieux, mais les CROP avaient été créés justement pour court-circuiter la lourde hiérarchie militaire, et ce genre de coup de main entrait dans leurs attributions.

Le plan que Lavilhaud exposa par téléphone à Tourquois lui plut. Avec une réserve :

– Vous faites le pari que les fels ne vont pas essayer de s'échapper par la grand-route. Moi, je pense que les gars de Si Youssouf ont assez de culot pour ça. Il vous faut un bouclage de ce côté.

– Je n'ai pas assez de monde, mon commandant.

– Je le sais bien. Il faudra que vous mettiez en place un élément très visible pour leur donner à penser que, de ce côté-là, c'est râpé. Au point du jour, vous amenez là des *vésicules* bâchés, dont on ne pourra pas savoir s'ils sont pleins de troufions ou non. Et une jeep. Vous avez deux camions et une jeep, oui ? En plus, les camions ramèneront vos gars, qui en auront plein les bottes, et les prisonniers si vous en faites. Si vous ne trouvez rien, ne risquez pas une fouille maison à maison avec des effectifs aussi faibles. Restez sur place, faites traîner les choses et passez un message. Je signalerai la situation au secteur. À eux de décider s'ils veulent faire un ratissage en règle.

– Bien, mon commandant.

– Bonne chance, mon vieux.

Pour piloter la jeep et les camions, Lavilhaud décida d'utiliser Gonarelle et les deux gendarmes qui participeraient ainsi à l'opération sans faire trente-cinq kilomètres de crapahut dans la forêt et dans la nuit. Deux hommes punis pour avoir mal nettoyé leur arme et un malade resteraient garder la Ferme Garcia sous les ordres de Marceau : Lavilhaud trouvait bon pour le moral d'exclure les punis des dangers qu'allaient courir les autres ; quant à Marceau, déçu d'un côté, il trouvait tout de même agréable de se retrouver commandant en chef sans courir de risques. Mme Clisson assurerait la permanence toute la nuit.

Le dîner avait été avancé d'une demi-heure et le café suivi d'un pousse-café. Pour une fois, Lavilhaud prit ce repas avec ses hommes et il leur parla de ses projets pour la nuit. On s'arrêterait dix minutes toutes les heures. On ferait une pause prolongée vers minuit et vers trois heures du matin. Il leur conseillait de ne manger ni ne boire que pendant ces pauses. « Gardez toujours du café salé, ne serait-ce qu'un peu, dans votre bidon. Ne mangez pas tout votre chocolat d'un coup. » Il leur montra la carte, les photos aériennes, ne leur cacha pas qu'ils risquaient de tomber sur du dur, précisa à chacun les fonctions qui seraient les siennes. Il passa ensuite l'inspection des armes et, selon l'usage, fit sautiller les hommes un à un pour s'assurer que rien ne faisait de bruit dans leurs poches ou leur harnachement. On se maquilla de terre le visage et les mains pour en étouffer la blancheur. Une gaîté grave s'était emparée du commando. Certains hommes étaient un peu pâles mais crânaient tout de même et tous se tournaient vers leur chef avec confiance. Avant de partir, comme il ne faisait pas encore tout à fait nuit, Lavilhaud fit chanter le chant entraînant des parachutistes :

Tout l'monde est prêt ? Tout l'monde est prêt.
Tout l'monde ira ? Tout l'monde ira.
Pas un ne se – dégonflera.

Articulation classique : deux équipes de grenadiers-voltigeurs et une pièce FM[1]. Tous les hommes étaient

1. Fusil-mitrailleur : on appelle « pièce FM » les quatre hommes chargés de mettre cette arme en œuvre.

armés de pistolets-mitrailleurs MAT 49, sauf le porteur du fusil-mitrailleur 24-29 et celui du fusil lance-grenades MAS 49. Tous avaient des grenades offensives et défensives. Lavilhaud lui-même aurait bien aimé s'équiper d'un PM[1], mais il pensa que cela inquiéterait la troupe. Il se contenta donc de son PA[2] MAC 50 et de la carabine US qu'il affectionnait.

À la première étoile, il vérifia dans la cour que les hommes s'étaient bien rangés dans l'ordre de marche. Il leur rappela qu'il fallait observer les grandes distances, mais ne jamais perdre de vue l'homme qui marchait devant eux – si cela arrivait, s'arrêter sur place et siffler pour attirer son attention. Enfin :

– En avant, commanda-t-il fièrement.

Il eut envie d'ajouter « Avec l'aide de Dieu », mais cela ne pouvait se faire dans une armée laïque. Il se contenta de murmurer en lui-même : « Aide-nous, Chef. Notre cause est bonne », et il emboîta le pas de Redouane qui marchait en éclaireur de pointe.

Ils s'enfoncèrent dans la nuit. En levant les yeux vers le ciel, le vers du Cid revint à l'esprit de Lavilhaud : comme le vieux père Corneille avait eu raison avec son admirable oxymoron « Cette obscure clarté qui tombe des étoiles » !

À travers le vignoble d'abord, puis à travers champs, puis sur une piste, puis sur un sentier, puis en plein bois, aidés par les étoiles, la boussole, les repères, un coup d'œil hâtif jeté sur une carte à la lumière d'une torche dissimulée par une veste de treillis, aidés aussi par la connaissance de certaines

1. Pistolet-mitrailleur, vulgairement dit mitraillette.
2. Pistolet dit automatique – en réalité semi-automatique.

parties du terrain qu'avait Redouane et par l'expérience des marches de nuit qu'avait le lieutenant, ils progressèrent par ces terres odorantes qui n'avaient eu que les rebelles pour maîtres et étaient en train de redevenir françaises. De temps en temps un sanglier déboulait dans l'obscurité ; Lavilhaud avait prévenu ses hommes : « Ne tirez en aucun cas, sauf pour riposter. » À chaque arrêt, il remonta sa petite colonne, pour vérifier que tous les hommes étaient en place, qu'ils savaient où ils allaient, que le moral était toujours au plus haut. Ensuite, au pas de course, il remontait en tête, se plaçant derrière Redouane et donnait le signal pour qu'on reprît la progression. On ralentissait la cadence et on allongeait la foulée dans les montées, on raccourcissait la foulée et on accélérait la cadence dans les descentes, on reprenait un rythme ordinaire dans les plats, et on jetait de temps en temps un regard à la lune nageant au ciel entre les étoiles comme, en pleine mer, un grand poisson entre des petits.

« Je me demande quand elle va les manger », pensa plaisamment Lavilhaud.

Il avait calculé largement son contournement par la forêt. Rien encore ne signalait l'aube quand le détachement se trouva, en plein djebel, face aux feux de Tifritine qui palpitaient dans la nuit : organisé en autodéfense, Tifritine allumait des brasiers censés indiquer aux rebelles qu'on veillait face à eux et qu'on était prêt à les recevoir. Lavilhaud pensa que, si *Trismégiste* disait vrai, ces feux respectaient peut-être un code : un feu, tout va bien, trois feux, les *Fransi* sont là, deux feux, prenez garde…

Lavilhaud rejoignit Redouane :

– C'est Tifritine ?

– Oui, mon lieutenant.

Ils étaient à plat ventre derrière un buisson de cytise.

Lavilhaud se releva en souplesse et retourna en arrière.

– Carvaillac ?

– Mon lieutenant ?

– Vous prenez vos gars et vous passez devant. À moins de trois cents mètres, vous allez trouver un sentier sur la gauche, celui que je vous ai montré sur la photo. Vous déboîtez là et vous allez vous mettre en embuscade en haut du talus. Attendez le point du jour pour choisir votre emplacement définitif. Silence radio, sauf urgence absolue. Si vous tombez sur un guetteur, vous essayez de l'éliminer sans bruit. Ensuite, comme je vous ai dit : s'ils sont plusieurs, vous tirez dans le tas mais vous essayez tout de même de m'en cravater au moins un vivant…

Dans le noir, le sergent-chef compléta :

– … À fins d'interrogatoire.

Carvaillac et son équipe défilèrent tels des fantômes. Le succès de l'opération reposait sur eux et Lavilhaud avait donné à Carvaillac les meilleurs éléments : un Gitan qui savait jouer du couteau, un Noir herculéen, un Breton taciturne et efficace, un petit Parigot de la Maub'qui en voulait.

On reprit la progression. Il faisait de plus en plus froid. On sentait la sueur réfrigérer les nuques, les reins. On regrettait de n'avoir pas bu ou mangé davantage à la dernière halte, on se disait aussi qu'on approchait, que, bientôt, on allait peut-être « tomber sur du dur » comme avait dit le lieutenant. Les uns pensaient à leur maman, les autres à leur gonzesse, les troisièmes à leurs chargeurs. Lavilhaud ne pensait qu'à la manœuvre. Ils avaient déjà plus de trente kilomètres de tout terrain dans les jambes et ils n'étaient pas arrivés.

– Pressons, dit Lavilhaud.

Il fallait se mettre en place avant le jour pour que les éléments d'autodéfense, censés jouer un double jeu, ne détectassent pas l'arrivée du commando.

Lavilhaud continua à l'intérieur de la forêt, toute noire. La lune mettait des draps blancs à sécher dans la vallée sur la gauche. Plus à gauche encore, en haut de l'autre versant, on distinguait, se découpant sur le ciel, la masse noire étoilée de brasiers de Tifritine.

Lavilhaud contourna le village de plus de deux kilomètres par le nord et le nord-ouest. Maintenant, il était de quelques minutes en retard sur son horaire. La lune avait disparu, mais les étoiles versaient encore assez de « clarté obscure » pour que le chemin de crête fît une tache claire dans la nuit qui se fluidifiait peu à peu. Sur le chemin de crête, Lavilhaud prit la direction du nord-est, confirmée par la boussole. Devant, le ciel blanchissait. Et, comme s'il réfléchissait cette blancheur ou plutôt comme s'il capturait tout ce qu'il y avait de lumière dans le monde, aube, étoiles et traces de lune, le marabout de Sidi Aïssa, cubique, chaulé de blanc, à la fois tombeau de saint et petite mosquée surmontée d'une coupole, se haussa sur son piton à gauche de la piste.

Lavilhaud envoya Redouane et deux hommes en reconnaissance : il pouvait y avoir là un poste de garde de l'autodéfense, ce qui compliquerait l'opération, mais non, le marabout était vide. Derrière un muret, Lavilhaud posa sa pièce FM commandée par le caporal

Zubira. Le tireur, accompagné de ses deux pourvoyeurs, s'installa confortablement. Dès qu'il fit un peu plus clair, Lavilhaud lui désigna le triangle qu'il aurait à balayer : sauf résistance (laquelle changerait les donnes et nécessiterait l'application du plan B), le tireur devait simplement interdire tout passage dans la vallée séparant le village du djebel.

– Tout ce qui bouge, tu allumes.

Le tutoiement avait échappé au lieutenant, si peu tutoyeur pourtant.

– Vous bilez pas, mon lieutenant. Je les aurai.

Ce n'était pas de la vantardise : le tireur avait fait ses preuves.

Avec les quatre hommes qui lui restaient, Lavilhaud s'embusqua derrière les rochers hérissés de figuiers de Barbarie servant de piètement au marabout. Il posta lui-même le lance-grenades.

Il n'y avait plus qu'à attendre.

Seconde à seconde, la planète Terre tournait de manière à présenter son méridien 0 au Soleil encore invisible et, de son abri, Lavilhaud distinguait de mieux en mieux, dans la grisaille de potron-minet : droit devant lui le chemin des crêtes serpentant jusqu'au village ; sur la gauche la vallée encaissée qui rejoignait la forêt ; sur la droite le versant qui descendait jusqu'à la route.

Lavilhaud pria :

« Chef, je vais peut-être mourir. Fais que ce soit dans l'acceptation de ta volonté. Je vais peut-être aussi avoir des pertes. Essaie de faire que j'en aie le moins possible. Essaie de faire que mes garçons rentrent chez eux vivants et sans avoir mis leur salut en danger. Chef, je vais peut-être tuer un ou plusieurs de mes frères. Fais que ce soit sans colère et pour en protéger d'autres. »

On ne voyait plus rougeoyer les brasiers de l'autodéfense. Un roulement se fit entendre. Sur la route apparut une jeep suivie de deux camions bâchés. Les trois véhicules s'arrêtèrent en contrebas de Tifritine, à cinquante mètres de distance les uns des autres.

Lavilhaud se leva.

– On y va. Attention, pas de culasses armées. Vous ne tirez que sur ordre. Normand, à gauche de la piste, Julot à droite, Redouane et le radio avec moi, Esteban, vous suivez à trente mètres avec le lance-grenades.

Ils émergèrent de leur planque et marchèrent ouvertement vers le village. Lavilhaud sentait l'excitation de ses hommes, mais il les tenait bien en main et il se tenait bien en main lui-même : calme, lucide, et gonflé de ce léger trop plein d'énergie qui fait le guerrier.

Un fellah armé d'un fusil de chasse courut à leur rencontre, souriant de sa bouche édentée :

– Salut, mon lieutenant. C'est gentil tu viens voir tes amis à Tifritine. Vive la France.

Il s'était planté au garde-à-vous. Lavilhaud lui serra la main, lui demanda des nouvelles du village, de Si Abderrahmane, lui demanda si « ceux de la forêt » s'étaient encore signalés par quelque exaction.

– Ceux de la forêt ?

L'homme cracha par terre un beau crachat bien glaireux :

– Fini, ceux de la forêt. *Dibarrassi.* Vive la France.

Le « téléphone arabe » – en l'occurrence kabyle – avait déjà joué. Si Abderrahmane arrivait, grand, majestueux, les décorations pendantes, les robes blanches immaculées flottant au vent. Il portait le turban honorifique du hadj.

– *Salam aleïkoum*, mon lieutenant. Tu viens passer l'inspection ? C'est bien, ça, l'inspection. Il faut les officiers français ils inspectent l'autodéfense. R.A.S.[1], mon lieutenant. R.A.S.

Il était fier de connaître R.A.S.

– Et le colonel Fauberge, il va bien ?

Il était fier de connaître le colonel Fauberge.

– Très bien, répondit Lavilhaud qui n'avait pas vu le colonel depuis trois mois. Et toi, Aberrahmane ? Et la famille ? *Labès*[2] ?

– *Abdullah, labès*, mon lieutenant. Tout le monde il va bien.

– Bon. Tu réunis les hommes devant la mosquée.

– Bien, mon lieutenant.

Abderrahmane donna un ordre rauque à l'homme au fusil de chasse.

– En attendant ils se réunissent, tu me fais un grand plaisir, mon lieutenant, tu viens prendre le café chez moi. Ou le thé à la menthe, comme tu veux. Les soldats, ils viennent aussi.

– Non, dit Lavilhaud, peu soucieux d'enfermer tous ses hommes dans une mechta. Les soldats, ils restent dehors. Ils... montent la garde, ajouta-t-il avec un rire poli qui signifiait qu'à Tifritine il n'était nul besoin de monter la garde, mais que la hiérarchie devait être respectée.

Si Abderrahmane rit aussi pour montrer qu'il appréciait la délicatesse de l'officier.

---

1. Rien à signaler.
2. Ça va bien ? Grâce à Dieu, ça va bien.

– Comme tu veux, mon lieutenant.

Ils entrèrent dans la maison du chef de village. Il y avait des tables basses et des coussins. Une poule picorait des miettes de galette sur le sol en terre battue. Des portes donnaient sur d'autres pièces où l'on entendait des gloussements et des esclaffements étouffés de femmes. Lavilhaud abrégea la cérémonie du café. D'une part, il avait toujours fait confiance à Si Abderrahmane et se sentait confus de le soupçonner de trahison ; d'autre part, il était impatient de passer à l'action.

La mosquée, blanche, oblongue, couronnée d'une coupole, plus vaste que le marabout mais construite dans le même style, dominait une place formant terrasse. Un parapet de grosses pierres la limitait du côté de la vallée. Pendant que les hommes – gandouras, djellabas, cachabias, burnous, chèches et chéchias, plusieurs fusils de chasse – se massaient sur la place, Lavilhaud alla jeter un coup d'œil par-dessus le parapet. Ici, la falaise était à pic. Sur les côtés, les pentes descendant dans la vallée étaient plus douces. Au sud-ouest, le ravin broussailleux relevé sur photos aériennes faisait la jonction entre le village et la forêt. Posté derrière, en contrehaut, le tireur au FM demeurait invisible.

Lavilhaud plaça Normand, Esteban et Julot à l'entrée des ruelles qui donnaient sur la place, Redouane et le lance-grenades au bord du parapet.

– Tous les hommes sont là ? demanda-t-il à Abderrahmane.

– Tous ils sont là, sauf les malades.

– Bon. Nous allons faire un contrôle d'identité. C'est la loi.

– Si c'est la loi, c'est la loi, mon lieutenant. Tu veux voir ma carte d'identité nationale ?

Le chef de village porta la main à ses vêtements.

– Non merci, Abderrahmane, toi, je te connais.

Ils rirent avec connivence.

Les hommes se mettaient spontanément les uns derrière les autres en bavardant et tiraient leur carte d'identité de leur poche. Lavilhaud escalada les marches qui menaient à la mosquée et posta son radio, un grand Alsacien, à côté de lui. Il commença par faire un petit discours où il félicitait Tifritine de sa fidélité :

– Vous avez choisi le bon camp en choisissant la France. Bientôt la guerre sera terminée et nous serons tous heureux dans notre pays commun.

Un à un, les hommes présentaient leur carte. La plupart souriaient, détendus, presque affectueux ou jouant ce rôle. Lavilhaud comparait le visage et la photo, faisait signe au porteur qu'il pouvait circuler. Certains s'en allaient, d'autres restaient sur la place à bavarder entre eux.

– Mon lieutenant ! cria Redouane près du parapet.

Et puis :

– Il y en a un qui taille la route.

Lavilhaud traversa la place en courant : on lui cédait le passage.

– Où ça ? Où ça ?

– Tu ne peux plus le voir, mon lieutenant, il est dans le ravin.

Lavilhaud pivota :

– Qu'est-ce que ça veut dire, Abderrahmane ?

– *Akhkarbi mannarf*[1], mon lieutenant, je te jure, je

1. Par Dieu je ne sais pas.

ne sais pas qui c'est. Peut-être le goumier il s'est trompé.

Redouane marcha sur lui.

Lavilhaud l'arrêta du geste.

Mais à Abderrahmane :

– Tu es le chef et tu ne sais pas qui passe la nuit dans ton village ?

Tous les visages s'étaient fermés. Ils devenaient sombres, menaçants ou peut-être simplement angoissés, sur la défensive. L'important était de ne pas perdre son calme.

– Eh bien, soupira légèrement Lavilhaud, si le chacal s'est sauvé, on n'y peut rien. Le contrôle d'identité continue.

Il brûlait de savoir ce qui se passait dans le ravin, mais, pour le moment, il fallait opérer le dégagement.

Le contrôle d'identité s'acheva dans le silence. Toutes les cartes d'identité étaient en règle. Tous les hommes réunis avaient la leur. Si Lavilhaud avait disposé d'une compagnie, il aurait peut-être tenté la fouille du village, car des rebelles pouvaient se terrer dans des caches, mais ces perquisitions posaient toujours d'infinis problèmes à cause du respect dû aux femmes, et, de toute manière, ce n'était pas là sa mission. Il regroupa ses hommes, y compris la pièce FM descendue de Sidi Aïssa et serra la main d'Abderrahmane :

– Nous allons voir dans le ravin si le chacal s'y cache encore.

Abderrahmane avait retrouvé le sourire :

– Oui, oui, mon lieutenant, tu le trouves peut-être, le *saloupard*. (C'était peu probable, car le maquis se confondait avec la forêt.) Je vais te dire : je demande à tout le monde si peut-être quelqu'un il sait quelque chose.

– D'accord, Abderrahmane, tu fais ton enquête de ton côté et moi du mien.

À ses hommes, Lavilhaud dit :

– On prend le sentier qui descend. Redouane en avant, le radio et le lance-grenades derrière moi, puis les autres, la pièce en arrière-garde. Grandes distances. Attention à ne pas tirer sur des amis.

Ils descendirent, les rangers faisant rouler des pierres, les semelles glissant sur des aiguilles de pin. Une fois, Lavilhaud se retourna pour jeter un regard en arrière. Là-haut, les villageois étaient massés derrière le parapet, certains assis dessus, d'autres debout, quelques-uns la main en visière pour se protéger du soleil qui venait de se lever. Ils suivaient la progression du commando. Lavilhaud se demandait s'il n'allait pas essuyer un tir par-derrière, mais rien ne vint : peut-être n'y avait-il plus de rebelles au village, peut-être les camions arrêtés sur la route les intimidaient-ils, peut-être, malgré le faux pas d'aujourd'hui, Tifritine allait-il continuer à jouer le jeu de la fidélité.

Le commando s'engagea dans le mélange d'arbustes divers, de chênes verts et de pins, de fourrés et de clairières qui occupaient le fond du ravin. Il était déjà en train de remonter de l'autre côté quand un sifflement se fit entendre :

– Par ici, mon lieutenant.

Lavilhaud se fraya un passage à travers des épineux et arriva dans un petit cirque dégagé au milieu du maquis. Cinq hommes en armes et un désarmé se tenaient là. Carvaillac dit :

– On a bien siouxé. On l'a laissé passer et on l'a cravaté par-derrière. Voilà son arme.

Il tendait à Lavilhaud un Colt 11,43. Machinalement, Lavilhaud vérifia qu'il n'y avait pas de cartouche dans la chambre.

– Bon travail, Carvaillac. Bon travail, les gars. Il était seul ?

– Seul, mon lieutenant.

Lavilhaud se tourna vers le prisonnier à qui on avait passé les menottes. C'était un petit homme d'une cinquantaine d'années, à la barbe courte et rêche, aux yeux noirs et méchants sous des sourcils poivre et sel embroussaillés. Il portait un passe-montagne rayé blanc et rouge et des vêtements civils relativement propres : un blouson et un pantalon bleus de chauffe par-dessus une chemise écossaise. Malgré sa petite taille, il avait une cage thoracique comme une barrique et on le sentait tout en muscles et en nerfs.

« Chef, pensa Robert, cet homme est mon frère, ne me laisse pas l'oublier. »

– Comment vous appelez-vous ?

Il vouvoyait toujours les Musulmans à moins qu'eux-mêmes ne lui dissent « tu ».

Le prisonnier répondit par une phrase qui se terminait par *Kbeïli*.

– Qu'est-ce qu'il dit ? demanda Lavilhaud à Redouane.

– Il dit il parle pas français, il parle seulement kabyle.

C'était invraisemblable. Un homme de cinquante ans habillé à l'européenne parlait plus ou moins bien le français.

Carvaillac lui dit :

– Tu fais fausse route, mon gars. Nous, on n'est pas de la biffe, on est des CROP. Alors t'as intérêt à te rappeler ton français vite fait.

Il mit la main au nerf de bœuf pendu à sa ceinture.

On vit l'homme réfléchir précipitamment.

– Comment vous appelez-vous ? répéta Lavilhaud, haussant la voix et sentant que la réflexion portait ses fruits.

– Messaoud Boualem, monsieur.

– Ce n'est pas « monsieur », dit Carvaillac en hochant la tête d'un air de reproche.

Il le dit si doucement que la douceur était une menace.

Lavilhaud souffrait pour le prisonnier, mais il savait que cette prise en main était nécessaire.

– Messaoud Boualem, mon…

On voyait le prisonnier se demander s'il allait faire l'imbécile, dire « mon adjudant » ou « mon capitaine », comme s'il ne savait pas lire les galons de combat accrochés au treillis de Lavilhaud… Il finit par décider de jouer la vraisemblance. Avalant sa salive :

– Messaoud Boualem, mon lieutenant.

– Vous avez une carte d'identité ?

– Je l'ai perdue, mon lieutenant.

Il parlait un français correct, sans accent.

– Où habitez-vous ?

– Tizi Ouzou.

C'était la capitale de la Grande Kabylie, à cent kilomètres.

– Et qu'est-ce que vous y faites, à… (trahir de la méfiance)… à Tizi Ouzou ?

– Mécano.

Cela allait avec le bleu de chauffe.

– Vous avez une famille ?

– Oui.

– À Tizi Ouzou ?

Toujours la méfiance soulignée.

– Oui.

– Vous êtes marié ?

– Oui.

– Combien d'enfants ?

– Deux enfants et trois filles.

Cette fois-ci, le prisonnier n'avait pas résisté à l'envie de se moquer du Français : les filles différenciées des enfants, c'était pour faire comme les péquenots du djebel.

– Et qu'est-ce que vous faisiez à Tifritine ?

– Je cherchais mon cousin

– Vous l'avez trouvé ?

– Non, il n'est pas là.

– Et comment s'appelle votre… (méfiance)… cousin ?

– Messaoud Belkacem.

– Et qu'est-ce qu'il fait à Tifritine, Messaoud Belkacem ?

– Je ne sais pas. Je ne l'ai pas trouvé.

– Et qu'est-ce qu'il y faisait ?

– Je ne sais pas.

– Alors pourquoi le cherchiez-vous à Tifritine ?

– On m'avait dit qu'il était là.

– Qui on ?

– … Une femme.

Avec un peu de chance – les Français ont un respect si superstitieux des mœurs indigènes – mentionner une femme bloquait l'interrogatoire.

– Et pourquoi vouliez-vous le voir ?

– Pour lui emprunter…

Le geste de palper de l'argent.

Un motif toujours vraisemblable.

– J'ai perdu mon emploi à Tizi Ouzou, alors, je n'ai pas de quoi…

Le geste pitoyable de porter de la nourriture à sa bouche. D'une pierre deux coups : cela justifiait sa présence à Tifritine et qu'on ne trouvât pas trace de lui à Tizi Ouzou.

– Vous parlez bien français.

– J'ai travaillé à Paris.

– Comme quoi ?

Une fraction de seconde de retard : pour brouiller les pistes, le prisonnier avait cherché un métier qui n'était pas le sien.

– Poinçonneur dans le métro.

Lavilhaud s'interdisait toujours de faire de l'ironie à l'égard d'un prisonnier. Mais, cette fois, il avait une intention. Il tendit le Colt :

– Et ça, c'était votre poinçonneuse, Belkacem ?

– Non, mon lieutenant, je ne sais pas ce que c'est.

– Vous ne savez pas que c'est un pistolet, Belkacem ?

Le prisonnier eut une pointe d'agacement.

– Bien sûr, je sais que c'est un pistolet, mais je ne sais pas d'où il vient.

Carvaillac commençait à s'irriter sérieusement :

– Tu blagues ! Je l'ai pris dans ta poche.

Le prisonnier secoua la tête négativement.

– Il n'était pas dans votre poche, Belkacem ?

– Je ne savais pas qu'il n'était pas dans ma poche, mon lieutenant.

On était en pleine incohérence.

– Alors, c'est moi le menteur ? fit Carvaillac en portant de nouveau la main à son nerf de bœuf.

Lavilhaud fit un geste d'apaisement.

– On vérifiera ça plus tard. Pour le moment, je voudrais savoir une chose, Messaoud.

Il prit son temps, à la fois honteux du piège qu'il avait tendu et heureux de sa réussite :

– Vous vous appelez Messaoud Boualem ou Messaoud Belkacem ?

Le prisonnier baissa les yeux. Il avait joué et perdu cette manche. Mais il avait encore tant de tours dans son sac ! D'ici que les roumis l'eussent fait parler…

Continuer à l'interroger en pleine nature, à un demi-kilomètre de Tifritine, n'était guère prudent. D'ailleurs, il semblait à peu près maître de lui : le choc de la capture n'était pas tel qu'il s'imposât d'en profiter immédiatement.

– On l'embarque, dit Lavilhaud. Carvaillac, c'est votre prisonnier, vous en êtes responsable, je ne veux pas qu'il se sauve, je ne veux pas qu'il se tue, je ne veux pas qu'il soit maltraité. Les camions nous attendent, mais nous allons rejoindre la route hors des vues du village : nos bons amis de Tifritine n'ont pas besoin de savoir que nous avons un prisonnier.

Arrivé à la Ferme Garcia et la procédure d'écrou accomplie, Lavilhaud fit descendre le prisonnier dans une cuve libérée pour lui seul. Il se demanda s'il allait le faire nourrir et lui donner à boire et eut honte d'avoir ce pouvoir sur un semblable. Puis il eut honte de sa honte. Il lui était arrivé de passer vingt-quatre heures sans manger et quelquefois sans boire, par exemple chaque vendredi saint. Le prisonnier attendrait.

Carvaillac réunit le commando en armes :

– Commando rassemblé, mon lieutenant.

Le lieutenant regarda ces quinze paires d'yeux fixées sur lui, il croisa le regard de Carvaillac et celui de Ramtane. Il laissa peser un silence.

– Bien travaillé, les gars. On arrivera à faire des soldats de vous.

Après un silence :

– Le foyer est ouvert. Je paye la tournée. Rompez les rangs.

Avant de se disperser dans un bruit d'armes et de bottes, le commando poussa la gueulante, avec dix fois plus d'enthousiasme qu'à l'ordinaire.

Après avoir rendu compte de l'opération à Tourquois, Lavilhaud alla prendre une douche dans la baignoire-mastodonte. L'eau brûlante fit du bien à ses muscles engourdis de fatigue. Il se fit servir un petit déjeuner revigorant, monta dans sa chambre, et devant sa croix de bois noire prononça une brève action de grâces, à laquelle il ajouta quelques mots :

– Maintenant, je vais l'interroger, Chef. Je ne te demande pas de m'aider à le faire parler, parce que, s'il parle, ce sera un traître et je ne peux pas te demander de m'aider à faire de lui un traître. Mais s'il parle parce qu'il aura vu la vérité, parce qu'il aura compris que sa cause est à la fois mauvaise et perdue, il pourra peut-être parler sans vraiment devenir un traître ?.... En tout cas, continue à m'aimer et à l'aimer lui aussi. Continue à nous aimer tous les deux et essaie d'aimer le couple monstrueux que nous allons former. Merci, Chef.

Le prisonnier fut amené dans le bureau du lieutenant. Les deux fenêtres étaient armées de barreaux. Aux murs, des cartes et des organigrammes étaient cachés par des rideaux opaques. Sur le bureau, outre le téléphone noir, il y avait un buvard aux coins de cuir, cadeau de Mme Lavilhaud et, dans un cadre, dont le prisonnier ne pouvait voir que le dos, un portrait de

Blandine au travers duquel elle avait écrit avec plus de malice qu'elle n'en témoignait en général : « Pour faire taire les grenouilles qui doivent vous entourer. Ulphe. » Une chaise était placée face au bureau derrière lequel avait pris place Lavilhaud. Il avait échangé son treillis pour une tenue jaspée. Il dit :

– Asseyez-vous, Messaoud, ou quel que soit votre vrai nom.

Le prisonnier s'assit, les yeux fureteurs sous les buissons hirsutes des sourcils.

Gêné de faire un geste aussi grandiloquent, mais le jugeant nécessaire pour éviter les malentendus, Lavilhaud posa son MAC 50 sur le bureau, à portée de sa main droite. Interroger seul à seul un membre présumé du commando de Si Youssouf n'allait pas sans quelque danger.

– Messaoud, vous êtes prisonnier de l'armée française. Vous avez été pris les armes à la main. Ne me racontez plus cette histoire absurde du sergent-chef vous glissant le Colt dans la poche, sinon, je vous préviens, je vous laisse vous débrouiller avec lui. Est-ce clair ? Je ne veux plus entendre parler de cette bêtise. Vous avez paniqué, vous avez raconté n'importe quoi, vous avez même oublié pour un moment votre faux prénom. Passons.

« Pour l'instant, je ne connais pas votre nom, mais nous vous avons photographié, nous avons relevé vos empreintes digitales et nous savons que vous appartenez, selon toute probabilité, à une unité terroriste dite "commando urbain" aux ordres d'un terroriste qui se fait appeler Youssouf. Vous serez sûrement identifié bientôt.

« Youssouf n'a pas beaucoup fait parler de lui récemment, parce que l'armée française tient l'ordre public en main, mais nous n'oublions pas les attentats de la rue Bourmont-Haute, du lycée de Bourmont, du café *Chez Mario*, du bureau des PTT la veille de Noël. Dix-neuf morts, Messaoud, et soixante-trois blessés, dont sept amputés d'un bras ou d'une jambe et trois dans un fauteuil roulant pour le reste de leur vie, y compris deux lycéens.

« Vous comprendrez que notre sympathie pour vous est limitée et que vous n'avez de chances de vous en tirer qu'en prenant conscience que vous avez commis des erreurs, sinon peut-être des crimes personnels.

« Alors ?

Il n'y eut pas de réponse.

– Alors, Messaoud ?

– Alors quoi ?

« Il est en train de me tester, pensa Lavilhaud. Il se demande si je vais faire le tour de mon bureau et le gifler à tour de bras. Non, je ne le ferai pas. »

– Alors il s'agit de savoir si vous acceptez de répondre à quelques questions.

– Jamais refusé de répondre.

Lavilhaud prit un stylo, le dévissa :

– Nom, prénom ?

– Messaoud Boualem.

– Vous êtes sûr que ce n'est pas Belkacem ?

– C'est Boualem.

– Date de naissance ? Lieu de naissance ? Domicile ? Depuis quelle date ? Carte d'identité délivrée où ? À quelle date ? Études ? À quel endroit ? De quelle date à quelle date ? Vous comprenez que c'est facile à vérifier. Emplois exercés ? De quelle date à quelle date ? Marié à qui ? À quelle date ? Prénoms des enfants, dans l'ordre ? Date de naissance ? Carte d'identité délivrée où ? Emplois exercés, dans l'ordre ? Prénoms des enfants, dans l'ordre ?

Au bout d'une demi-heure, le prisonnier s'était coupé quatre fois. Lavilhaud le lui fit remarquer.

– Alors, Messaoud ?

– Alors quoi ?

Le prisonnier était toujours aussi hargneux, presque goguenard.

– Je vais vous donner quelques minutes pour réfléchir. J'espère que vous reviendrez à de meilleurs sentiments.

Lavilhaud reprit son pistolet, sortit. Carvaillac entra, se caressant les bottes du bout du nerf de bœuf dont il avait interdiction de se servir. De l'extérieur, Normand ferma les volets du bureau, après y avoir coulé un regard curieux, si bien que le prisonnier se trouva entre quatre murs aveugles, en compagnie du seul Carvaillac.

Dans le couloir, Lavilhaud croisa Gastonne Clisson.

– Je me suis inquiétée pour vous, lui dit-elle en écrasant un mégot sous son pied.

Il ne savait que répondre. Il dit avec une vulgarité peu caractéristique :

– Nous avons ramassé un client pas commode.

– Pleurez, doux alcyons ! fit-elle ironiquement. Vous n'avez qu'à le donner à Gonorrhée.

Justement Gonarelle arrivait aux nouvelles. Fugitivement, Lavilhaud se demanda si Gonarelle avait eu l'occasion de « déculotter » Gastonne. Sans savoir pourquoi, il eut la conviction que non.

– Alors, mon lieutenant ? Ça avance ?

– Fermé comme une huître, avoua Lavilhaud.

– Hé hé, mon lieutenant. Les écaillers ont des couteaux spéciaux. C'est vrai que c'est un gars à Si Youssouf ?

Lavilhaud haussa l'épaule :

– Allez le voir et passez son signalement à votre fichier.

Gonarelle avait inventé ce qu'il appelait un fichier « transversal », constitué de quinze catégories, où on pouvait chercher les yeux foncés, les cheveux clairs, les tailles au-dessous de la moyenne, les sourcils touffus, et, avec un peu de chance, trouver un nom qui répondrait à ce signalement.

– Au fait, vous pouvez aussi l'interroger, si vous voulez, mais en douceur. Et mettez-vous en civil. Dites-lui qu'il dépend de vous de le déférer à la justice, qui les acquitte tous.

Gonarelle, ravi, alla se mettre en costume. La calvitie et les bajoues luisantes de plaisir, les coudes, le bassin et les genoux bien huilés, il entra dans le bureau en se frottant les mains et renvoya Carvaillac :

– Besoin de personne.

Il ressortit une heure après, déconfit :

– Vous nous les gâtez, mon lieutenant, vous nous les gâtez complètement. Vous savez ce qu'il m'a dit, à force de me voir si bon enfant ? « Je n'ai pas à répondre à vos questions. Vous devriez connaître la législation sur la garde à vue. Déférez-moi au Parquet. » Au Parquet, vous vous figurez ? Je lui aurais flanqué la gueule contre le parquet, moi : il aurait chanté une autre chanson. C'est votre responsabilité, mon lieutenant.

– D'accord, c'est la mienne.

Lavilhaud soigna la mise en scène. Il fit passer une cagoule au colosse Redouane et mettre Carvaillac torse nu, tous poils dehors. Ils étaient impressionnants. Lavilhaud lui-même changea sa tenue contre un treillis camouflé. Quand ils entrèrent tous les trois dans le bureau, ils trouvèrent le prisonnier toujours assis sur sa chaise, les paumes sur les genoux, le regard fixé droit devant lui, gardé par le seul Normand.

– Normand, dehors !

Normand se retira, soulagé dans son innocence naturelle, déçu dans son sadisme tout aussi naturel.

– Debout !

Messaoud se leva nonchalamment. Lavilhaud alla à lui et l'empoigna par la chemise en se disant en même temps « Quel droit ai-je de l'empoigner par sa chemise alors que lui ne peut pas m'empoigner par la mienne ? »

Leurs nez se touchèrent presque.

– Messaoud, tu as demandé à être déféré au Parquet. Eh bien, le Parquet, c'est moi. Tu as refusé de répondre aux questions de l'officier de police. Les miennes, tu vas y répondre ?...

Le prisonnier parut hésiter.

Carvaillac tremblait comme un chien de chasse devant une caille sur laquelle il n'a pas le droit de bondir.

– Bien sûr, je répondrai à vos questions, mon lieutenant, dit le prisonnier bon prince. J'y ai toujours répondu, non ?

Lavilhaud retourna s'asseoir et attaqua par un autre angle :

– Que savez-vous de Youssouf ? Rien, bon. Que pensez-vous de Youssouf ? Rien, bon. Que pensez-vous de la rébellion algérienne ? Que pensez-vous de l'intégration ? Que pensez-vous de l'avenir de l'Algérie ? Que pensez-vous... ?

Là, il y eut des réponses. Le prisonnier augurait bien de l'avenir de l'Algérie dès qu'elle serait indépendante, il ne croyait pas à l'intégration, la rébellion était un mot mal choisi ; il valait mieux parler de libération nationale.

– Vous ne voyez pas que la rébellion est écrasée ?

– Sur place. Temporairement. Le président de la République française veut traiter avec le FLN[1]. Vous ne pouvez pas être contre le président de la République française, mon lieutenant.

Carvaillac poussa un feulement.

Redouane changea de position.

Lavilhaud sentit qu'il se ridiculisait devant eux. Et en plus il admirait ce type pour son courage ! Aurait-il eu, lui Robert Lavilhaud, la même attitude dans des circonstances semblables ? Il appela au secours : « Chef, aide-moi. » Mais ce n'était pas le genre d'opérations où le Chef tire des solutions d'un chapeau quand on n'en trouve pas soi-même.

Sauf que soudain le téléphone sonna. La voix rauque de Gastonne :

– Pardon de vous déranger, lieutenant, mais le lieutenant Cressé de Beauhaloir est dans mon bureau. Il vous demande. Il dit que c'est urgent.

Lavilhaud dit à ses deux hommes :

– Vous le gardez et vous ne le touchez pas.

Pour le prisonnier, il ajouta :

– Pour le moment !

Et se reprocha cette menace, parce qu'il l'avait proférée spontanément.

En France, Cressé avait perdu un peu de son bronzage rubicond, mais il avait retrouvé et son stick et l'allure ingambe qu'il affectait dès qu'il était en service.

1. Parti rebelle dit « Front de libération nationale ».

– Salut, Lavilhaud. Tu t'es remis de tes émotions parisiennes ? La belle Caro t'en a fait voir de toutes les couleurs, il paraît ? En tout cas, elle avait l'air aux anges, si j'ose dire. (Apparemment, Caro n'avait pas avoué sa déroute.) Ta femme fera des envieuses. Dis donc, tu as coxé un prisonnier ce matin. Tu n'as pas rendu compte au secteur ?

– Non.

– Pas très régulier, ça !

– J'en ai rendu compte à mon autorité.

– Bon, eh bien je viens le chercher.

– Chercher qui ?

– Le prisonnier.

– C'est *mon* prisonnier, Cressé.

– De Wachter veut lui parler.

– Il lui parlera quand j'en aurai fini avec lui.

– Il veut lui parler tout de suite. C'est le patron du Deuxième bureau, non ?

– Moi, je ne reçois d'ordres que de Constantine. Que Tourquois me bigophone et le prisonnier est à toi.

Cressé esquissa quelques pas, fit risette à Mme Clisson qui feignait de travailler mais ne perdait pas un mot de la conversation, et revint à Lavilhaud. Il baissa la voix.

– Écoute, je ne devrais pas te le dire, mais nous avons sur ce gars des renseignements que toi, tu n'as pas. C'est important qu'il soit débriefé au secteur.

Après un instant, il ajouta :

– Et puis, je veux bien être honnête avec toi : tu t'es fait une réputation d'âme tendre, ce gars-là est un coriace. Tu n'en tireras rien. Alors passe-le-nous. Ça t'évitera ou de te salir les mains ou de rater une grosse affaire.

Lavilhaud n'eut même pas la tentation de céder. Au contraire, l'idée que ce prisonnier qu'il avait fait, lui, avec son commando, ce prisonnier qu'il se promettait de traiter comme les prisonniers doivent l'être, ce prisonnier dont il admirait le courage, allait tomber entre les mains du pachydermique De Wachter, cette idée-là lui fit horreur.

– Désolé, Cressé. Nous ne servons pas la même hiérarchie, toi et moi.

– Tu fais une bêtise, dit Cressé. Une bêtise, qui risque de te retomber sur le nez.

Il rentra au secteur.

Lavilhaud fit reconduire le prisonnier dans sa cuve et se demanda s'il devait lui-même jeûner puisque son prisonnier allait jeûner et ne pas boire puisque son prisonnier ne boirait pas. Il jugea que c'était le contraire, qu'il se devait de mettre tous les atouts dans son jeu, et, ayant toujours eu un joli coup de fourchette, déjeuna gaiement avec Gonarelle, Carvaillac et Marceau. On invita même Mme Clisson et on but beaucoup de Sidi-Brahim rosé dans le réfectoire, qui sentait le gras et qu'on céderait à la troupe dès qu'on aurait fini. D'ailleurs la plupart de la troupe pionçait encore.

Naturellement on parla du prisonnier. Chacun avait sa méthode pour réduire sa résistance et personne, sauf Lavilhaud, ne pensait que c'était, lui aussi, un homme, un homme comme eux, livré à leur merci.

– Pour moi, dit Carvaillac, ce n'est pas compliqué : on lui flanque une tannée, et, quand il est revenu à lui, on discute. On n'aura peut-être même pas besoin de tourner la manivelle. Sauf votre respect, mon lieutenant.

– Moi, je constate, dit Gonarelle d'un ton raffiné, qu'un tuyau d'arrosage dans la margoulette en a fait revenir plus d'un à de meilleurs sentiments.

Marceau biaisait, parce qu'il connaissait son lieutenant mais ne savait pas – on ne sait jamais avec les officiers – s'il n'allait pas brusquement changer de méthode :

– Moi, je comprends qu'on a des responsabilités dans les deux sens, hein. D'un sens, c'est un être humain, hein, bien que bougnoul ; mais d'un autre sens, le terrorisme…

On ne sait quel démon souffla une question à Lavilhaud :

– Et selon vous, madame Clisson, puisque nous parlons librement devant vous… ?

– Oh ! fit-elle de sa voix de fumeuse, vous lui mettriez une fatma compatissante dans sa cellule, vous sauriez tout ce que vous voulez savoir dans les deux heures. Bien sûr il faudrait qu'elle vous rende compte ou alors vous auriez caché des micros…

L'idée des micros et des sons qu'ils auraient transmis la fit rire.

– Vous voulez vous dévouer, Gastonne ? rigola Gonarelle.

Robert changea de conversation : elle ne lui paraissait plus décente.

Il fit de nouveau comparaître le prisonnier dans son bureau avec Redouane cagoulé et Carvaillac dénudé. Cela sentait la resucée d'un spectacle déjà manqué une fois.

– Messaoud, nous en étions aux bons sentiments que vous portiez au président de la République. Vous rappelez-vous qu'il a solennellement déclaré que, lui vivant, le drapeau vert et blanc de la rébellion ne flotterait jamais sur Alger ?

– Ça, dit le prisonnier, c'était pour vous couillonner.

Lavilhaud bondit de son fauteuil.

Le téléphone sonna de nouveau. Mme Clisson. Le lieutenant était convoqué au Deuxième bureau. Pour une fois, il eut envie de répondre une grossièreté. Mais ne pas se rendre à la convocation eût été une faiblesse. Le prisonnier retourna dans sa cuve. Lavilhaud se remit en tenue numéro un et se fit conduire au secteur.

– Mes respects, mon capitaine. Vous m'avez demandé de passer vous voir ?

De Wachter siégeait derrière son bureau. Son visage ressemblait toujours à une motte de beurre un peu rance. Il ne bougea pas de sa place, ne tendit pas la main.

– Je vous ai convoqué. Apparemment, dans la réserve, on ne vous enseigne plus la discipline. Alors je vais vous l'enseigner, moi. Vous êtes à la botte du colonel commandant le secteur. Le lieutenant Cressé vous a transmis ses ordres. Vous avez refusé d'obéir. Qu'est-ce que ça signifie ? Vous savez de combien de gros [1] vous êtes passible ? Alors allez me chercher ce prisonnier, ramenez-le moi et j'ai des chances d'oublier votre indiscipline.

Lavilhaud était resté au garde-à-vous et la rougeur qui le faisait ressembler à un enfant s'était répandue sur tous ses traits.

– Négatif, mon capitaine. (Il se surprit à bégayer un peu, mais ce n'était pas de peur.) C'est un prisonnier

1. Jours d'arrêts de rigueur.

des CROP. Je n'ai pas à le remettre aux troupes de secteur.

– C'est un ordre, Lavilhaud.

– Je n'ai pas d'ordre de ce genre à recevoir de vous, mon capitaine.

– Je vous le ferai donner par le colonel.

– Je n'ai pas d'ordre de ce genre à recevoir du colonel.

De Wachter se leva. Il était énorme, avec des poings à assommer des taureaux. Une idée saugrenue vint à Lavilhaud : toutes proportions gardées et sans craindre de sévices physiques, il se trouvait devant De Wachter comme son prisonnier devant lui.

– Écoutez, fit le capitaine d'un ton plus conciliant. Vous ne connaissez pas, vous n'avez pas à connaître l'importance de l'enjeu. Vous avez souvent déclaré que vous vous refusiez à utiliser les seules méthodes d'interrogatoire qui soient efficaces. Je respecte vos sentiments. Alors débarrassez-vous de ce qui doit être pour vous un cas de conscience. Vous nous confiez le prisonnier et vous n'y pensez plus. Facile.

– Peut-être un peu trop facile, mon capitaine.

– Ah ! vous choisissez la difficulté. Eh bien, pour commencer, je vous mets aux arrêts.

– Négatif, mon capitaine. Vous demandez au commandant Tourquois de me mettre aux arrêts. C'est tout ce que vous pouvez faire.

Lavilhaud exécuta un demi-tour réglementaire et rentra à la Ferme. Il téléphona à Tourquois.

– Tenez bon, dit Tourquois. Ça a l'air d'être du juteux. Je réquisitionne un Piper et je serai chez vous demain.

Robert ne se faisait pas d'illusions : Tourquois avait accepté que Lavilhaud fît usage de méthodes homéopathiques mais ses préférences personnelles allaient aux chirurgicales. Pourvu que le prisonnier eût parlé d'ici demain !

Il y eut une nouvelle séance en fin d'après-midi, sans mise en scène cette fois-ci. Redouane était présent, mais sans cagoule et Lavilhaud n'avait pas pris la peine de se changer une fois de plus : on n'était pas aux Folies Bergère.

– Messaoud, vous m'avez dit tout à l'heure que vous étiez favorable à la rébellion.

– À la libération nationale.

– Peut-on vous demander ce que vous avez fait pour cette « libération nationale » ?

Le prisonnier garda le silence.

– Vous vous êtes battu ?

Silence.

– Vous avez déjà tué quelqu'un avec votre Colt ? Peut-être un agent de police, ou un garde champêtre, ou un facteur ?

– Je vous ai déjà dit que ce n'était pas mon Colt.

Lavilhaud souffrait de chaque insolence, moins pour lui-même que pour Redouane qui en viendrait à le mépriser.

– Avez-vous déjà tué quelqu'un avec ce Colt ou par un autre moyen ?

Le prisonnier condescendit à répondre, c'est-à-dire, selon toute probabilité, à mentir, de crainte de s'incriminer :

– Moi, je n'ai jamais tué personne.

– Alors, vous vous êtes contenté de faire des discours, d'envoyer les autres au feu pendant que vous vous cachiez comme une femme ?

Le prisonnier haussa les épaules.

– Et cette « libération » que vous appelez abusivement « nationale » – alors qu'il n'y a jamais eu de nation algérienne – qu'en attendez-vous au juste ? Qu'espérez-vous fonder ? Un État islamique vivant suivant la charia comme en Arabie Séoudite ? Vous allez rétablir l'esclavage, voiler les femmes et couper les bras des présumés voleurs sur la place publique ?

Le prisonnier ricana :

– Il y en a qui croient ça.

– Et vous, qu'est-ce que vous croyez ?

– Nous allons fonder une démocratie populaire. Les Soviétiques nous aideront.

– Ah ! vous appartenez à la variété marxiste des fellaghas. Mais pour l'instant, les Soviétiques ne vous aident pas tant que ça. Ce n'est pas un Makarov que vous aviez dans votre poche, c'est un Colt. Et vous vous imaginez que vous allez gagner la guerre alors que vous l'avez déjà perdue ?

Le petit homme sourit sous le passe-montagne qu'il avait gardé tout le temps.

– C'est vous, mon lieutenant, qui l'avez perdue. La preuve, c'est que vous perdez votre temps à discuter avec moi, alors que vous auriez dû m'abattre sur place puisque vous prétendez que j'étais armé.

– Je discute avec vous pour savoir ce que vous savez. Et je le saurai ! fit Lavilhaud entre ses dents.

Le prisonnier écarta les mains dans un geste d'indulgence.

Lavilhaud sentait la colère monter en lui. Encore une insolence et qui sait ce qu'il ferait... Peut-être était-ce la fatigue qui affaiblissait sa maîtrise de soi. Après tout, il n'avait pas dormi depuis trente-six heures.

Il sortit, convoqua les deux gendarmes, qui eux, avaient passé une nuit normale :

– Vous vous relayez auprès de lui : bon flic mauvais flic, ou vous l'interrogez ensemble, comme vous voulez, mais vous ne le touchez pas. Le but, c'est de l'épuiser. Vous devez savoir faire ça. Je viendrai vous remplacer à la fin de la nuit, quand la résistance sera au minimum. Je veux qu'il soit à ramasser à la petite cuiller, mais intact. Vous avez compris ?

Il s'effondra sur son lit tout d'une pièce. Devant ses yeux fermés passaient des visions. Tantôt il lui semblait que sa porte s'ouvrait, tantôt qu'elle se fermait, et puis il revoyait le marabout de Sidi Aïssa caressé par une lumière, aube et lune mêlées, qui ne semblait pas de ce monde, et puis il prenait conscience que Sidi Aïssa voulait dire Seigneur Jésus, et puis son prisonnier lui apparaissait comme un gnome grimaçant avec une poinçonneuse dans les mains : « Je vais vous poinçonner, moi, vous allez voir ça. »

Normand le réveilla vers quatre heures :

– Téléphone, mon lieutenant.

Il y courut.

Cressé.

– Amène-toi à la maternité. Un coup dur. Tout le monde va être là.

« Tout le monde » voulait dire tous ceux qui faisaient du renseignement. Lavilhaud sauta dans la jeep sans prendre le temps de réveiller le chauffeur.

La maternité Sainte-Marie se trouvait à la limite de la Casbah et de la ville européenne, dans un parc fermé. Les phares de plusieurs voitures arrêtées, moteur tournant, trouaient la nuit, et les ombres des palmes agitées par le vent se plaquaient sur les murs. Des uniformes militaires et des blouses blanches d'infirmiers couraient de-ci de-là. Des armes heurtaient des portières. Les fenêtres de la maternité étaient allumées. Lavilhaud gravit le perron, entra dans la salle. Des gendarmes, des policiers, De Wachter et le colonel Fauberge lui-même se tenaient debout, l'air emprunté, indécis, devant sept cadavres allongés à même le carrelage.

Deux soldats : les sentinelles qui gardaient la maternité. Ils avaient été égorgés, et l'on distinguait, au-dedans du « sourire kabyle » qu'on leur avait fait d'une oreille à l'autre, un enchevêtrement de canaux englués de sang : artères, veines, œsophage, trachée.

Une infirmière en blouse blanche ouverte, au visage bleui, les jambes écartées, sans jupe ni lingerie.

Un civil portant un costume de ville par-dessous une blouse blanche, le pantalon à moitié arraché. C'était le docteur Isaac, obstétricien qui accouchait gratuitement les Musulmanes *meskine* [1]. Son pauvre sexe de vieillard avait été fourré dans sa bouche, les dents mordant la verge et les testicules.

Trois femmes nues, avec des crânes de petits enfants sortant de leur ventre fendu en deux au couteau. Deux Musulmanes, avec des tatouages sur le front. Une Européenne.

Cressé s'approcha de Lavilhaud :

– Francine Le Gall. La femme du capitaine. C'était prévu pour demain. C'est *eux* qui l'ont accouchée.

Il désignait le mur sur lequel avait été agrafé un drap mi-parti blanc et vert sur lequel on lisait : « Vive les patriotes, vive la liberté, vive la justice ».

---

1. Pauvres.

Lavilhaud sortit pour vomir sous les palmiers. Quand les spasmes eurent pris fin, suivis par un jet de bile et qu'il fut en train de s'essuyer les lèvres avec son mouchoir, Cressé, impitoyable, lui mit la main sur l'épaule et lui dit :

– Tu sais, Lavilhaud, qui c'était, ton prisonnier ?

– Non.

– … Si Youssouf soi-même.

7

L'église était déjà ouverte. Des pigeons s'ébattaient sur le parvis. À l'intérieur, il faisait noir et Robert crut d'abord qu'il n'y avait personne que les habitués : sainte Thérèse de Lisieux les yeux au ciel, saint Roch et son chien, saint Jean-Baptiste brandissant sa croix, sainte Jeanne d'Arc portant haut son gonfanon doré. Mais non, il y avait aussi une Musulmane, debout, faisant ses dévotions devant l'Immaculée Conception blanche et azur. Et, au-dessus de l'autel, une loupiote rouge signalait discrètement la présence du Christ.

Robert alla se planter devant la grille du chœur.

Il ne savait plus s'il avait le droit de faire le signe de la croix.

Oui, on a toujours le droit de faire le signe de la croix.

Il le fit.

Et puis il fit de son propre corps un signe de croix en se prosternant, le visage au sol, les bras écartés, comme un ordinand.

Il se demanda s'il n'allait pas entrer dans les ordres. Que lui restait-il d'autre à faire ? Adieu, Blandine.

Il pensa à sa mère. Toute femme enceinte est comme la mère de chacun d'entre nous et comme la

Mère de Jésus-Christ. C'était la Vierge Marie qui, sous la forme de trois accouchées éventrées, gisait sur le carrelage de la maternité.

« Et j'aurais peut-être pu l'empêcher. »

Pas sûr.

Peut-être Youssouf aurait-il résisté à la torture, mais peut-être pas. Peut-être aurait-il livré le secret du « grand coup » qu'il préparait. Et alors les trois accouchées, et les trois enfants, et l'infirmière et le docteur Isaac et les deux sentinelles seraient encore en vie. Robert n'aurait même pas été obligé de torturer lui-même : Gonarelle, Carvaillac, Redouane auraient sans doute suffi à la tâche. Ou alors il aurait pu simplement se décharger de sa responsabilité en obéissant aux conseils de Cressé, aux ordres de De Wachter.

« Chef, aime-moi » ne sortait pas.

« Comment pourrais-tu encore m'aimer ? »

Ce n'était pas une question de morale. La morale, justement, était sauve. Le prisonnier avait été traité comme il se doit. Robert était pur. À quoi sert d'être pur ? Le dallage, froid sous sa joue, sentait la poussière et le sable apporté par le sirocco.

– C'est moi qui..., hoquetait Robert, et il n'osait pas achever sa phrase. C'est moi qui...

Il s'étranglait de ne plus avoir de quoi vomir.

De temps en temps, il levait les yeux sur la lampe rouge et il se disait qu'en tant que chrétien il n'avait pas droit au désespoir, que, dans le monde du Christ, tout était toujours « sauvable », mais il pensait au capitaine Le Gall, et aux maris des mères musulmanes, et au mari ou à l'amant de l'infirmière, si elle en avait un, et à la femme du docteur Isaac, et aux mères des sentinelles égorgées, et il était saisi non pas d'une révolte

– ce n'était pas son caractère – mais d'une nausée qui, pour un autre que lui, aurait abouti au blasphème.

Un prêtre passa, rasant les bancs des pans de sa soutane. C'était le curé soupçonné de sympathies pour la rébellion. Lavilhaud se redressa et le prêtre eut un recul de voir ce gisant au ressort brusque d'un gymnaste.

– Monsieur le curé, je veux me confesser.

– D'accord, mon lieutenant, d'accord.

Le prêtre aux cheveux blancs et au sourire désabusé entra dans le confessionnal. Robert s'agenouilla. La grille glissa avec un grincement.

– Mon père ! dit Robert, sans aucun préambule. Je m'accuse… je m'accuse de ne pas m'accuser ! (Il était comme fou.) Oui, les chefs vont me tomber sur le paletot, et c'est bien, mais cela ne ressuscitera pas…

Il prit conscience de l'énormité de sa conduite et se releva d'un coup de reins :

– Ah ! et puis à quoi bon vous parler ? Vous n'avez pas fait la guerre !

Il savait que le mystère de la confession n'a que peu à voir avec la compréhension du confessé par le confesseur, et que tout cela n'est rien à côté du sacrement de l'absolution, mais, justement, qui aurait pu l'absoudre de ne pas avoir besoin d'absolution ?

Sans s'excuser, sans se retourner vers le prêtre qui essayait pauvrement de le retenir, il quitta l'église à grands pas. L'obscurité était striée par les tuyaux métalliques de l'orgue et, dans un recoin, la fatma voilée racontait toujours ses malheurs à Myriam, la mère d'Aïssa.

*

Les prévisions de Robert concernant « son paletot » ne se vérifièrent pas : curieusement, ses chefs ne lui tombèrent pas dessus.

Le commandant Tourquois, déçu d'une affaire manquée pour le CROP, était trop honnête homme pour infliger une punition à un subordonné qui n'avait commis aucune faute, sinon de s'en tenir à des principes dont il n'avait jamais fait mystère. Plutôt que de sévir, Tourquois en fut au contraire amené à réconforter Lavilhaud : la guerre a ses fortunes et ses infortunes, on ne réussit pas à tous les coups, le lieutenant ne pouvait deviner l'importance de son prisonnier ni l'imminence de l'action, ni son atrocité. Après tout, si Lavilhaud n'avait pas capturé Si Youssouf le matin même du « grand coup », les choses ne se seraient sûrement pas mieux passées et peut-être même plus mal encore, parce que Youssouf y aurait participé personnellement. L'affaire était manifestement programmée depuis longtemps. « Vous bilez pas, mon vieux. »

De son côté, le colonel Fauberge n'avait pas fait convoquer Lavilhaud à la maternité seulement pour lui mettre le nez dans l'immensité de sa faute. Il avait aussi voulu l'éloigner de la Ferme Garcia où un détachement commandé par un capitaine de la Légion, en avait imposé à Gonarelle et aux sous-officiers et s'était emparé de Si Youssouf pour le ramener au fort Bourmont. Se promettant d'exploiter cette source de manière à anéantir le commando, Fauberge, tout en déplorant le massacre, se disait qu'une action punitive réussie menée après pareil scandale ne pourrait qu'être utile à sa carrière. Si c'était le CROP qui avait fait l'affaire, moins de gloire en aurait rejailli sur lui. Il n'en avait pas plus de sympathie pour ce gommeux de *Lavilo*, mais que pouvait-il, au juste, lui reprocher ? S'il y avait demande de punition, elle passerait par les CROP, trop heureux de faire remarquer au colonel qu'il avait tenté d'outrepasser ses pouvoirs et de refuser.

Youssouf parla au bout de quelques heures. Avec mépris. De même que ses camarades n'avaient pas hésité à mener leur opération bien que leur chef eût été capturé, il laissa entendre qu'il n'avait qu'un seul regret : ne pas y avoir participé. Si, par la faute des renseignements qui lui seraient arrachés, certains de ces camarades étaient capturés ou tués, cela ne le touchait pas autrement : c'était leur destin de guerriers. Au moins ils auraient réussi – en son absence, ce qu'il déplorait, mais dont il tirait honneur – la dernière opération du « commando urbain » de Bourmont. Les coupables furent retrouvés dans une grotte qu'on fit exploser parce qu'ils refusaient de se rendre et que Fauberge voulait un bilan positif, sans pertes de son côté. Le corps de Youssouf avait au préalable été jeté dans la grotte par une cheminée.

Restait le problème du village modèle de Tifritine, donnant asile à un chef rebelle la veille du massacre de Sainte-Marie. Il fallait soit le boucler immédiatement, mettre tous les services de renseignement dans le coup, purger le mal, avouer qu'on en avait été dupe pendant des années… ou faire semblant de ne rien savoir. Après tout, ce n'était pas le secteur qui avait capturé Youssouf à Tifritine. Fauberge commençait à sentir d'où venait le vent. Il décida de fermer les yeux.

L'indulgence des autorités ne fit d'abord qu'ajouter au supplice intérieur de Robert, mais ses obligations de chef de poste occupaient son temps, et Blandine lui écrivait des lettres de plus en plus tendres. Il eût aimé se confesser à elle, revendiquer devant elle la responsabilité des horreurs commises, mais allait-il parler à la jeune fille de testicules enfournés dans la bouche d'un mort ?

Heureusement, peut-on dire, une crise de paludisme le terrassa.

Non qu'il eût manqué à la sacro-sainte obligation de la nivaquine, mais les fièvres ne respectent pas toujours la pharmacopée. Il se retrouva, tremblant de la tête aux pieds, suant plus d'eau qu'il ne croyait en contenir, affaibli au point de ne pouvoir se lever, sinon en chancelant d'un meuble à l'autre, incapable, bien sûr, de commander efficacement le poste. Gastonne Clisson se proposa comme garde-malade mais Robert eut du mal à cacher son horreur à cette idée. La féminité, pour lui, c'était ou sa mère, ou Blandine l'impollue, ou alors les trois parturientes éventrées à la maternité.

Ce furent donc Redouane et Carvaillac qui se firent ses infirmiers, plutôt que Normand, mal à l'aise de voir son officier aussi diminué.

Redouane fut le plus doux, le plus attentif, le plus attendrissant, et, dans son délire, Robert trouvait une étrange satisfaction à lui demander de l'eau en arabe (alors qu'il était kabyle) :

– *El ma*, murmurait-il, *el ma*…

Et le géant Redouane lui apportait de l'eau, et l'eau maternelle coulait dans le corps en feu de Robert. Cette eau sortant de la terre algérienne, apportée par les mains d'un Algérien, et abreuvant son corps de Français, lui paraissait être non pas le symbole mais la réalité même du Grand Rêve franco-algérien qui était le sien : l'Algérie chaotique sauvée par la France ; la France décadente sauvée par l'Algérie. Cette eau fraîche, qu'il lapait si avidement, c'était la Françalgérie incarnée. Et cependant Redouane lui épongeait le front, lui rendait les services les plus intimes, et y trouvait un plaisir conforme au message de charité d'un certain islam autant qu'à l'amour qu'il portait à « son » lieutenant. De plus en plus, quand il disait « *mon* lieutenant », c'était comme s'il avait dit « *mon* père ».

Carvaillac aussi, Carvaillac en qui Robert n'avait guère vu qu'une brute connaissant son métier, se révélait tendre. Il changeait les draps, la taie, apportait un pyjama propre, et, pour distraire son chef, lui prêta son électrophone et ses disques : la brute se révélait mélomane, avec une préférence accusée pour Beethoven. Et les enregistrements grésillants de l'Héroïque, de la Cinquième, de la Pastorale, de la Neuvième, mille fois écoutés par leur propriétaire en Afrique, en Europe, en Asie, tournoyaient dans la chambre aux volets clos où Robert Lavilhaud luttait contre son mal sous les mouches qui tournoyaient aussi au plafond.

Quelquefois Carvaillac venait s'asseoir sur le bord du lit, et, encouragé par le lieutenant, lui parlait de lui-même. Il était fils de cultivateurs aisés du Quercy, mais il ne s'était pas entendu avec eux, pas plus qu'avec ses instituteurs, et s'était engagé dès qu'il avait pu. Intelligent mais indiscipliné, il gravissait rapidement les échelons de la hiérarchie, était cassé pour initiative inconsidérée, repartait à la base, réussissait à nouveau, cassait la figure d'un officier poltron et se retrouvait deuxième pompe. Il avait « fait » le Sahara et racontait la vie des postes isolés qu'un simple sergent commandait au nom de la France, les relations avec la population, l'obsession de se présenter en tenue impeccable – le burnous bleu, le boubou blanc, le *seroual* noir, les *badras* rouge et jaune – lorsque, après six jours de chameau, on arrivait dans une palmeraie sur laquelle, au-dessus du bordj, flottait gaiement le drapeau français.

Puis deux séjours en Indochine. Carvaillac pouvait devenir officier, mais il aurait fallu faire des études : « J'étais flemmard ». Trop orgueilleux aussi, peut-être, pour entrer par la petite porte dans une caste qui se voulait encore très fermée malgré les apports allogènes de la Résistance. Il décrivit les rizières, la jungle feuillue et moite : « Un douanier Rousseau », pensait Lavilhaud.

Carvaillac finit par parler de sa vie privée. Il avait eu une femme, avec laquelle il ne s'était pas plus entendu qu'avec ses chefs et qui lui avait laissé une fille de quatre ans, Marie-Françoise. Bien sûr, il avait envoyé Marie-Françoise « chez les sœurs » qui en feraient « une demoiselle » et lui, sur sa solde, mettait de l'argent de côté pour qu'elle pût vivre « comme une vraie jeune fille ». Elle avait quinze ans, et il tira de son vieux portefeuille boucané, ridé, plissé, taché, la photo d'une adolescente à la tête penchée sur le côté avec une coquetterie peut-être inconsciente, les traits purs et légèrement mélancoliques. « Un Clouet. »

– Pour le reste, mon lieutenant, vous comprenez que je ne peux pas me permettre de fonder une autre famille : je n'aurais pas de quoi. Donc, je n'en suis pas plus fier, mais, quand je n'en peux plus, c'est le bobinard. Il y a des filles bien, vous savez. J'essaye de toujours aller avec la même.

Après quoi, Carvaillac annonçait :

– C'est pas tout ça, mon lieutenant, il faut que je retourne au turf.

Et il y retournait, et Robert ne voulait pas savoir, en quoi consistait le turf.

Autant, pendant sa permission, il s'était inquiété de ce qui pouvait se passer à la Ferme en son absence, autant, maintenant, cela lui était – presque, pas tout à fait – indifférent. Gonarelle, amené à commander *de facto* le CROP n'aurait pas réinstitué le baquet, mais il n'était pas impossible qu'il ne fût tenté de revenir, selon d'autres méthodes, à ses amours aquatiques. Redouane avait bien dû abîmer un ou deux prisonniers impertinents, et quand Carvaillac retournait au turf… Pouvait-on vraiment compter qu'il retînt en permance ses deux mains, qu'il avait lestes ? Et peut-être même la gégène… Il avait une sorte d'affection pour la gégène parce qu'elle faisait mal mais ne faisait pas de mal. Eh bien, Robert, s'interrogeant sur le visage affectueux du soudard penché vers lui, ce visage qui devait se muer en un masque de terreur quand il se braquait sur un prisonnier, n'éprouvait plus, à l'idée de ces métamorphoses, l'horreur qu'il aurait ressentie quelques jours plus tôt. Était-ce le contrecoup simpliste de l'affaire de la maternité ? Il avait toujours su les atrocités que commettaient les fellaghas. Était-ce de les avoir vues de si près, ou parce que les victimes étaient surtout des femmes ? Était-ce l'humiliation qu'il avait subie devant ses subalternes en constatant son impuissance face à Si Youssouf ? Était-ce l'indulgence de ces subalternes qui semblaient lui pardonner son échec ? Était-ce la lassitude d'avoir tant défendu ses idées et de n'en pas avoir reçu confirmation, plutôt le contraire ? Était-ce la maladie ? En tout cas, il se disait des choses vagues comme « Je mettrai bon ordre à tout quand je serai guéri », et la vue des gros poings de Carvaillac ne lui faisait pas horreur.

Il se remit, reprit son commandement, retrouva son intransigeance à l'égard de toute brutalité, se fit obéir, correspondit avec sa mère et avec Blandine, se raccommoda peu à peu avec le bon Dieu, reprit ses habitudes d'examen de conscience, eut l'air de redevenir lui-même.

Mais ce n'était pas chose facile à cette époque. Le Grand Rêve qu'avaient fait ensemble l'armée et une bonne part de l'Algérie, le chef de l'État le rognait, puis le reniait. Il parlait d'« autodétermination », puis d'« Algérie algérienne », puis de « République algérienne »... La carte *nationale* d'identité décernée aux musulmans allait leur être reprise sans autre forme de procès. Comment vivre tout cela et continuer à combattre, car, officiellement, les missions n'avaient pas changé ? Ni, bien sûr, les engagements pris d'homme à homme, dans la fraternité du combat et celle de la construction d'une nation commune.

*

Là-dessus, eut lieu le putsch[1].

Nul doute qu'une grande proportion de la population musulmane en fut satisfaite – les sourires dans la rue le disaient assez[2] : enfin, on était assuré que la France tiendrait parole, que le sang qu'on avait versé

1. Tentative de prise de pouvoir en Algérie en avril 1961 par quatre généraux favorables au maintien de la France en Algérie.

2. L'auteur y était : il témoigne.

pour elle n'aurait pas coulé pour rien, que « ceux de la forêt » ne recevraient pas mandat d'égorger et violer à leur guise ceux qui leur avaient résisté. L'espoir dura peu, tout rentra dans l'ordre de la légalité, du déshonneur et, bientôt, de l'atrocité. Cependant cette partie-là s'était jouée au niveau des généraux et des colonels. Lavilhaud prit conscience de l'enjeu et de l'échec, mais de loin. Qu'un mouvement d'épuration se dessinât dans l'armée, mis en train par des hommes qui, en fait d'épuration, s'y connaissaient, lui resta étranger. Pour l'instant, cela ne se passait pas encore à son niveau. Il avait recommencé à faire ses contrôles, à tendre ses embuscades, à interroger (poliment) ses suspects, peut-être avec moins de foi que par le passé, mais avec la même détermination. Il n'avait pas changé de guerre. Il était même, après un long laps de temps justifié par la maladie, retourné voir *Trismégiste* qui lui avait simplement dit en hochant la tête :

– Tu sais qui c'était que tu as pris ?

– Maintenant, je sais.

Si Ahmed soupira beaucoup :

– Tu passais capitaine, tu sais. Tu étais cité à l'ordre de l'armée.

– Ce n'est pas ça qui est important.

Si Ahmed soupira encore sur les malheurs du monde et hocha abondamment la tête sur ses inepties et finit par prononcer sans amertume ni ironie :

– C'est la volonté du Dieu.

(Ce qui est incorrect en français mais non, nota Lavilhaud, en grec.)

Pourtant, avoir donné un renseignement de cette qualité, et voir le massacre de Sainte-Marie… D'ailleurs, la source commença à tarir et *Trismégiste* ne donna plus rien qui fût directement exploitable.

Cependant, un matin de mai, sur un renseignement assez vague, indiquant que certains villages recevaient la visite nocturne des fellaghas, le lieutenant Lavilhaud emmena le commando à Feraoun. Malgré le marasme qui s'était emparé de lui, son corps se réjouissait à la fois de sa convalescence et du printemps. Depuis peu, il avait repris son rythme d'exercices physiques – soixante pompes et soixante abdominaux par jour – et ses muscles souffraient agréablement de cette violence. Les arbres fruitiers riaient autour de lui de la joie de mai, et le commando était content de sortir avec son chef, et Lavilhaud s'attendait à recevoir le même accueil chaleureux de la population que la veille, à Il Maten. Contre toutes les apparences, le Grand Rêve continuait.

Comme d'habitude, les villageois qui n'étaient pas occupés aux champs vinrent accueillir l'officier *fransi*, tout sourires, tout poignées de main, mais avec quelque chose de réservé dans le regard, comme lorsque les fellaghas étaient passés dans la nuit.

Labès ? Labès. Et la famille ? *Labès.* Et toi, mon lieutenant ? *Labès.* Et les enfants, *labès ? Labès.*

Et puis le lieutenant Lavilhaud demanda au chef de village, Larbi, un assez jeune homme, noiraud, avec des dents très blanches, la barbe très noire, le regard désinvolte, presque narquois (il avait longtemps vécu en France) :

– Et la sécurité ?

– Tout va bien.

– Et ceux de la forêt, ils ne viennent pas vous voir trop souvent ?

– Je ne vois pas ce que vous voulez dire.

Larbi souriait avec insolence.

Lavilhaud reprit :

– Ceux de la forêt. Les rebelles. Les fellaghas... Ceux de la forêt, quoi.

Larbi impavide :

– Il n'y a personne dans la forêt.

– Il y a ceux qui nous font la guerre.

– Il y a personne qui nous fait la guerre.

– Vous voulez dire que vous ne savez pas qu'il y a la guerre en Algérie ?

L'homme hésita un instant.

– Si, je sais qu'il y a la guerre en Algérie.

– Et comment vous le savez, qu'il y a la guerre en Algérie ?

Un temps. Un sourire persifleur :

– Par les journaux français, mon lieutenant.

D'un mot, Larbi effaçait toutes les atrocités commises, toutes les souffrances endurées, laissait entendre que la guerre était une invention française.

Le poing droit de Lavilhaud ne demanda pas la permission de porter un coup qu'on ne pouvait lui rendre.

Larbi s'abattit au sol, crachant le sang.

8

Le colonel Roland Fauberge avait eu de la chance toute sa vie.

D'abord il était beau.

Jeune homme, il avait été surnommé Beau Blond, et c'était justice. Grand, athlétique, le torse triangulaire, les jambes longues et fuselées, les mains larges et soignées, il avait une sorte de distinction un peu vulgaire, qui en imposait. Son grand visage tout en méplats, son nez rostral, son front qu'il aimait plisser de bas en haut, ses yeux bleus sous les épis raides des sourcils, tout cela avait un grand air de franchise militaire rude mais exaltant. Sa bouche de jouisseur ne dépareillait pas ce visage de guerrier : les guerriers ont besoin de repos.

Il avait aussi tout ce qu'il fallait de courage physique et d'autorité naturelle pour jouer ce rôle. Il avait fait ses preuves pendant la Libération et en Indo ; néanmoins, c'était bien de jouer un rôle qu'il donnait l'impression à ses subordonnés et à ses pairs. Ses supérieurs étaient d'une opinion plus flatteuse, d'où son surnom de Faux-Derche.

La Résistance avait été sa première chance, car il n'aurait peut-être pas réussi le concours de Cyr ou peut-être même pas pensé à le présenter : en effet, il était l'un des deux fils d'un chapelier et d'une modiste et rien ne le prédisposait à l'état militaire. Mais quelques exploits contre l'occupant en déroute, un peu grossis pour la circonstance, lui avaient apporté l'épaulette sans qu'il eût jamais à se soumettre au rituel « À genoux, les hommes ; debout les officiers ! ». En Indochine, il ne s'était jamais dérobé devant le danger, mais son physique avantageux en faisait l'aide de camp idéal et son sens des réalités lui avait permis de se trouver à bonne portée chaque fois que pleuvaient clous, palmes et bananes diverses.

Dans sa vie privée, la chance ne l'avait pas abandonné non plus. Il avait épousé une fille riche et bien née, qui lui avait donné un fils et une fille superbes, avant de le laisser agréablement veuf. Le fils faisait de brillantes études de commerce, la fille était encore à la Légion d'honneur. Et le colonel ne trouvait guère de cruelles ni en Algérie, où il avait reçu le secteur agréable de Bourmont, en bord de mer, ni à Paris, où il passait une partie de ses permissions, ni dans le Dauphiné où il passait l'autre, profitant de la propriété de famille dont avait hérité sa feue femme.

Cela dit, la chance de sa vie était encore à venir, et elle vint le samedi 22 avril 1961, quand, étant parti pour prendre une permission en métropole, il apprit par la radio, dans sa cabine de luxe sur le *Sidi-Ferruch*, que, la veille, quatre généraux avaient pris le pouvoir à Alger. Le colonel Fauberge se trouvait donc sur le dernier vaisseau à quitter l'Algérie. À Sète, une ribambelle de journalistes et de photographes attendait « les rescapés de la dernière heure ». Fauberge prit le temps d'ôter les vêtements civils qu'il avait déjà revêtus et de se remettre en tenue de chasseur alpin, la tarte intrépide sur l'oreille gauche. Quand le Beau Blond parut en haut de l'échelle de coupée, les paperazzi de tout ordre se précipitèrent vers lui, micros et caméras pointés. Il campa une pose et dit :

– J'ai méprisé le danger et réussi à quitter un pays qui a basculé aux mains d'officiers factieux. Je viens me mettre au service de la République et du chef d'État légitime.

Sa photo et sa déclaration parurent dans tous les journaux, et lorsqu'il se présenta à la DPMAT[1], il fut reçu immédiatement par le général dont sa carrière dépendait.

Ce général s'était fait raser la tête à zéro pour cacher sa calvitie, si bien qu'on pouvait croire qu'elle avait été passée à la laine d'acier, et par voie de conséquence avait été surnommé Miror. Il déambula devant les deux croisées formant le fond de son bureau bourré de fanions, armes anciennes et photos de lui en compagnie de personnages importants (toutefois, il avait épuré celles où on le voyait, jeune aspirant, en compagnie du maréchal Pétain). Tantôt les bras croisés éloquemment sur la poitrine, tantôt les poignets noués méditativement dans le dos, il tint à peu près ce langage :

– Fauberge, je ne suis pas dupe. Je sais parfaitement que vous avez profité d'un heureux concours de circonstances. Mais qu'est-ce que la victoire, sinon un concours de circonstances qu'on réussit à détourner à son profit ? Vous avez joué et bien joué. J'ai parlé personnellement au chef de l'État, qui a été sensible à votre hommage personnel et vous pouvez compter

1. Direction du personnel militaire de l'Armée de terre.

que vous ne serez oublié ni maintenant ni plus tard. En fait, rien ne m'empêcherait de vous agrafer deux étoiles dès aujourd'hui, pour vous récompenser de votre fidélité, sauf que…

Le « sauf que » inquiéta Fauberge qui en imaginait déjà cinq sur ses manches dans un avenir plus ou moins rapproché.

– Sauf que, reprit le général en allant s'asseoir devant un bureau étincelant de nudité comme une pierre tombale, sauf que ce ne serait peut-être pas à votre avantage.

Il fit craquer ses phalanges avec éloquence.

– Ce quarteron de soldats perdus ne fera pas long feu. De toute manière, je me réjouis de voir que vous êtes aussi inconditionnel [1] que moi. Mais vous voyez, c'est justement d'inconditionnels que nous avons besoin à la tête des secteurs. Les régions et les divisions, dans ce genre de guerre, ne sont pas réellement opérationnelles : les secteurs le sont au même titre que les régiments. Si les colonels avaient marché avec le « put-che », le « put-che » (on aurait cru qu'il crachait) aurait réussi. Vous êtes nommé général et vous restez en Algérie ? Vous devenez inefficace. Vous êtes nommé général et on vous envoie, mettons, en Allemagne ? Le chef de l'État a perdu un fidèle sur place. Non, Fauberge, il faut que vous patientiez, jusqu'à ce que cette pagaïe soit terminée, et alors, si vous donnez toujours autant de signes de dévouement, vous ne resterez pas brigadier longtemps.

---

1. In-con-dit-ion-nel : le mot le plus mal formé de la langue française, par la forme et le plus hideux par le fonds : on ne saurait être in-con-dit-ion-nel de personne. V.V.

Fauberge se crut remercié et se leva, cherchant à remettre sa tarte d'un geste mâle, mais le général l'interrompit :

– Ah ! encore une chose, Fauberge. Ou plutôt deux choses.

Craquement de phalanges.

– Primo. Naturellement, les missions n'ont pas changé, et vous combattez toujours le FLN avec la dernière énergie.

– Bien, mon général, fit Fauberge éberlué.

– Mais… comment vous dire ? Vous savez que le chef de l'État a décidé de négocier avec ces gens-là. C'est à eux – ne le dites pas trop fort – que l'Algérie algérienne sera remise clefs en main. Alors vous voyez…

Malgré tout son cynisme, le général avait un peu de mal à énoncer crûment ce qu'il voulait dire.

– Vous connaissez, n'est-ce pas, la notion de bilan ? Tant de fels au tapis, tant d'armes récupérées… D'autant que vos bilans à vous sont impressionnants.

– Oui, mon général.

– Eh bien, les situations changent. À quoi sert de casser du fel alors que… nous avons jugé que le Front de libération nationale était notre interlocuteur valable ? Bien sûr, il faut maintenir la pression, pour que les négociations ne se transforment pas en un abandon pur et simple, et d'ailleurs l'armée ne comprendrait pas encore d'être mise l'arme au pied avec interdiction de s'en servir. Donc, Fauberge, continuez à faire crapahuter, mais ne croyez pas qu'une baisse de bilan doive être retenue contre vous. Me suis-je bien fait comprendre ?

– Euh… je crois, mon général.

– Bon. Encore autre chose.

Craquement de phalanges.

– Le put-che sera ratatiné dans les jours qui viennent. Cependant il restera beaucoup d'officiers qui n'auront pas eu l'occasion de s'exprimer mais auraient marché avec les put-chistes s'ils en avaient eu l'occasion. Heureusement les appelés rêvent à la quille et les colonels à la carrière, sinon je n'aurais pas donné cher – je suis franc avec vous, Fauberge –, pas cher du tout de la République. Donc, ce que je veux dire, c'est qu'il y a nécessairement des résidus de félonie, dans l'armée, des résidus de désobéissance, de fronde, de rébellion ! (Le ton du général était celui de la vertu outragée.) Tous les officiers français ne sont pas, comme vous et moi, des inconditionnels, loin de là. Alors, voyez-vous, Fauberge, il serait bon que vous fissiez preuve de vigilance et de discernement. Le chef de l'État va sûrement instituer des organes aptes à dépister la trahison. Je vous invite sérieusement à collaborer avec eux, même s'ils se présentent sous une forme peu traditionnelle. Il y aura là de nouvelles occasions de marquer des bilans positifs. Me suis-je toujours bien fait comprendre ?

– Parfaitement, mon général.

Ce soir-là, Roland Fauberge dîna chez Lapérouse avec son frère, le journaliste bien connu Olivier Fauberge – leurs parents avaient trouvé piquant de leur donner ces deux prénoms littéraires et patriotiques. Lapérouse, avec ses miroirs et ses peintures d'un autre âge, était à la mode, parce qu'on savait que c'était le restaurant préféré du chef de l'État. C'était Olivier qui recevait et ni le foie gras poêlé, ni la poularde de Bresse, ne furent décevants. Le journal *L'Univers* payerait la note de frais.

– Dis donc, fit Olivier en scrutant la robe de l'Aloxe Corton, tu t'es débrouillé comme un chef avec ta déclaration. On ne parle que de toi dans la presse. C'est bien vrai, ce mensonge, que tu es venu, au péril de ta vie, te mettre au service de la République ?

– Parfaitement vrai.

– Tu ne devais pas avoir une permission vers cette date, non ?

Le Beau Blond eut la bonne grâce de faire un geste un peu embarrassé.

– Ah ! mon salaud, dit Olivier, je te tiens ! Tu as une veine de cocu, hein ? Tu l'as toujours eue, sans vouloir dire du mal de Mahaut. Enfin, je peux te dire que tu joues le bon cheval. Il faut être une poule mouillée comme le Premier ministre pour croire que les paras vont sauter sur Paris. S'ils sautent, on les tirera comme des faisans d'élevage. S'ils avaient été sérieux, ils auraient commencé par Paris, mon vieux, sans donner l'alerte. Tout ça, c'est terminé et je suis bien content que tu aies tiré la bonne carte, quitte à tricher un peu. Salaud, va, salaud.

Salaud était le terme le plus affectueux que connût Olivier.

Olivier avait un an de moins que Roland, et la prestance de son aîné lui manquait, mais, pour un intellectuel, il avait l'air sportif et dynamique. Dans les colloques, il faisait merveille sans cravate dans le rôle de l'enfant terrible fondamentalement intègre, ce qui ne l'empêchait pas d'émarger à certain budget gouvernemental et clandestin : « Au moins, comme ça, disaient ses payeurs, on limite les dégâts. »

– Mets-moi au courant, dit Roland.

– Écoute, c'est assez simple. Tout est affaire d'opinion publique. Nous, nous étions contre la guerre d'Algérie…

– Qui nous ? Pourquoi contre ?

– Nous, la gauche idéologique et progressiste. Pas la gauche radicale-socialiste et bourgeoise qui était pour la répression. Nous, pour qui « nation » est un gros mot, gros, je veux dire, de tas d'idées réactionnaires.

– Les révolutionnaires français ne parlaient que de nation.

– Les révolutionnaires français, mon salaud, Robespierre en tête, étaient des fascistes. (Naturellement, il prononçait *fâchistes*.) Ils ont été utiles de leur temps parce qu'ils ont écrasé l'infâme, du moins entamé son écrasement, mais c'étaient des fascistes tout de même. Je reprends. L'opinion publique, nous savons la travailler. La droite ne sait pas. C'est de la naïveté ou c'est du dédain, mais elle croit qu'il suffit d'avoir raison pour se faire entendre, et, comme elle s'imagine qu'elle a raison par définition, elle se contente de pérorer dans le vide. Nous, nous savons qu'il n'est pas important d'avoir raison mais de dire aux gens ce qu'ils veulent entendre, quitte à ajouter notre petit grain de sel qui passe avec le reste. Par exemple, je suppose qu'en Algérie vous devez bien un peu torturer vos prisonniers. Mais un peu, pas tout le temps, pas systématiquement. Or nous, nous clamons haut et fort que c'est tout le temps, que c'est systématiquement. Pourquoi ? Parce que ça plaît. Et pourquoi ça plaît ? Pour des raisons hétéroclites. Parce que ça flatte des instincts antimilitaristes, que ça donne bonne conscience, que ça permet de se juger meilleur, plus juste, plus propre, parce que ça donne espoir qu'une guerre aussi impopulaire va se terminer bientôt, que la justice va triompher. Tu vas me demander pourquoi cette guerre est impopulaire ? Aussi pour des raisons hétéroclites, mais surtout, surtout, tu m'entends bien, parce que le gouvernement n'a rien fait pour la rendre populaire. C'était facile, pourtant, en insistant sur les atrocités du FLN et sur les avantages du pétrole.

– Et pourquoi n'a-t-on rien fait ?

– Alors là, mon salaud, tu m'en demandes trop. Peut-être que le chef de l'État se laisse impressionner par nous autres intellos. Peut-être que c'est plus subtil : il nous utilise pour rendre populaire la politique qu'il a déjà décidé de faire. Ce serait bien dans sa manière. En tout cas, je peux te garantir une chose, c'est que les chouans, les croix-de-feu, les zouaves pontificaux et autres camelots du roi, bref tous les réacs qui comptaient exploiter l'Algérie pour « régénérer » la France vont se retrouver une fois de plus en caleçons rayés.

Ils en étaient à sucer voluptueusement leurs havanes sur le pont des Arts, quand Olivier dit à Roland :

– Tu te souviens ?

– Ouais. Nous avons fait du chemin depuis.

Sous l'Occupation, les deux frères, tout jeunes, s'étaient tenus là à fumer des mégots d'orties et à parler de leur avenir. Quelles études feraient-ils et quelles carrières ? Olivier se voyait bien en cinéaste, ou à la rigueur en avocat ; Roland en homme d'affaires. La seule chose qui leur importât, c'était d'avoir du succès, mais il savait qu'il fallait pour cela choisir un métier qui convînt à leur tempérament.

– Oui, mon vieux, nous n'avons pas si mal réussi que ça.

– Et ce n'est pas fini, mon salaud !

Ils jetèrent dans la Seine leurs bouts de cigares encore rougeoyants qui décrivirent des trajectoires paraboliques comme vingt ans plus tôt avaient fait leurs clops.

9

Le commissaire Beaugarde était le chef de la PAF[1] de Bourmont, poste légèrement inférieur à celui qu'il méritait par ses capacités : il avait eu des ennuis de carrière, ayant marché sur quelques pieds sensibles, qui se trouvaient être des pieds de supérieurs, et ne s'était récemment résigné à adopter un profil bas que sur les instances de Mme Beaugarde, qui lui avait fait valoir qu'il avait des enfants à nourrir et une jolie femme à habiller. Fort coquet lui-même, il tentait donc, depuis quelque temps, de réfréner les excès où ses instincts de policier risquaient de le conduire dans une période trouble où les formules officielles demeuraient les mêmes que précédemment mais signifiaient le contraire. M. Beaugarde n'était pas un rêveur, et pourtant le Grand Rêve franco-algérien l'avait ému – peut-être parce qu'il avait imaginé la carrière étincelante qu'il aurait pu faire dans ce pays rénové de cave en comble, au sein d'une administration qui n'aurait plus été politisée et où les intérêts de tous auraient été, dans la mesure du possible, préservés. Or voilà qu'une

1. Police de l'air et des frontières.

certaine gauche qui s'était voulue nationale se laissait déborder par une extrême-gauche qui militait pour la rébellion, et qu'une droite, ralliée à un chef de l'État faisant le contraire de ce qu'il avait promis, devenait l'alliée de l'extrême-gauche dans la frénésie de l'abandon. Les pieds, à partir de maintenant, il allait falloir être très prudent là où on les mettait.

Mais ces considérations ne pouvaient empêcher M. Beaugarde d'être un policier né.

Il avait pris l'habitude d'assister aux arrivées à quai du *Sidi-Ferruch* et de se tenir en retrait pendant que ses subordonnés vérifiaient les cartes d'identité des passagers qui débarquaient. Quand il lui arrivait de sortir de l'ombre et de demander une vérification supplémentaire, une ouverture de valise, quelquefois même une fouille à corps, c'était rarement sans résultat. Question de flair. Mais qu'est-ce que le flair ? La somme de l'instinct et de l'expérience ? En tout cas, il en eut, ce jour-là, du flair, quand il vit passer devant lui, présentant au contrôle sa personne, ses papiers, ses bagages, un corpulent jeune homme chauve, quelques cheveux blondasses striant encore son front, le visage mafflu, avec des abajoues pendant des deux côtés d'une bouche en cœur.

Qu'est-ce donc qui attira l'attention de M. Beaugarde ?

La veste froissée, la chemise ouverte, le pantalon avachi sur les chaussures poussiéreuses, pouvaient surprendre dans un passager de première classe qui portait une Rolex au poignet, mais il n'y avait pas là de quoi ralentir la queue des arrivants. Cependant Beaugarde décolla du mur auquel il s'appuyait et approcha. Fut-ce le chapeau de feutre mou dont le passager s'éventait – un chapeau peut servir à la fois de contenance et de cachette –, fut-ce l'odeur de sueur qu'émettait sa peau, surprenante en un passager qui avait pu se laver sur le bateau, fut-ce la voix de fausset et le ton à la fois apeuré et arrogant avec lesquels il répondait aux questions routinières du policier, fut-ce la désinvolture affectée avec laquelle il reprit son bagage qui n'avait pas été fouillé alors qu'il avait proposé qu'on le fît – « Vous voulez peut-être que je l'ouvre ? » – fut-ce simplement une intervention masquée et incompréhensible du destin, mais, en tout cas, Beaugarde demanda à vérifier les papiers du passager une deuxième fois.

– Monsieur de Saint-Salvat ?

La photo n'était pas flatteuse, mais ressemblante.

– Oui, c'est moi.

– Monsieur *Bohémond* de Saint-Salvat ?

(Une pointe d'humour urbain devant ce prénom peu usité.)

– Oui, c'est moi.

Né le… ?

À… ?

Ça concorda.

– Puis-je savoir le motif de votre visite à Bourmont ?

Il sembla à Beaugarde que l'odeur de sueur montait d'un degré et que le chapeau-éventail accélérait son va-et-vient.

– Je suis acteur, fit la voix de fausset. Une troupe qui s'appelle *Les Mains pleines*, ça ne vous dit rien ? Les mains… pleines ! (Il fit le geste, et, n'étant pas dépourvu de talent, on comprit tout de suite de quelle poitrine opulente il s'emparait. Après quoi, il répéta

« Les mains pleines ! ! » avec un autre geste, et il était devenu Harpagon.) Nous projetons une tournée. Alger, Oran, Constantine, Sétif, Bourmont, Bône. Je viens prospecter les possibilités. Vous voulez voir des coupures de presse ?

Il en tira de son portefeuille qui semblait avoir été sucé par trois saint-bernard, et elles-mêmes avaient beaucoup servi, mais Beaugarde les déplia sans dégoût et constata que la presse française faisait état d'une troupe de théâtre nommée *Les Mains pleines* avec quelques allusions élogieuses à un acteur nommé Fritz Bohémond.

– Un espèce de pseudonyme, voyez-vous, parce que Bohémond de Saint-Salvat, au théâtre…

– Quel genre de pièce jouez-vous ?

– Du moderne. *Maître Puntila et son valet Matti, Fin de partie.* J'y sors d'une poubelle. C'est magnifique ! Ou alors des adaptations modernes du répertoire classique.

– Oui, je vois que *Labeur chrétien* rend hommage à votre version marxiste des *Fourberies de Scapin.*

Un instant, Bohémond eut l'air inquiet. Puis il décida de prendre la chose à la rigolade. Un léger bouillonnement de salive perla à la commissure de ses lèvres.

– Je n'aurais pas dû vous montrer ça, hein ? Vous ne devez pas être si marxiste que ça dans la police ? J'aurais dû m'en tenir au *Figaro* ?

Beaugarde, chemise de soie marron glacé, veste de tergal sable, petite moustache en brosse à dents, ne répondit rien. Il enchaîna :

– Et à qui comptez-vous parler de vos projets théâtraux à Bourmont ?

– Au maire. Au conseil général. À des mécènes si j'en trouve.

– Vous avez déjà un hôtel ?

– J'ai réservé à *La Palmeraie.*

C'était l'hôtel le plus interlope et le plus luxueux – à vrai dire le seul luxueux – de Bourmont. Il n'était pas normal qu'un acteur à peine connu, représentant une troupe qui ne l'était pas plus, allât loger à *La Palmeraie.*

Beaugarde replia avec attention les coupures de presse, les lissa, les tendit à leur propriétaire de sa main aux ongles polis :

– Eh bien, monsieur, je vous souhaite un bon séjour à Bourmont.

Dès que Fritz Bohémond de Saint-Salvat se fut éloigné, le commissaire fit un mouvement de la tête en sa direction et un jeune Kabyle de taille moyenne, les cheveux ni courts ni longs, habillé de la façon la plus ordinaire, se dirigea, nonchalant, vers un scooter garé à proximité.

Beaugarde rentra au bureau et consulta le Bottin mondain. Oui, il y avait bien un Marie Frédéric Bohémond de Saint-Salvat, né d'un Marie Loïc Bohémond de Saint-Salvat. Quelques coups de téléphone apprirent à Beaugarde que son Bohémond à lui n'était fiché dans aucune police, ce qui aurait pu le décevoir, mais au contraire l'ambitieux s'en réjouit. Il avait le sentiment d'être sur le point de ferrer un poisson d'importance. Le téléphone de *La Palmeraie* étant déjà sur écoute, Beaugarde apprit le matin même que Bohémond avait pris des rendez-vous avec le maire de Bourmont, avec un commandant de cavalerie à la retraite converti en vigneron et passant pour l'homme le plus riche de la région – il rachetait les vignobles des Pieds-Noirs qui choisissaient la valise et non le cercueil (il ne leur cachait pas son mépris pour leur pétoche) – et avec le conseiller général Améziane, originaire de Tifritine, l'un des partisans les plus réactionnaires de l'Algérie française, et qui, depuis quelque temps, avait l'air de se demander quelle conduite tenir dans le virage conduisant à l'Algérie algérienne. Or, justement, Bohémond avait parlé de voir le maire, des mécènes éventuels et le conseil général. Ce rythme ternaire tombait bien, peut-être même trop bien. Beaugarde jugea qu'il n'avait pas perdu son flair et fit continuer les filatures.

Bohémond passa la journée à faire du tourisme, dans la mesure où cela était possible dans une ville si récemment éprouvée, fut reçu par le maire à la fin de l'après-midi, dîna solitairement mais gastronomiquement à *La Grotte*, prit des taxis dans tous les sens, coucha à *La Palmeraie*. Le lendemain matin, une Landrover du vigneron vint l'y chercher pour l'emmener dans une des fermes rachetées. Beaugarde jugea que c'était le moment d'opérer sa perquisition. La propriétaire de *La Palmeraie*, hispano-judéo-maltaise appétissante qui passait pour avoir eu des bontés pour Amirouche[1], jouait un jeu compliqué où personne ne devait se sentir perdant, pas plus Beaugarde que les autres. Il l'avait prévenue et elle l'attendait à une entrée de service donnant sur les communs, avec en main la clef du 11. Bien sûr, Beaugarde n'excluait pas, en cas de complicité, qu'elle eût averti son client de la fouille projetée, mais si le client avait apporté quoi que ce fût de compromettant, il avait déjà dû prévoir le

1. Un des grands chefs de la rébellion.

pire et, par conséquent, la situation se présentait comme suit : « Ou il n'a rien à cacher ou il l'a si bien caché qu'il croit que nous ne trouverons rien. » Beaugarde acceptait le défi.

Il était accompagné de deux hommes, car une fouille en règle se fait à plusieurs, chacun essayant de prendre les autres en défaut : un vieux Napolitain maigre à moustaches élégantes en crocs et un jeune Kabyle grassouillet aux cheveux crantés.

Tout y passa. Les vêtements, les bagages, les feuilles de papier doublant des tiroirs, le dessus des placards, les plis des rideaux, le dessous de la moquette, l'arrière du radiateur, le boîtier du téléphone, l'intérieur de la chasse d'eau… La quête était rendue plus difficile par le fait que l'on ne savait pas ce que l'on cherchait, mais ce n'était pas là un problème majeur : une arme, un document, une carte postale avec un micropoint collé sur un i ou sous le timbre, tout cela était dans l'ordre des choses *cherchables* et par conséquent *trouvables* par les hommes de Beaugarde lequel, perché sur un bras de fauteuil, se contentait de surveiller l'opération et de noter mentalement les échecs un à un.

Que l'on ne trouvât rien dans la chambre 11 de *La Palmeraie* ne signifierait pas que son intuition l'avait trompé.

Peut-être Fritz Bohémond n'avait-il rien apporté de compromettant que dans sa mémoire, ou peut-être véhiculait-il sur lui les preuves matérielles de sa culpabilité. Dans le deuxième cas, il faudrait recourir à une fouille à corps ; dans le premier, à un interrogatoire « serré » que rien, mais alors rien de rien, n'autorisait. M. de Saint-Salvat n'était pas un bougnoul quelconque.

M. de Saint-Salvat, malgré son jeune âge, son odeur sudorale et son métier douteux, malgré son physique mou, ses abajoues, sa petite bouche et sa voix aigrelette, devait avoir les moyens de se défendre légalement. Donc, méfiance mais obstination. Si on ne trouvait rien de matériel en cours de fouille, ce n'était pas une raison pour relâcher la surveillance ; au contraire, pour continuer à chercher.

Mais on trouva.

Ce fut Gaetano qui, tout en fredonnant *La donna e mobile*, retourna dans la salle de bains, ouvrit une deuxième fois la pharmacie, et y remarqua une trousse que, par paresse, Kader avait négligé d'inspecter. Il fit jouer la fermeture éclair, retira une brosse à dents, un tube de pâte dentifrice, un rasoir électrique dans sa housse, une petite boîte de nivaquine, une petite boîte d'aspirine, trois capotes anglaises, quelques berlingots Dop, quelques ampoules d'ultra-levure, un paquet de pansements stériles. Gaetano tira le rasoir de la housse, dans laquelle il passa la main, dévissa le tube de pâte dentifrice, en mit un peu sur son doigt pour le renifler, ouvrit les boîtes, examina les berlingots qui semblaient intacts et éparpilla les sachets de pansements sur la tablette. Une odeur âcre monta aussitôt à ses narines. Il fronça les sourcils et s'arrêta de fredonner.

– *Padrone*, venez sentir.

Le commissaire se rendit sans hâte dans la salle de bains.

– *Padrone*, vous sentez ce que je sens ?

– Qu'est-ce que c'est ?

– Ça sent comme dans le labo photo. C'est du fixateur. Pourquoi que des pansements stériles, ça sentirait le fixateur ?

Beaugarde examina les sachets un à un. Le troisième qu'il prit avait été ouvert et mal refermé. Beaugarde l'entrouvrit. Le pansement était toujours là, mais l'odeur devenait plus forte. Beaugarde examina le sachet. Il avait été fendu sur les deux côtés avec une lame de rasoir et recollé. Beaugarde leva les yeux sur Gaetano qui l'observait avec approbation. Beaugarde finit d'ouvrir le sachet et le déplia. Le pansement était intact et il n'y avait pas d'autre objet dans le sachet, mais cela sentait de plus en plus le fixateur.

– Il n'a pas laissé le support sécher assez longtemps, dit Gaetano.

Kader passa sa tête frisée entre ses deux aînés :

– Et le sachet, il est étanche. Il a conservé l'odeur. Mais pourquoi il a mis du fixateur dans ses pansements, le gars ?

Beaugarde et Gaetano se regardaient fixement.

– Il n'y a plus qu'à trouver du révélateur, dit Gaetano.

– Je pense que nous en avons, dit doucement Beaugarde.

Il prit une à une les ampoules d'ultra-levure et les examina en les faisant tourner entre ses doigts. Enfin, il en montra une à Gaetano, puis à Kader. Le bout en avait été délicatement scié et recollé.

– Ah ouah ! Comment ils ont fait ça ? demanda Kader. À la Seccotine ?

– Non, imbécile, dit gentiment Gaetano. Ils l'ont chauffée sur un réchaud à gaz.

Déjà il présentait un verre à son patron.

Beaugarde brisa le bout de l'ampoule et versa le contenu dans le verre.

Gaetano ajouta de l'eau.

Beaugarde plongea le sachet dans le mélange et ils attendirent plusieurs minutes. Gaetano fredonnait *Funiculi funicula*.

Lentement, des lignes apparaissaient sur l'envers du sachet. On voyait que c'étaient des suites de mots, mais l'écriture était si petite qu'on ne pouvait rien déchiffrer.

– Il va falloir une loupe, dit Gaetano.

– Ah ouah ! un microscope ! dit Kader.

Beaugarde attendit que le texte tout entier fût apparu. Il n'était pas certain de souhaiter que ses subordonnés le lussent. Il leur dit :

– Vous rangez tout. J'espère qu'il ne va pas recompter ses sachets ni ses ampoules. Vous me retrouvez au bureau.

Il rentra en ville, sans montrer de précipitation excessive, s'arrêtant même à *La Civette* pour acheter des cigarettes blondes à bout filtre.

Il s'installa dans son bureau, meublé en Louis XV de chez Lévitan, avisa sa secrétaire qu'il n'y était pour personne, pas même par téléphone, posa sa visionneuse sur sa table de travail aux pieds tors, y glissa le sachet déplié, alluma sa première cigarette et pressa un bouton.

Sur l'écran, il lut le texte agrandi suivant :

COLISAGE

50 colis type A : 2 MP 40 avec 1 unité de feu de 8 chargeurs de 32 cartouches et 500 coups complémentaires : 29,2 kg x 50 = 1 460 kg
50 colis type B : 2 MP 44 avec 1 unité de feu de 6 chargeurs de 32 cartouches et 500 coups complémentaires : 34,4 kg x 50 = 1 720 kg

50 colis type C : 2 K 43 avec 1 unité de feu de 6 chargeurs de 10 cartouches et 500 coups complémentaires : 30,3 kg x 50 = 1 510 kg
6 colis type D : 1 MG 42 avec 1 unité de feu de 4 bandes de 250 cartouches : 34 kg x 6 = 204 kg
Total : environ 5 tonnes réparties en 156 colis de moins de 35 kg.

Beaugarde n'était pas militaire, mais il traduisit sans difficulté. Il s'agissait d'une livraison de 300 armes individuelles et 6 collectives : de quoi armer un petit *failek*[1].

Il se rejeta en arrière et croisa les bras.

Six mois plus tôt, un renseignement de ce genre, valait le grade de commissaire principal. Aujourd'hui, peut-être la disgrâce. Car enfin, il était indispensable, pour la politique du chef de l'État, que le FLN fût capable de maintenir la pression sur l'armée et, par contrecoup, sur le peuple français, sinon les négociations ne signifiaient plus rien. En d'autres termes, intercepter ou détruire une pareille livraison d'armes pouvait être la Gaffe avec un G majuscule. D'une certaine manière, la solution la plus prudente était de détruire le sachet et de laisser le sieur de Saint-Salvat remplir sa mission qui devait consister à prendre contact avec un intermédiaire local pour organiser la livraison.

Mais savoir si c'était si prudent que cela…

Gaetano et Kader avaient vu le sachet et Gaetano avait compris qu'il portait un message sous forme d'image latente. Leur curiosité avait sûrement été

1. Bataillon de l'ALN.

éveillée. À une époque où la suspicion régnait partout et où l'on ne savait pas s'il était plus grave de lancer des bombes dans les cafés ou d'essayer de conserver l'Algérie à la France, Beaugarde ne pouvait avoir confiance dans ses subordonnés. Il pouvait leur taire le contenu du message, mais si aucune action n'en suivait la découverte, cela pouvait leur mettre la puce à l'oreille. Le jeune Kader avait une bonne vue : il avait peut-être pu lire le mot étrange « Colisage »... Mettre une découverte pareille sous le coude, ce n'était pas une Gaffe, c'était une Faute. Grave, gravissime, qui sentait la mise à pied et peut-être des poursuites judiciaires pour intelligence avec l'ennemi.

Bref, c'était hors de question.

Il fallait ouvrir le parapluie.

Normalement, qu'aurait fait Beaugarde ?

Il aurait transmis le renseignement d'une part à son chef direct, commissaire divisionnaire à Alger, d'autre part au sous-préfet de Bourmont, en espérant des compliments et des récompenses des deux côtés. Mais le commissaire divisionnaire était un vieux renard qui, à quelques semaines de la retraite, ne souhaiterait pas mettre le doigt entre l'écorce républicaine et l'arbre algérien : il maudirait son subalterne de l'avoir collé dans une situation aussi embarrassante, et les notes du subalterne s'en ressentiraient. Le sous-préfet, lui, était un jeune loup qui visait un poste de préfet en métropole : il ferait taire Beaugarde dès qu'il aurait ouvert la bouche. C'étaient donc là deux parapluies troués, qui risquaient de faire plus de mal que de bien. Heureusement il y en avait un troisième : si le commissaire de la PAF rendait compte dans l'urgence au colonel commandant le secteur, il pourrait se contenter, à l'égard de ses supérieurs directs, de comptes rendus écrits qui le couvriraient sans les mettre dans l'embarras. Sans compter que Beaugarde s'entendait bien avec Fauberge en qui il sentait une âme d'arriviste assez semblable à la sienne. Il alla donc voir Fauberge.

Le bureau était toujours aussi gris et fonctionnel et ennuyeux et le colonel toujours aussi athlétique.

– Qu'est-ce qui me vaut le plaisir, mon cher commissaire… ?

Beaugarde déposa sur la table une copie du texte. Fauberge le parcourut et poussa un sifflement sur deux notes :

– Qu'est-ce que c'est que ça ?

– La copie d'un manifeste que nous avons trouvé sous forme d'image latente, c'est-à-dire une espèce de photo en format réduit, dans les bagages d'un passager arrivé aujourd'hui de métropole et descendu à *La Palmeraie*.

Fauberge posa tout de suite la bonne question :

– Vous pourriez remettre « l'image latente » en place sans qu'il s'aperçoive de rien ?

– Non, mon colonel. Il a fallu la révéler pour pouvoir la lire. Elle n'est plus latente.

– Mais c'est vous qui la détenez ?

– Oui.

– Et le gars ?

– Il s'est fait inviter à la ferme Abadie. Tel que je connais le vigneron, le type n'en ressortira pas avant 16 heures, peut-être pas avant ce soir. Tout dépend de sa résistance : le vigneron ne laisse repartir ses invités que fin saouls.

– Qui est le type ?

– Un acteur nommé, si incroyable que cela paraisse, Bohémond de Saint-Salvat. La trentaine. Voyage en première classe. Pue.

– Authentique ?

– À première vue.

– Vous allez le cueillir à son retour ?

– Je venais demander votre avis.

– Vous avez déjà rendu compte à quelqu'un ?

– À vous.

Les deux hommes se comprenaient. Beaugarde venait de déposer un aspic sur les genoux de Fauberge. Mais Fauberge, compréhensif, n'en voulait pas à Beaugarde. Il fallait bien qu'il le déposât quelque part.

Le colonel se leva pour réfléchir. Le treillis camouflé se tendit sur ses cuisses et sur son thorax de skieur. Il se tint debout, les yeux au plafond, les mains aux reins, les pouces dans le ceinturon, les bottes de saut marron étincelantes. Il se rappelait ce qu'il avait entendu à Paris sur les missions et les bilans. Beaugarde venait de lui rendre compte de la situation, et, en cas de sac de nœuds, ne lui ferait pas de cadeau. Lui, Fauberge, commandant de secteur, n'avait pas de parapluie à ouvrir au-dessus de lui.

Il fit quelques pas. Le cuivre de ses bottes de saut crissait avec conviction. « Je suis un grand chef, disait toute l'attitude de Fauberge, et bientôt j'en serai un plus grand encore », mais la solution ne lui venait pas. Dire à Beaugarde de camoufler le tout était tomber dans un piège sans fond. Lui conseiller d'arrêter le suspect et de l'interroger ? Mais c'était là une affaire militaire et Fauberge ne pouvait pas déroger en remettant une affaire militaire entre des mains civiles alors que c'était un civil qui la lui apportait sur un plateau d'argent. Alors quoi ? Faire arrêter le suspect par De Wachter ? Le gros De Wachter allait s'asseoir dessus, comme on disait, et, selon toute probabilité, le faire couiner. Dans ce cas, il fallait prévoir toute sorte d'embrouilles. Saint-Salvat risquait d'avouer non seulement quel était le bâtiment qui apportait la cargaison mais qui était son contact local. Supposez que ce fût un homme public, un notable, qui donnât des garanties à la politique algérienne du chef de l'État : ce serait embarrassant d'être obligé de l'arrêter à son tour ! Bien sûr, on pouvait suggérer à De Wachter d'y aller mollo, mais De Wachter n'était pas carriériste, et il n'y avait rien d'impossible qu'il fût incapable d'entendre des ordres donnés à mots couverts et s'entêtât dans la mission donnée ouvertement.

Ce qu'il fallait, c'était gagner du temps. Le cessez-le-feu allait être proclamé incessamment, fût-ce unilatéralement, du seul côté français. Il fallait que le suspect refusât de parler le temps que les hostilités eussent cessé et qu'une amnistie quelconque permît de le libérer. Or, il était inimaginable qu'on l'arrêtât sans l'interroger.

Soudain le colonel claqua dans ses doigts :

– Vous avez bien fait de venir me voir, Beaugarde. J'ai la solution.

10

– Salut, Torquemada.

Jovial, Fauberge.

– Mes respects, mon colonel

– Faites sissitte, mon vieux. Faites sissitte. Voilà déjà pas mal de temps que nous travaillons ensemble : je vous observe, et je dois vous dire que, pour un réserviste et pour un CROP, vous vous débrouillez pas mal.

Lavilhaud garda le silence. Tout le secteur avait eu connaissance de l'entourloupette de Faux-Derche faisant passer sa permission pour un acte d'héroïsme : le respect et la confiance qu'il inspirait avaient atteint leur étiage.

– Moi-même, je pense ne plus rester à Bourmont très longtemps, je suis à la liste, comme vous savez, et les choses peuvent même s'accélérer. Mais, tant que je commande encore ici, je veux vous faire un cadeau. Un cadeau tel que vous en méritez un, c'est-à-dire une mission, mais avec votre troisième ficelle au bout, au mérite, et peut-être, qui sait, une palme ou même un ruban. Remarquez que la mission est tout à fait dans les cordes du moustache que vous êtes. Je ne vais pas la confier à un pékin ni à un De Wachter. Il faut de la finesse dans cette affaire, et je pense que vous êtes l'homme de la situation.

L'affaire Youssouf paraissait oubliée.

Sur la surface grise du bureau de métal, Fauberge fit glisser, face à lui, la feuille remise par Beaugarde. Lavilhaud dut la retourner pour la lire.

– Ceci, dit Fauberge, est la transcription faite par la PAF d'un message photo trouvé à l'envers d'un sachet contenant des pansements et appartenant à un sieur Fritz-Bohémond de Saint-Salvat arrivé hier de métropole et descendu à *La Palmeraie*. Ce monsieur se présente comme un acteur à la recherche de contrats. Il a rencontré le maire hier, il est en ce moment à la ferme Abadie et il a rendez-vous ce soir avec le conseiller général Améziane chez lui, en ville. Je vous donne Fritz-Bohémond. Je vous en fais cadeau. Bien entendu vous m'enverrez vos comptes rendus d'interrogatoire.

Fauberge se leva, tendant une pogne puissante dans un grand geste de franchise :

– Chambre 11 à *La Palmeraie*. Bonne chance, lieutenant.

Lavilhaud n'était pas entièrement dupe. Il y avait un post-scriptum implicite : « Si vous faites une bévue, je n'en serai pas autrement mécontent », mais il était impossible de refuser un cadeau exceptionnel, parfaitement conforme à la mission des CROP.

Le lieutenant rentra songeur à la Ferme Garcia. Saint-Salvat était sans doute un cousin de Blandine, un des nombreux fils de Loïc, dont seul l'aîné voulait reprendre l'exploitation agricole familiale, tandis que les autres, égaillés un peu partout, n'étaient pas considérés comme fréquentables. Bohémond était-il devenu un marchand d'armes ou un agent de liaison ? Cela restait à voir, mais c'était sans importance. De toute façon, pour une opération aussi importante, il fallait rendre compte. Lavilhaud appela Tourquois.

Comme d'habitude, Tourquois se mit à penser tout haut en grattant la brosse qui lui servait de chevelure.

– Je connais Faux-Derche. Il est en train de nous faire une crasse. Laquelle ? C'est clair. Il vous connaît de réputation, pense que vous n'arriverez à rien avec un prisonnier pareil et essaye de courir plus vite que le chef de l'État. Mais, d'une part, est-il certain que le chef de l'État coure où on croit qu'il court ? D'autre part, nos missions n'ont pas changé officiellement, et, de toute manière, ces armes et ces cartouches sont faites pour tuer des Français, non ? Donc, il faut savoir où et quand elles vont arriver et qui va les réceptionner. Ça doit être un réseau. Et votre Bohémond doit avoir un contact avec la tête du réseau. Il n'est pas exclu non plus – ces gars-là sont des amateurs – qu'il sache quel vaisseau transporte le tout, ce qui simplifierait les choses pour nous. Quand doit-il voir Améziane ?

– Ce soir, mon commandant.

– On n'a pas le temps de laisser pourrir, mais il faut tout de même faire germer. Si vous le prenez maintenant, avant qu'il n'ait rien fait, il n'y a pas de situation. Ou presque pas : une image latente ! Mais supposons que monsieur le conseiller général Améziane, contrairement à la réputation patriotique qu'il s'est donné tant de mal pour établir, soit son contact – malheureusement, nous n'avons pas les moyens d'écouter leur conversation, mais... Supposons qu'ils se disent des choses juteuses aujourd'hui : la complicité serait réelle, même si nous n'en savions rien, et, en cours d'interrogatoire, cela permettrait d'aller chercher dans les ramifications… Écoutez. D'une part, consultez Gonarelle, après tout c'est un expert et d'autre part essayez de filer le Bohémond avec les gus que vous avez à votre disposition et voyez s'il a une chance de s'apercevoir que le manifeste a disparu. Si oui, vous le prenez illico presto. Si non, vous le laissez aller à son rendez-vous avec Améziane et vous le prenez après, de préférence à poil, dans son palace. Et vous l'interrogez, comme vous avez appris à le faire.

Cette dernière phrase sonnait faux. Et c'était un signe des temps.

Six mois plus tôt, le commandant Tourquois aurait dit, comme il l'avait fait pour le prisonnier fait à Tifritine: «Je réquisitionne un Piper et j'arrive». Aujourd'hui, il prenait ses précautions: «Vous l'interrogez comme vous avez appris à le faire» ne signifiait rien, sinon que Tourquois était preneur pour les succès, pas pour les échecs.

«D'accord», dit Robert en lui-même.

Et, avec cette confiance enfantine qui lui revenait peu à peu:

«Chef, tu m'aideras.»

Il sentait que la plus grande responsabilité de sa vie lui tombait sur la tête et les épaules comme un capuchon de pèlerin.

Mais le Renseignement l'avait contaminé. La formule «si on ne peut pas laisser pourrir, au moins faire germer» lui convenait. Consulter Gonarelle ne lui plaisait guère, mais il se savait sans expérience et voulait réussir. Il avait compris que l'interdiction qu'il s'était faite d'user de violence constituait un handicap: il n'allait pas les assumer tous. Il commença par envoyer Carvaillac et Zubira dans les parages de la ferme Abadie, pour filer Bohémond, avec la seule voiture civile du CROP : une Ariane, dont l'ancien propriétaire avait été un agitateur FLN qui ne verrait pas le soleil de l'indépendance.

Puis il fit appeler Gonarelle et lui exposa la situation.

Gonarelle était une âme relativement simple et les aspects politiques de la question lui échappèrent. En revanche l'idée de participer, fût-ce dans un rôle secondaire, à l'interrogatoire d'un quidam responsable d'une livraison d'armes, lui fit monter l'eau à la bouche :

– Comme je sais que vous n'allez pas vouloir le toucher, mon lieutenant (paradoxalement, depuis la déplorable affaire Si Youssouf, les « mon lieutenant » venaient plus facilement), il va falloir le désorienter. Voici ce que nous devrions faire.

Vers 17 heures, Carvaillac appela sur l'ANPRC10[1]. Le véhicule du vigneron avait conduit le client directement à l'appartement que M. Améziane habitait à Bourmont. Carvaillac et Zubira resteraient dans les parages pour surveiller.

À 22 heures, Carvaillac rappela : le client était en train de regagner son hôtel en taxi.

– Restez en recueil, à proximité de *La Palmeraie.*

Lavilhaud prit avec lui Gonarelle, Redouane, Eschenbach. Normand, à qui Lavilhaud avait fait passer son permis, conduisait fièrement la jeep. Le camion bâché suivait, conduit par Esteban. C'était la nuit. La lune au ciel avait l'air d'un jaune d'œuf

1. Poste radio à modulation de fréquence.

répandu dans une poêle. Des palmiers semblaient la guigner, les dents goulues, comme des monstres de bandes dessinées. La jeep et le camion se garèrent dans la rue, à quelque trois cents mètres de *La Palmeraie*, où quelques lumières étaient encore allumées : le bar, une ou deux chambres. Une brise saline venait de la mer, ébouriffait quelques palmiers. Les deux chauffeurs restèrent à leurs sièges. Les autres descendirent. À la hauteur du jardin de l'hôtel, on trouva l'Ariane.

– Pour autant que je sache, il est au page, dit Carvaillac.

Le jardin de *La Palmeraie* était pourvu d'une grille qui demeurait entrouverte. Lavilhaud réunit son monde.

– Vous allez vous mettre aux quatre coins du parc, par équipes, comme prévu. Si qui que ce soit cherche à sortir, vous coxez. Vous ne tirez que si on vous tire dessus. Nous interviendrons vers 3 heures, sur mon ordre, pas avant. D'ici là, silence radio. Indicatifs comme prévu.

C'était l'idée de Gonarelle, d'intervenir au plus profond de la nuit, au plus bas de la température du corps.

Carvaillac et Esteban d'un côté, Zubira et Julot de l'autre, surveillaient les arrières de l'hôtel. Gonarelle et Eschenbach avaient pris le devant gauche ; Lavilhaud, Redouane et Normand l'avant droit. Ils s'étendirent sur le gazon.

Robert avait lu Bergson, il connaissait la différence entre le temps qui s'additionne et la durée qui dure. Les minutes, sur sa montre phosphorescente, défilaient avec une fantaisie consternante : certaines étaient longues, d'autres courtes, et il aurait fallu avoir une conscience déposée au pavillon de Breteuil pour s'imaginer qu'elles étaient de longueur égale. C'était le souffle de Lavilhaud qui était de longueur égale et qui mesurait l'écoulement de la nuit et la rotation placide des constellations, une fois que la lune noyée eut permis de les contempler. Il priait, naturellement, il priait pour lui-même, pour Bohémond, et, comme l'autre fois, pour le couple qu'ils formeraient. Le coup de poing décoché au chef de village de Timri l'avait humilié et il s'en serait confessé s'il avait trouvé un confesseur autre qu'un curé suspect ; il avait essayé de l'expier en jeûnant sérieusement pendant trois jours, ce qui lui avait coûté, mais, pour l'essentiel, il demeurait méfiant à son propre égard. Il devait – comment dire ? – refaire ses preuves. Il était honteux, très honteux, sereinement honteux. Le ciel tournait autour de sa tête comme un cylindre d'orgue de Barbarie dont il eût deviné la musique. Il sentait que cette nuit compterait dans sa vie. À côté de lui, Redouane ronflait doucement.

Trois heures vinrent, et Robert, à plat ventre derrière un palmier nain, se surprit à retarder le moment fatidique. Pourquoi ? Il ne savait pas. Était-ce pour jouer sur les nerfs de ses subordonnés ou sur les siens propres, comme avec des maillets sur un cymbalum ? Il ne trouvait pas encore en lui-même la maturité de l'action à entreprendre. Le déclic lui vint peu avant quatre heures, et alors, remuant ses membres ankylosés, il se haussa sur les coudes et siffla dans sa radio avant de s'annoncer dans un chuchotement. Les trois éléments, bien éveillés, répondirent dans l'ordre.

Au-dessus de la porte de l'hôtel, une lampe éclairait le perron de trois marches entre les deux rampes de pierre, et il y eut quelque chose d'étrange, de décisif, de presque périlleux à se remettre debout et à passer de l'ombre opaque du jardin dans la crudité blanche de la lumière. Robert se dit curieusement que le diable, à ce moment, devait prendre une note sur son calepin.

C'était un des privilèges des officiers CROP de détenir les clefs des hôtels et les passes des chambres, et Lavilhaud, suivi de Redouane et de Normand, entra clandestinement mais sans difficulté dans un vestibule qu'il connaissait pour l'avoir traversé une ou deux fois avec Tourquois. Il savait qu'il n'y avait pas de gardien de nuit. Au fond, l'escalier ; à droite, le bar ; à gauche, la salle à manger. C'était étrange de se guider à la torche dans des lieux qu'on avait toujours connus illuminés. L'escalier de bois grinça à la troisième marche, gémit à la huitième. Précédé de son rond de lumière, Lavilhaud longea le couloir. Les numéros se suivaient, les impairs à gauche, les pairs à droite. Il fallut monter encore une volée d'escalier, environné d'êtres invisibles plongés dans cette nuit seconde et mystérieuse qu'est le sommeil. Le numéro 11 correspondait à la dernière porte à gauche du deuxième étage, et, à travers elle, on entendait un ronflement grave et continu entrecoupé de temps en temps de stridulations. Comment peut-on violer la solitude d'un homme qui se livre à une occupation aussi pacifique et largement répandue que de ronfler ? Lavilhaud eut honte devant le jeune Normand. Pas devant Redouane qui en avait vu d'autres. Il tira le passe de sa poche et le fit jouer.

La chambre, volets fermés, rideaux tirés, sentait l'homme. « L'Homme, pensa Robert. *Ecce Homo.* » Sa torche chercha le lit, le trouva, et épingla dessus un jeune homme chauve qui, vêtu d'un pyjama saumon, dormait tourné vers le mur, en chien de fusil, comme un petit enfant. Comment peut-on faire violence à un homme qui dort comme un enfant et que même la lumière ne réveille pas ? En tout cas, il ne s'était pas avisé de la disparition du manifeste : il aurait dormi de moins bon cœur.

Lavilhaud fit un geste à Redouane qui se pencha sur le lit et colla un grand sparadrap sur les lèvres entrouvertes du dormeur, dont les yeux s'ouvrirent. C'étaient de petits yeux jaunes qui exprimaient la stupéfaction plutôt que la panique. Normand lui saisit les avant-bras. Lavilhaud lui passa les menottes. Il éprouvait de la satisfaction à voir ce Français de France tomber aux mains d'une équipe mixte franco-algérienne. C'était un début de réalisation du Grand Rêve. On souleva le prisonnier, qui était lourd, on le tira, on le poussa. Redouane le coiffa d'un capuchon opaque qui lui descendait jusqu'au menton. Il ne pouvait que faire « Mmm mmm ». Sur la table de nuit, Lavilhaud rafla le portefeuille, le porte-monnaie, la carte d'identité, la montre-bracelet, le porte-clef. Puis, d'un geste dégoûté, il s'empara de la veste, du pantalon qui pendaient dans le placard, des chaussettes et du caleçon qui traînaient sur une chaise. On emporta ces vêtements, pour le cas où il y aurait quelque chose de caché dans une poche, dans une doublure, dans un ourlet. Gonarelle serait trop heureux de flairer, de fouiller, d'explorer. Mi-porté, mi-traîné par Redouane et Normand, le prisonnier descendit l'escalier, traversa le jardin et fut enfourné dans le camion qui démarra. Un sifflement de Lavilhaud rappela les autres membres du commando.

Vingt minutes plus tard, Bohémond sentit qu'on lui ôtait ses menottes, après quoi on lui enleva son capuchon. Une ampoule pendue au plafond et vissée dans un réflecteur de métal peint en blanc l'éblouissait. Il était assis sur un tabouret dans une étroite cave à vin aux parois de pierre, au plafond bas. Des râteliers étaient fixés aux quatre murs et contenaient encore quelques bouteilles. De l'autre côté d'une petite table de bois blanc, siégeait un officier replet et rubicond, arborant le béret noir, la quadruple barrette du commandant et une tenue camouflée. Bohémond se crut chez les paras. Depuis la bataille d'Alger, ce n'était pas bon signe.

Lavilhaud et Gonarelle s'étaient demandé s'ils devaient mettre le prisonnier en condition en le laissant s'angoisser quelques heures dans cette cave, ou au contraire profiter du choc de l'enlèvement – pour l'interroger immédiatement. Le point de vue de Lavilhaud l'avait emporté :

– Nous ne savons pas ce que signifie ce manifeste. C'est peut-être une livraison qui a déjà été faite ou qui est sur le point de se faire. Des vies de soldats français pourraient être en jeu. Imaginez que la livraison se fasse pendant que nous pouvions l'empêcher.

Il se rappelait Youssouf. Gonarelle accepta ce raisonnement et demanda s'il ne pourrait pas lui-même commencer l'interrogatoire.

– Mon lieutenant, j'ai plus d'expérience que vous, et puis, s'il faut distribuer les rôles du gentil et du méchant, je pense qu'il vaut mieux commencer par le méchant et que vous serez plus convaincant dans le gentil. S'il craque avec moi, ça vous évitera une corvée.

– D'accord, mais vous ne le touchez pas.

Lavilhaud n'avait aucune jalousie professionnelle. La chose primordiale était d'empêcher que les armes ne fussent utilisées contre des Français.

– Où est-ce que je suis ? demanda Bohémond de sa voix de fausset mais d'un ton batailleur.

Il clignait des yeux :

– Qui êtes-vous ? Pour qui vous vous prenez ? C'est la Gestapo ici ou quoi ?

– Non, dit tranquillement Gonarelle, c'est pire. C'est le Guépéou.

Il avait un bloc de papier devant lui et un stylo à bille à la main.

– Nom, prénom ?

Bohémond poussa une espèce de piaillement :

– Je ne vous répondrai pas. Et d'abord je proteste. Vous avez pris de mauvaises habitudes avec les bougnouls que vous intimidez, mais si vous vous imaginez que je vais me laisser faire…

– Oh ! peut-être pas tout de suite, dit Gonarelle optimiste, mais nous avons le temps. Tu finiras par t'amadouer.

– Et d'abord je vous prie de ne pas me tutoyer.

Il jouait le rôle du prisonnier intrépide, comme dans les films héroïques sur la Résistance. Gonarelle se renversa sur sa chaise.

– Alors là, tu me fais rigoler. Quand tu seras à poil en train de rendre tripes et boyaux, tu me supplieras de te tutoyer pourvu que j'arrête. Allez, fais pas le crétin. Tu ne risques rien à m'avouer ton nom et ton prénom.

Bohémond le mesura du regard et rendit tu pour toi.

– Si ça peut te faire plaisir. Comme tu m'as piqué ma carte d'identité, je ne sais pas ce que tu comptes apprendre de moi, mais moi je n'ai rien à te cacher.

Il donna successivement son nom, son prénom, son adresse, sa date de naissance, en s'arrangeant pour mettre dans ses phrases autant de tutoiements et d'insolence que possible. Cela ne dérangeait pas Gonarelle qui voulait simplement lui donner l'habitude de répondre aux questions. Que le prisonnier montrât du cran ne lui déplaisait pas. Ce serait d'autant plus jouissif de le mettre en pièces détachées tout à l'heure.

– Qu'est-ce que tu viens faire en Algérie ?

Bohémond donna ses explications : *Les Mains pleines*, la tournée de théâtre dans une Algérie pacifiée.

– Qui as-tu vu déjà ? Comment ça s'est passé ? Qu'est-ce qu'ils t'ont promis ?

Le prisonnier parla du maire, du vigneron, du conseiller général ; il répondait bien, presque trop bien, avec, à la fin de chaque phrase, une sorte d'épanouissement, comme s'il avait récité sa leçon et attendait une bonne note. Il ne se coupa à aucun moment. Gonarelle écrivait. Soudain il déchira ses papiers, les jeta par terre, se leva, menaçant, presque hystérique :

– Bon, assez tourné autour du pot ! Tu as entendu dire ce qu'on leur faisait aux prisonniers récalcitrants, en Algérie ? La gégène, le baquet ? Eh bien, ce n'est pas encore tout. Tu t'imagines peut-être que tu es tombé chez les paras ? Eh bien, manque de pot, les paras, c'est des boyscouts à côté de nous. Nous, on est des techniciens. Il n'y a pas encore un type à être sorti d'ici sans avoir craché. Tout ce que tu m'as raconté jusqu'à maintenant, à la poubelle. Maintenant, tu vas me dire ce que tu viens faire à Bourmont pour de vrai ! Parce que moi, je le sais déjà, mais il vaut mieux pour toi que ce soit toi qui me le dises.

Il vociférait, il trépignait, et ses vociférations et ses trépignements, tout joués qu'ils étaient, eurent un léger effet : le prisonnier revint au vous.

– Je n'ai rien à ajouter à ce que j'ai déclaré. Vous faites fausse route. Si quelqu'un m'a dénoncé, confrontez-nous. De quoi me soupçonnez-vous ? D'être un porteur de valise ? Vous avez déjà sûrement fouillé mes bagages. D'ailleurs pourquoi j'aurais apporté de l'argent en Algérie ? À quoi cela aurait servi ?

– Parce que l'argent, on le livre où, si ce n'est pas en Algérie ?

Bohémond ne tomba pas dans le piège :

– Comment voulez-vous que je sache ? Je n'en ai jamais livré. Je suis un ac-teur, vous comprenez, un co-mé-dien !

Il leva le menton et fit un geste pour imiter une perruque Louis XIV.

– Ça, je le vois, que tu es un comédien. Mais dis-toi que, ta comédie, ici, tu ne la joueras pas longtemps.

Gonarelle ramassa ses affaires.

– Je vais t'envoyer quelqu'un de mieux équipé. Mais ça risque de prendre du temps. Les équipes spéciales sont très demandées.

Il sortit en claquant la porte et ferma trois verrous, lourds et sonores, dont deux avaient été posés l'après-midi, pour l'effet psychologique. Il remonta dans le bureau de Lavilhaud, qui était situé au-dessus de la cave et dont le plancher avait été percé de plusieurs trous pour que Lavilhaud pût entendre ce qui s'y passait.

– Eh bien, mon lieutenant, dit Gonarelle en entraînant Lavilhaud dans le couloir, avec tous ses airs mous, c'est un sérieux. On le prend dans un hôtel de luxe, on le transporte il ne sait pas où, il se retrouve en pyjama Cardin dans une cave sans fenêtres, et il ne veut pas que je le tutoie. On avait dit que je jouerais le méchant, mais avec les conditions que vous m'imposez… Une paire de baffes sur ses joues qui ont l'air de fesses, il aurait peut-être mieux réagi. À vous maintenant. On va voir si vous êtes plus fort que moi.

Lavilhaud regardait Gonarelle et se félicitait au fond de lui-même qu'un cousin de Blandine, si lointain qu'il fût, montrât quelque crânerie dans l'adversité.

Il descendit à la cave en apportant des livres sous son bras.

Le prisonnier était toujours assis sur son escabeau, comme Lavilhaud l'avait vu par le trou pratiqué dans le plancher. Mou ? Oui, il avait l'air mou : ses abajoues pendaient sur son menton, son menton sur son cou, ses seins sur son estomac, son estomac sur son ventre et son ventre sur son bas-ventre vaguement caché par son pyjama saumon. « Cet homme, pensa Robert, a été remis par le Christ entre mes mains. » Il le regardait : le crâne déplumé, la bouche mignonne entre les joues adipeuses.

– Bonjour, monsieur, prononça-t-il distinctement.

L'autre ne répondit pas.

– Nous avons des raisons de croire, reprit Lavilhaud en s'asseyant, que vous êtes chargé d'une mission favorable à la rébellion. J'imagine que, dans vos milieux, le mot « rébellion » n'est pas très bien vu…

Devant la douceur du ton, Bohémond reprit du poil de la bête :

– Elle nous fait marrer.

Lavilhaud le regarda avec gravité :

– Marrer ? Alors je me demande si vous allez trouver aussi « marrants » les éléments que je vais vous donner. Nous sommes en 1961 et il y a probablement des statistiques plus récentes, mais je ne les ai pas sous la main.

Il ouvrit un dossier.

– De 1954 à 1957, savez-vous combien vos amis rebelles ont assassiné de civils ? Près de sept mille dont plus de six mille de leurs « frères » musulmans.

– Ce n'étaient pas des frères, c'étaient des collabos.

Lavilhaud poursuivit :

– Ils ont aussi tué près de 300 femmes, dont la moitié de musulmanes. Quatre-vingt-dix-huit enfants, dont 63 musulmans. « Marrant », n'est-ce pas ? Je ne sais pas si ces enfants étaient aussi des collabos à vos yeux, monsieur.

Bohémond garda le silence.

– Je voudrais aussi vous montrer quelques photos. Feuilletez. Il y a des signets aux pages les plus instructives.

Lavilhaud déposa sur la table deux livres composés de photos d'atrocités commises par le FLN. Il y avait des gorges ouvertes, des nez amputés, des bouches découpées au sécateur, des cadavres mutilés et dépecés.

– Pourquoi vous me montrez ça ? demanda Bohémond. Je ne suis pas partie prenante dans cette guerre. Je suis acteur, je vous dis.

Il se fit un masque tragique en tirant vers le bas les coins de ses yeux et de sa bouche avec ses index et ses médius, puis un masque comique en tirant vers le haut avec ses pouces et ses petits doigts.

– Ai-je tort de supposer que vous sympathisez avec le FLN ?

– Je sympathise toujours avec le faible contre le fort.

– Éventuellement avec le terroriste ?

– Terroriste est un mot. L'armée française n'a pas répandu la terreur à Sétif ? Les colons ne répandaient pas la terreur quand ils faisaient suer le burnous ? Le colonialisme, ce n'est pas la terreur organisée et légalisée ?

Lavilhaud sentit qu'il se laissait déborder. La question n'était pas de savoir si le colonialisme était intrinsèquement mauvais, mais si un Français livrerait aux ennemis de la France de quoi armer un bataillon. Cependant, il avait été décidé avec Gonarelle que cette carte-là ne serait pas encore abattue. Il fallait donner sa chance de conversion au prisonnier.

– Je me suis peut-être mal fait comprendre, dit Lavilhaud. Vous êtes ici entre les mains d'une unité spéciale de l'armée française et vous devez vous justifier des soupçons qui pèsent sur vous. (« Voilà, pensa-t-il, que j'applique l'immonde *Loi des suspects* de la Révolution française. ») Vous m'avez déjà dit que le terme « rébellion » vous faisait « marrer ». Dites-moi aussi pourquoi.

Que son interrogateur portât des lunettes rassurait un peu Bohémond, sans raison valable.

– J'ai soif, dit-il. Donnez-moi à boire.

– Préparez-vous, dit Lavilhaud, les yeux limpides derrière ses verres carrés, à avoir encore beaucoup plus soif, monsieur de Saint-Salvat. Tant que vous n'aurez pas accepté de partager certains de vos secrets avec nous, vous aurez de plus en plus soif.

Et, comme il avait honte de ce chantage, il éprouva le besoin de s'en excuser :

– Je répugne à faire employer à l'égard de nos adversaires des méthodes dégradantes, mais il faut tout de même qu'ils se soumettent.

Alors Bohémond commit une deuxième erreur :

– J'ai déjà dit à l'autre que je n'allais pas me laisser faire comme un bougnoul. Je demande à voir un avocat, votre chef, le colonel, le général, le préfet. Qui vous voudrez. Je suis Bohémond de Saint-Salvat et j'ai des amis dans la presse. Alors méfiez-vous. Prenez garde à votre matricule.

Lavilhaud baissa la voix :

– Parce que, si vous étiez un bougnoul, vous trouveriez normal d'avoir soif ? Un bougnoul qui aurait peut-être quelques excuses d'être antifrançais ? Mais vous vous imaginez que, parce que vous avez des amis dans la presse, nous sommes obligés de vous donner à boire ?

– Ouais, dit Bohémond. Vous êtes obligés. Regardez Claude Bourdet, accusé d'entreprise de démoralisation de l'armée. Relâché le jour-même. Et Mandouze, et Berger, et Sartre, et la petite Sagan, et Beauvoir, et Mauriac, et Vercors ? Jamais un ennui sérieux. Et les Cent vingt et un intellectuels courageux accusés de « provocation à l'insoumission et à la désertion » ! Vous les avez inquiétés ? Pfft. Et *La Question* d'Alleg ? Vous en avez laissé vendre 66 000 exemplaires avant de la saisir. Nous avons des appuis. Vous avez intérêt à vous tenir à carreau, lieutenant !

Il avait craché le grade comme une insulte.

Lavilhaud le considéra longuement.

D'une certaine manière, il l'admirait. Arraché à son sommeil, aveuglé, intimidé, assoiffé, il mordait encore. Mais n'était-ce pas surtout parce qu'il croyait n'avoir rien à craindre ?

– Eh bien, dit Lavilhaud, s'il vous faut du temps pour comprendre que vous n'êtes pas un « intellectuel courageux » tombé entre les mains d'une justice complaisante, mais un pauvre type disparu au fond d'un trou, sans que personne ait la moindre idée où vous vous trouvez, et qui n'a aucun moyen de s'en tirer sauf de parler, nous n'allons pas insister pour le moment. Au revoir, monsieur.

Il se leva en ramassant ses papiers et se dirigea vers la porte.

– Eh ! attendez ! Donnez-moi à boire.

Lavilhaud le regarda dans les yeux :

– Ah ! non, monsieur.

Il ajouta (et se le reprocha aussitôt parce que cela pouvait passer pour ironique) :

– Vous réfléchirez à sec.

Il était en train de refermer la porte quand l'autre cria :

– Mais je n'ai rien à vous dire, bon Dieu ! Je ne sais rien. Vous vous trompez de personne !

Lavilhaud, sortit, éteignit et remonta dans son bureau. Gonarelle avait tout entendu. Il secoua la tête avec un mélange de commisération et de réprobation :

– Allez, mon lieutenant. On va petit-déjeuner.

Ils prirent leur petit-déjeuner au réfectoire, servis par Normand qui était curieux mais n'osait pas poser de questions. Gonarelle faisait des mouillettes et le café dégoulinait sur la table. Ils réfléchissaient en silence, chacun de son côté. Enfin :

– En théorie, nous avons trois solutions, dit Gonarelle, en pratique deux seulement, puisque vous répugnez à la première et que vous êtes le chef. Soit, on l'amollit par la faim, la soif et l'intimidation, soit on lui assène tout de suite le grand coup, avec la petite variante que je vous ai proposée. Bien sûr, pour qu'elle fonctionne, il faudrait qu'il soit plus affaibli qu'il ne l'est.

– Le problème, c'est que la livraison est peut-être en train de se faire, monsieur Gonarelle, et que nous ne pouvons pas nous permettre de prendre du temps. Je vais rendre compte au commandant.

Au téléphone, Tourquois se montra dialectique comme d'habitude mais moins déterminé que dans le passé.

– Écoutez, Lavilhaud, c'est vous qui êtes au contact. D'un côté, vous avez intérêt à faire *fissa* ; d'un autre, vous ne voulez pas y mettre les moyens… En fin de compte, la responsabilité sera la vôtre. En tout cas, faites gaffe : s'il a vraiment des amis dans la presse, ce n'est pas du tout cuit et je ne veux pas de répercussions. On a déjà assez parlé des CROP dans *L'Univers* et dans *Labeur chrétien*…

Lavilhaud pensa amèrement : « Malheur aux navires que le capitaine quitte avant les rats. »

Il retourna voir Gonarelle qui l'attendait à l'étage supérieur – ils ne pouvaient plus conférer discrètement dans le bureau de crainte d'être entendus à la cave – et, en chemin, il rencontra Mme Clisson.

– Alors, lui dit-elle, il y a du nouveau ? Vous utilisez la cave pour les interrogatoires maintenant ?

– C'est psychologique.

– Ah ! spychologique !

Elle s'éloigna en balançant les hanches d'une façon qu'elle devait croire spychologique aussi.

Gonarelle et Lavilhaud décidèrent de frapper le grand coup vers seize heures et de le préparer par une intimidation systématique. Gonarelle eut une idée :

– Et si on demandait à Gastonne, puisqu'elle s'intéresse à la psychologie ?

Lavilhaud fut gêné :

– Utiliser une femme ?

– Mais justement. C'est là qu'il va comprendre sa douleur. Si on est capable de torturer une femme, c'est qu'on ne recule devant rien. Je veux bien lui demander, à Gastonne, si ça vous gêne.

Gastonne accepta d'enthousiasme.

Gonarelle aurait aimé monter tout un spectacle dans le bureau de Lavilhaud, avec injures, coups, meubles renversés, « Je ne vous dirai rien », et puis le hurlement de douleur : « Un interrogatoire, c'est toujours un peu de cinéma, vous savez. » Lavilhaud décida au contraire de jouer la sobriété :

– Une seule fausse note, monsieur Gonarelle, et tout est fichu.

À onze heures du matin, la lumière se ralluma dans la cave. Carvaillac entra. Bohémond s'était endormi, la tête sur la table, ou faisait semblant. Il bondit :

– Bon, alors, ça y est, vous avez vos ordres, je sors ?

Sans répondre, Carvaillac emporta la table et la chaise, puis le tabouret.

– Pourquoi vous enlevez les meubles ?

– Parce que ça va valser dans le coin, dit Carvaillac en sortant.

Bohémond courut après lui et se mit à tambouriner sur la porte qui venait de se refermer. Il criait des injures, il exigeait d'être libéré, il faisait valoir qu'il connaissait Jean-Paul Sartre. Au-dessus, Gonarelle et Lavilhaud écoutaient :

– Il commence à paniquer, chuchota Gonarelle. C'est du bon.

Bohémond donna des coups de pied dans la porte avant de s'effondrer sur le sol en terre battue.

Vers midi, on fit appel à Mme Clisson.

– Giflez-moi, dit-elle à Lavilhaud. Ça m'inspirera.

Il voulait simplement lui donner une tape sur la joue, mais la tension était telle que ce fut une vraie gifle qui partit, imprimant quatre doigts clairs sur la joue olivâtre. La bouche s'ouvrit et le hurlement qui en sortit dans les aigus pour se perdre dans les graves était à glacer le sang.

– Je vous demande pardon, chuchota Lavilhaud.

Elle lui décocha un regard où on pouvait lire de la colère, mais peut-être pas seulement.

– J'espère que ça vous va, fit-elle, non sans coquetterie.

Ensuite on laissa peser le silence. Les gars du commando sentaient qu'il se passait quelque chose d'inusité dans la cave et les transistors braillaient moins fort que d'habitude. L'atmosphère d'angoisse s'était communiquée aux prisonniers dans leurs cuves, et eux qui, d'ordinaire, ne se gênaient pas pour échanger leurs impressions à voix haute, s'étaient mis à marmonner.

Vers quatorze heures, ce fut Redouane qui descendit dans la cave, portant une chaise et une grosse corde terminée par un nœud coulant. Bohémond était assis par terre, dans un coin, adossé aux râteliers. Des bouteilles gisaient à ses pieds. Il avait dû s'assurer qu'elles étaient vides. Il fut surpris de voir un musulman en civil grimper sur la chaise et fixer la corde au plafond.

– Hé, monsieur, dit-il, tu veux bien m'apporter de l'eau. J'ai soif.

Redouane ne lui prêta aucune attention.

Bohémond se rapprocha de lui et le regarda de bas en haut tandis que l'autre s'affairait après la solive. Bien sûr, Bohémond avait entendu parler des 250 000 harkis qui se battaient du côté français, mais il n'y croyait guère, et celui-ci était en bleu de chauffe, sans insigne, et qui ne risque rien n'a rien.

– Monsieur, dit Bohémond, non sans quelque mépris caché, mais croyant se faire bien voir parce qu'il répétait « monsieur », peut-être vous ne comprenez pas. Je suis un ami des Algériens.

Du haut de sa chaise, les mains toujours au plafond, Redouane le considéra un moment, rassembla sa salive et lui cracha dessus :

– *Skout, schbeb !* [1]

Et s'en alla, laissant en place la chaise et la corde, qui oscillait.

Bohémond aurait voulu s'asseoir sur la chaise, mais il n'osa pas. Il alla se rencoigner entre les râteliers.

Là-haut, on déjeuna, mais ce ne fut pas un déjeuner gai. Gonarelle but de l'anisette, Lavilhaud ne but pas de Saint-Raphaël, sa main avait laissé une trace sur la joue gauche de Mme Clisson, Carvaillac paraissait écrasé comme un paysage avant l'orage.

– Peut-être que vous devriez me laisser vous aider à l'interroger, proposa Mme Clisson, les lèvres sèches.

1. « La ferme, pédé ! »

Psychologiquement, vous savez… Une femme… Là, vraiment, si je lui chauffais les petons, il verrait que vous ne reculez devant rien.

Lavilhaud ne répondit même pas.

On laissa couler un peu d'après-midi pour arriver dans les heures où la nuit, sans poindre encore, apparaît déjà comme possible, or tout est possible la nuit. Bohémond n'était là que depuis douze heures, mais, délesté de sa Rolex, peut-être, la soif aidant, croyait-il que davantage de temps s'était écoulé.

Le temps abstrait, la durée concrète, Bergson, et patati et patata…

Lavilhaud essayait de se forcer à travailler à des papiers, mais il n'arrivait pas à fixer son attention. Il pensait à ce frère, pelotonné dans cette cave, deux mètres au-dessous de lui, s'attendant au pire, ce frère pour lequel il n'avait aucune sympathie, aucune indulgence… « Si j'avais de la sympathie pour lui, j'arriverais peut-être à mieux l'interroger en me glissant en lui, en me substituant à lui… » Soudain, il l'entendit pleurer, tantôt à gros sanglots, tantôt avec des gémissements modulés, et s'interrogea :

– Qu'est-ce que j'éprouve ? Ce devrait être de la compassion, mais je crains que ce ne soit du mépris : la seule chose que j'admirais en lui, c'était son cran, et maintenant…

Il s'imagina la morve coulant du nez de Bohémond de Saint-Salvat.

Ne pouvant travailler, il fit une ronde. Les sentinelles ne dormaient pas dans les miradors. Entre les plants de vigne miroitait au loin une mer brumeuse dans laquelle la grosse boule rouge du soleil, où un nuage aigu s'enfonçait comme un coin, était sur le point de se noyer. Dans la cour, Gonarelle jouait aux dames avec Carvaillac.

– On y va.

Redouane alluma dans le cachot, rapporta la table, installa le tabouret d'un côté, deux chaises de l'autre. On attendit encore pour que le prisonnier s'interrogeât sur cet apparent changement de programme. Il s'était rassis sur le tabouret et se rongeait les ongles.

Enfin Gonarelle portant une serviette de cuir fit son entrée, suivi de Lavilhaud qui, plus jeune et répugnant à se donner un grade qu'il n'avait pas, devait passer pour subalterne (tandis que Gonarelle, au contraire, était tout aise de s'entendre donner du « mon commandant »). Ils prirent place sur les deux chaises et Gonarelle fouilla dans sa serviette.

– De Saint-Salvat, dit-il d'un ton patelin, nous avons décidé de vous donner une dernière chance. Répondez avec sincérité et nous ne laisserons pas l'équipe spécialisée s'occuper de vous. Le lieutenant et moi, nous repartons par avion spécial pour Alger, où nous devons rendre compte de votre interrogatoire. À vous de voir si vous coopérez, ou si nous vous laissons ici avec l'équipe chargée d'obtenir de vous par d'autres moyens ce que nous n'aurons pas obtenu par les nôtres.

– Qu'est-ce que vous voulez savoir ? demanda Bohémond.

Son teint était devenu terreux ; la sueur plaquait son pyjama sur ses seins qui paraissaient être de la même couleur que le pyjama ; les bouts de ses doigts saignaient où il les avait mordus.

Gonarelle posa une feuille sur la table, poliment tournée vers le prisonnier, qui la prit et se mit à la lire, en remuant légèrement les lèvres, comme pour aider sa propre compréhension :

– *Colisage... Unité de feu... Coups complémentaires... Unité de feu... Deux cents grenades à manche...*

Soudain, il leva les yeux, cligna :

– Qu'est-ce que c'est qu'une grenade à manche ? Il n'y avait pas de grenades à manche.

Gonarelle regarda Lavilhaud d'un air triomphant.

Bohémond porta sa main à sa bouche ouverte comme un petit garçon démasqué.

Gonarelle demanda :

– Qu'avez-vous à dire à propos de ce texte ?

– Rien.

– Comment expliquez-vous votre remarque sur les grenades à manche ?

– Je ne sais pas ce qu'est une grenade à manche.

– Pourquoi avez-vous dit « il n'y avait pas de grenades à manche » ?

– Parce que je sais ce que c'est qu'une cartouche, un chargeur, je ne sais pas ce que c'est qu'une grenade à manche.

– Vous vous moquez de notre gueule ? Vous savez où nous avons trouvé ce texte ?

– Pas la moindre idée.

L'acteur reprenait ses droits. Calme, ironique, l'espion anglais interrogé par la Gestapo (dans un film anglais, bien entendu).

– Dans un sachet de pansements.

– Ah ! bon.

– Oui, que contenait votre trousse de toilette.

– Je ne sais pas qui a pu avoir l'idée de l'y introduire.

– Mais vous saviez que, dans le texte originel, *il n'y avait pas de grenades à manche.*

– Je ne savais rien du tout.

– Vous avez une formation de photographe ?

– Non.

– Facile à contrôler.

– C'est-à-dire que oui, un peu.

– Expliquez-nous ce qu'est une image latente.

– Je ne sais pas.

– Peu vraisemblable pour un photographe.

– Ben, c'est-à-dire que vous pouvez rendre n'importe quel support photosensible en le trempant dans des sels d'argent : vous projetez votre image dessus et vous plongez le support dans un bain fixateur. Ensuite, il n'y a plus qu'à révéler.

– Vous avez une bonne mémoire, de Saint-Salvat ?

– Comme tous les acteurs. Vous savez, dans notre métier, si on a des trous…

– Alors pourquoi avez-vous recouru à la technique de l'image latente ?

– Je n'ai recouru à rien du tout.

– Vous vous défiiez de votre capacité à vous rappeler tous ces MP 40 et 44 ? C'est plus difficile que des alexandrins ?

– Je ne sais même pas ce qu'est un MP.

– Ce qui explique pourquoi vous avez pris ces notes…, d'une façon particulièrement astucieuse, je dois le reconnaître.

Lavilhaud sentit que ce plat compliment faisait plaisir à Bohémond qui, du coup, se sentit mieux.

– Je n'ai pris aucune note. C'est quelqu'un qui a dû glisser ce message dans ma trousse…

– Vous ne gagnerez rien à nous prendre pour des imbéciles, dit Gonarelle. N'est-ce pas, lieutenant ?

– Oui, mon commandant.

Et Gonarelle de se rengorger.

– Bon, alors cessons de plaisanter. À qui deviez-vous remettre ce manifeste ?

Pas de réponse.

– C'est pourtant évident. Vous arrivez à Bourmont pour organiser une livraison d'armes au FLN. Vous êtes porteur du manifeste de la livraison. Il faut bien que vous preniez contact avec quelqu'un…

Une révolution était en train de se faire dans le cerveau de Bohémond. Il comprenait enfin qu'il était coincé. Il fallait lâcher du lest.

– C'était eux qui devaient prendre contact avec moi. Moi, je devais simplement voir le maire, le vigneron et un conseiller général. Et rester disponible.

– Quelqu'un a pris contact avec vous ?

– Personne.

– Il y avait un mot de passe ?

– Non.

– Bizarre.

– Si, il y en avait un.

– Lequel ?

– La personne devait dire…

– Devait dire quoi ?

– « J'aime le répertoire des *Mains pleines*. »

– Et vous deviez répondre ?

– Rien. Donner mon paquet de pansements.

– Vous ne deviez pas organiser la livraison ?

– Non.

– Votre contact, ça devait être un homme, une femme, un Européen, un Musulman ?

– Je ne sais pas. Tout dépendait du mot de passe.

– Mais vous venez de dire qu'il n'y avait pas de mot de passe.

– Je me suis trompé. Vous ne vous trompez jamais, vous ?

– Cette image latente, vous l'avez fabriquée vous-même ?

– Oui. Non.

– Qui vous l'a donnée ?

– C'est-à-dire que je l'ai fabriquée à partir d'un message.

– Qu'on vous avait donné ?

– Oui.

– Qui ?

– Un homme dans un café.

– Quel café ?

– Dupont latin.

– Cet homme, vous le connaissiez ?

– Non.

– Et vous avez accepté de faire le voyage de Bourmont et de fabriquer une image latente pour un inconnu.

Silence.

– Qui a payé votre voyage en première classe ?

– Je ne sais pas. Eux.

– Et votre montre Rolex, c'est « eux » qui vous l'ont donnée ?

– Non. Je l'ai achetée quand j'ai joué Estragon dans *En attendant Godot*. Vous ne connaissez pas.

– Il y a près de cent mille nouveaux francs dans votre portefeuille. D'où vient cet argent ?

– Des cachets que j'ai gagnés.

– Donc, le manifeste, vous avez accepté de l'apporter en Algérie de façon désintéressée ?

– Ouais.

– Pour des raisons idéologiques ?

– Ouais.

Soudain Saint-Salvat crut avoir trouvé une porte de sortie :

– Ouais, pour des raisons idéologiques ! Je suis un prisonnier politique et j'exige d'être traité comme tel.

Une pose !

Une pause.

Gonarelle tendit le bras par-dessus la table et pinça gentiment les fanons sous le menton du prisonnier.

– Mais oui, dit-il, tu vas passer à la gégène comme un politique et au baquet comme un politique et au palan comme un politique et, si tu ne causes pas, tu vas être emmené en corvée de bois comme un politique. Admettons que tu ne saches pas qui est ton contact en Algérie, tu vas nous dire quel est le vaisseau qui transporte les armes.

– Je ne sais pas.

– Mais tu sais qu'il y a des armes ?

Silence.

– Tu sais qu'il y a des armes. Je n'ai pas besoin que tu répondes « oui ». Quand on fera le compte rendu, il y aura « sur interpellation, persiste et signe », et je te jure que tu auras signé. Bon, maintenant raconte-nous comment tu as rencontré l'homme du café. C'était quel café, déjà ?

Lavilhaud écoutait en prenant des notes. Bohémond s'empêtrait dans ses mensonges et ses dénégations et, pas à pas, Gonarelle le faisait reculer d'incohérence en invraisemblance ; or, c'était un interrogatoire classique, civil, civil dans les deux sens de ce terme, qui ne produirait des résultats que dans quelques jours, quand enfin la fatigue et le besoin d'être cru amèneraient le prisonnier à dire la vérité. En attendant, Dieu sait dans quelle cale de navire enregistré à Panama ou au Liberia tanguaient 156 armes bien graissées, voguant vers la côte algérienne.

Peut-être Gonarelle faisait-il une démonstration : « Puisqu'on n'a pas le droit de toucher au client, on ne peut avancer que millimètre à millimètre, mais on avance tout de même. » En effet, au bout de quatre heures, le prisonnier avait fini par avouer que l'homme du café s'appelait M. Antoine ou peut-être M. Rabah, que lui, Bohémond de Saint-Salvat en avait fait la connaissance par l'intermédiaire d'une actrice qui se nommait Rachida Wells, qu'il avait déjà hébergé un certain Ali chez lui, rue Saint-Denis, et surtout qu'il vivait indéniablement au-dessus de ses moyens de comédien méconnu : la Rolex, le billet de première, les 100 000 francs, cela indiquait une vie clandestine dont il se refusait à parler, mais, de bribe en bribe, de fil en fil, Gonarelle en arriverait à lui faire dire beaucoup plus qu'il n'en disait en ce moment, et d'ailleurs Gonarelle se prenait au jeu : ce qui l'intéressait, c'était plus de remonter et démonter le réseau dont Saint-Salvat faisait partie que d'empêcher la livraison d'armes qui obsédait Lavilhaud. De temps en temps, le prisonnier demandait à boire d'une voix peut-être exagérément éraillée, et alors Gonarelle lui mettait le nez dans une de ses contradictions, et ça repartait.

Ce fut finalement Lavilhaud qui dit :

– Mon commandant, vous ne croyez pas que ça suffit pour ce soir ? Ce monsieur ne veut pas coopérer. Laissons-lui quelques heures pour réfléchir et, demain à l'aube, s'il n'est pas revenu à de meilleurs sentiments, on lui met simplement une balle dans la tête et on n'en parle plus.

Oui, c'était Robert Lavilhaud qui avait parlé ainsi et le fait qu'il eût un tout autre plan ne changeait rien à l'énormité de la chose : il regardait un homme dans les yeux et parlait de lui mettre *simplement* une balle dans la tête, cette tête trapézoïdale et adipeuse, la seule que le bon Dieu lui eût donnée.

– Mais vous pouvez pas ! s'étrangla Bohémond.

– Oh ! si, dit Gonarelle en hochant la tête d'un air de condoléance. Oh ! si, de Saint-Salvat, dans notre service nous pouvons. Nous pouvons tout.

Le faux commandant et le vrai lieutenant ressortirent à l'air libre. Les étoiles brillaient dans le carré de ciel délimité par les bâtiments de la Ferme Garcia. Normand avait attendu pour leur servir à dîner et ils mangèrent face à face. Des ombres passaient sur le visage apparemment innocent de Normand, qui apportait le ragoût, le pain et le vin en pressentant que des choses graves allaient avoir lieu cette nuit. Le vin était de nouveau un Sidi-Brahim rosé, et ils en burent beaucoup, comme pour défier le prisonnier assoiffé de la cave. Les constellations tournaient à leur rythme. Robert monta dans sa chambre faire comme tous les soirs son examen de conscience. Ce ne fut pas simple.

On avait laissé la lumière allumée dans le cachot, pour empêcher le prisonnier de se reposer. Il essaya tout de même de dormir en s'asseyant sur une chaise et en étendant les jambes sur l'autre, mais c'était trop inconfortable. Il finit par s'allonger sur la terre battue, la tête contre un râtelier. À quoi pensait-il ? Éprouvait-il plus de pitié pour lui-même ou plus de haine pour ses tourmenteurs ? À quel degré de fatigue était-il arrivé ? Avait-il la tentation de se débarrasser de ce qu'il savait, comme d'un fardeau ? Était-ce la peur de s'incriminer ou la fidélité à l'égard de ses amis qui l'en empêchait ?...

Il finit tout de même par s'assoupir, mais le bruit des verrous qui jouaient dans leurs gâches le réveilla. Courbatu, il ouvrit les yeux pour voir le battant de la porte pivoter lentement. De prime abord, il ne reconnut pas l'homme qui entrait portant non pas un uniforme mais un survêtement de sport auquel Bohémond trouva quelque chose de familier, de rassurant. Puis il vit que c'était le jeune lieutenant à lunettes qui se penchait vers lui, un doigt sur ses lèvres, dans un geste qui avait quelque chose d'angélique. Bohémond se mit sur son séant et le lieutenant vint s'asseoir par terre à côté de lui et s'adossa comme lui aux râteliers. Il lui tendait une gourde d'eau. Bohémond la but en trois traits en s'en arrosant le menton. Alors – réminiscence sans doute inconsciente de son entrevue avec le général Simonoff – le lieutenant chuchota :

– Bon. *Expliquez-moi.*

– Vous expliquer quoi ?

– Comment on en arrive à trahir.

– Je n'ai pas le sentiment de trahir.

– Vous trahissez votre patrie.

– Je préfère la justice.

– Vous n'êtes pas d'accord avec Camus ?

Bohémond s'étonna :

– Vous lisez Camus ?

– Lui préférait sa mère à la justice.

– Je ne savais pas qu'il y avait des militaires intellectuels.

– Je suis réserviste.

Bohémond se demanda sûrement si, par cette gourde d'eau, ces survêtements et ces chuchotements on n'était pas en train de l'attirer dans un nouveau piège, mais, pour n'y pas tomber, il aurait fallu s'enfermer dans le silence, seule protection efficace. Or, ce n'était pas son caractère. Il contre-attaqua :

– Alors vous devriez avoir honte.

– De quoi ?

– Du métier.

– Je ne l'ai pas choisi.

– Vous auriez pu choisir de ne pas le faire. Est-ce que j'ai fait mon service, moi ?

– Pourquoi pas ?

– Ma mère connaissait un colonel d'état-major. Ils m'ont réformé pour débilité mentale.

Lavilhaud se contraignit à ne trahir aucune réprobation.

– Pourquoi ne vouliez-vous pas faire votre service ?

– Pas envie de perdre deux ans de ma vie. Pas envie de me faire trouer la peau. Pas envie de me battre pour une mauvaise cause.

– Parce que la cause de la paix est mauvaise ?

– Ce n'est pas la cause de la paix. C'est la cause du colonialisme, de l'oppression, de l'inégalité. C'est la cause des réactionnaires.

– Les socialistes étaient pour le maintien de l'Algérie dans la France.

– Il y a des socialistes réactionnaires.

– Alors vous avez commencé à militer pour l'indépendance ?

– Vous, vous voulez me tirer les vers du nez ?

Il jouait maintenant le prisonnier de guerre astucieux, le franc-tireur à qui on ne la fait pas. Lavilhaud hocha la tête :

– Vous avez déjà pratiquement avoué au commandant que vous étiez porteur de valise. Moi, j'essaye de comprendre vos raisons, c'est tout. C'est le commandant qui décide, mais j'ai un peu d'influence sur lui.

– C'est vous qui avez parlé de me mettre une balle dans la tête.

– Il faut bien que je dise des choses comme ça de temps en temps pour qu'il m'écoute.

Ils se regardèrent, et Lavilhaud réussit à déguiser la répulsion que lui inspirait Saint-Salvat et que, par contrecoup, il s'inspirait à lui-même. Une complicité était en train de naître entre eux. C'était la tromperie ou la torture. Pas d'autre solution pour empêcher ces fusils et ces mitraillettes et ces mitrailleuses de vomir leur acier dans de la chair de soldats français.

Sur quoi, Bohémond ne résiste pas au plaisir de raconter sa vie.

Ce sont les palabres d'étudiants dans des bistrots enfumés, les milliers de tracts à ronéotyper, le bulletin à publier pour le FLN : *Résistance algérienne*. Des milieux catholiques où les prêtres-ouvriers font saigner au mieux le sens de la culpabilité coloniale. Des milieux communistes qui voient dans la guerre d'Algérie une occasion d'abaisser l'Occident. Des pigistes faméliques, des comédiens semi-professionnels, des professeurs trotskistes. Le droit abstrait des peuples à disposer d'eux-mêmes. Un certain romantisme, un désir d'aventures – pas trop dangereuses puisqu'on s'en tirait au pire avec quelques heures de garde à vue. Le plaisir de fréquenter des inconnus d'une autre race et d'appeler « frères » ceux que d'autres appelaient « ratons ». Un vaste hôtel du XVIIe appartenant à une aristocrate folle, surnommée Madame Mère, se livrant aux délices de la clandestinité. Et puis, la grande affaire de l'argent à transporter, car les collecteurs de fonds du FLN pressurent par tous les moyens les immigrés, jusqu'aux plus miséreux, et leur arrachent à chacun 2 000 francs par mois.

– Et ceux qui ne payent pas ? demande doucement Lavilhaud.

– Ah ! avec ceux-là, le FLN n'est pas tendre. Quand on se bat pour son peuple, on n'a pas le droit d'être tendre.

– Qu'est-ce que ça veut dire « pas tendre » ?

– Le sourire kabyle et les parties dans la bouche. Pour l'exemple !

Bohémond se met à rire.

Il y en a, il y en a de ces billets froissés, crasseux, ou au contraire impeccablement lissés, sans doute par les fatmas, plus soigneuses que leurs hommes, mais, dans l'ensemble, ils répandent l'odeur cracra des poches où ils ont séjourné. Bohémond ne cache pas son mépris pour les hommes qu'il prétend servir.

– Vespasien n'y connaissait rien : l'argent ça a une odeur très forte et très mauvaise. Ça sent le gras, le tabac, l'urine. Ça pue tellement que c'est rigolo. Et le plus rigolo, c'est que, pour que les biffetons passent inaperçus, on les met dans des emballages de luxe. Les cartons de Dior sont très demandés.

– Ça fait combien d'argent, tout ça ?

– Cinq cent millions par mois.

– Et comme volume ?

– Dix valises.

– Par mois ?
– Par mois.
– Et ça ne te fait pas pitié, ces pauvres gens qui donnent tant sur le peu qu'ils gagnent ?
– C'est pour la cause, mon vieux.
– Et vous alors, les porteurs, c'est du travail à temps plein ?
– À temps plein, mon vieux, à temps plein.
– Mais comment faites-vous pour vivre ?
– On s'arrange, fit Bohémond avec une ombre de pudeur.
– Vous n'êtes tout de même pas rétribués ?
– Ben si. Il faut bien.
– Vous êtes rétribués sur les sommes que vous transportez ?
– Faut croire. Mais nous ne collectons pas, hein. Nous transportons seulement.

Alors il décrivit la vie des porteurs de valise, et, bien que la rétribution fût modeste – 75 000 francs par mois – c'était tout de même la belle vie, car le FLN fournissait de grosses voitures, logeait les porteurs dans de bons hôtels, les laissait se nourrir dans les meilleurs restaurants. Bohémond ne résista pas au plaisir de parler du *Ritz* à Madrid, du *Beau Rivage* à Genève, du *Ravenstein* à Bruxelles (le FLN grenouillait dans les pays neutres), de la 404 qu'il pilotait, et de la Rolex « que vous m'avez piquée et que j'ai eu comme cadeau, parce que je suis un des meilleurs » :

– On ne te l'a pas « piquée », on te l'a confisquée : elle te sera rendue quand tu auras parlé.
– Je ne cesse de parler depuis des heures.
– Eh bien, tu vas continuer. Tu vas me raconter comment de porteur de valise tu es devenu livreur

d'armes et me dire qui est ton contact à Bourmont, et si les armes sont déjà embarquées, et comment le bateau s'appelle, et où il se trouve.

Quelque chose avait changé dans les yeux limpides de Lavilhaud. Non seulement il était sur le point de jeter le masque de la compréhension, mais surtout il était en train de devenir un autre homme.

– Ça, répondit Bohémond, je ne te le dirai pas. Je ne sais pas comment tu t'appelles, mais j'ai bien compris que tu étais contre la torture. Alors tu n'as qu'à dire au commandant que tu as reconnu mon innocence. Ou alors tu me fais libérer pendant que les autres dorment. C'est ton devoir, sinon ils vont me torturer.

Un instant, ils avaient été assis par terre côte à côte, sur le sol, comme des camarades, et, l'instant d'après, Lavilhaud bondit. De toutes ses forces, il souleva Bohémond par la veste de son pyjama. Il ne se possédait plus. Il lui choqua la tête contre le râtelier.

Il avait toujours surveillé son vocabulaire. La moindre injure sortant de lèvres humaines lui paraissait une insulte au Verbe de Dieu. Mais soudain des ordures qu'il ne savait pas connaître lui vinrent spontanément à la bouche, tandis qu'il secouait le prisonnier et lui heurtait le crâne contre le bois. Il se sentit baver, et cette sensation ne lui fut pas désagréable. Il se découvrait autre, diabolique peut-être, il n'en savait rien, mais sa colère était telle qu'elle emportait son intelligence et il ne doutait pas d'avoir raison, d'avoir raison non par l'intelligence seule mais par tout son être. Il ne se demanda pas ce que Dieu pouvait penser de ce qu'il était en train de faire : il savait qu'il ne pouvait faire autre chose.

Il cognait la nuque de Bohémond sur le râtelier, et l'en écartait, et l'y cognait de nouveau :

– Pourquoi veux-tu tuer ces petits Français ? grondait-il. Cinquante-huit mille trois cents, pas un de moins.

Les dents de Bohémond s'entrechoquaient. Il essayait de répliquer :

– Tu es fou ! Tu es fou ! Arrête !

Mais il n'arrivait à proférer aucun son cohérent. Cependant le nombre de ses victimes fixa un instant son attention, et il parvint à prononcer :

– Pourquoi cinquante-huit mille trois cents ?

– J'ai fait le calcul, dit Lavilhaud en reprenant peu à peu le souffle qui lui manquait. Les unités de feu, les coups complémentaires… Il y a cinquante-huit mille trois cents cartouches. Ça te plaît, cinquante-huit mille trois cents jeunes Français au tapis ? Ça te plaît ?

Et la voix de Lavilhaud se brisait, et il dut assurer de nouveau sa prise sur le pyjama au niveau des seins de Bohémond car il lui avait arraché le col.

Il reprit :

– Le nom du bateau ? La date de livraison ? Ton contact à Bourmont ? Ta carrière chez les fels ? Ces quatre choses, et tu as une chance de ressortir vivant, *salope*.

Déjà, pour lui, le prisonnier n'était plus un mâle.

– Je ne te dirai plus rien, râla Bohémond avec un sursaut de dignité.

Lavilhaud lui rit sauvagement au nez.

– Tu ne diras rien ?

De toute la profondeur de ses poumons, il rugit :

– Redouane !

La porte s'ouvrit. Redouane attendait dans l'escalier :

– Mon lieutenant ?

– On trempe cette *saleté*.

Le prisonnier n'était même plus un être humain.

– Mon lieutenant, il n'y a plus de baquet.

– Il y a ma baignoire.

Bohémond balbutiait « Pas l'eau, pas l'eau, j'ai peur de l'eau. Plutôt la gégène. » Redouane le poussa devant lui avec encore quelque politesse : c'était un Français, et qui était-il lui, pauvre harki, pour porter la main sur un Français de France ?

Trébuchant sur chaque marche, Bohémond monta de la cave au rez-de-chaussée, du rez-de-chaussée au premier. Une odeur d'excréments se dégageait de lui. Lavilhaud ouvrit la porte de la salle de bains et se dit qu'ayant entendu très souvent l'expression « tremper » il ne savait pas comment on faisait pour « tremper » les gens.

Il dit méchamment :

– On va faire couler le bain de Monsieur. Comme cela, Monsieur aura le temps de réfléchir.

La superbe baignoire qui, avec ses masques, ses grecques, ses couronnes en relief, avait fait la joie de Monsieur et Madame Garcia, semblait accroupie comme un crocodile sur ses pattes torses et griffues.

Lavilhaud boucha l'orifice d'évacuation.

Il ouvrit les deux robinets pour que la baignoire se remplît plus vite, peu importait que ce fût de chaud ou de froid.

Du bruit derrière lui. C'était Gonarelle qui arrivait, suivi de Carvaillac. Ils avaient été au courant de la tentative d'interrogatoire amiable et en avaient prévu les résultats. Leurs visages maléfiques se profilaient dans l'entrebâillement. Ni l'un ni l'autre n'osèrent dire « Vous y venez donc enfin, mon lieutenant », mais on les sentait prêts à donner un coup de main et Lavilhaud ne refusa pas leur aide. Avec le seul Redouane il aurait eu quelque mal à basculer Bohémond dans la baignoire et à l'y maintenir.

– Alors, de Saint-Salvat, dit Gonarelle, on va faire trempette ?

Cette ironie répugna à Lavilhaud d'autant plus qu'il venait lui-même de faire allusion au « bain de Monsieur ».

Bohémond tremblait comme pris de fièvre et, à travers ses dents serrées, il répétait, comme une incantation, « je ne dirai rien, je ne dirai rien ».

– Et pourquoi tu ne diras rien ? demanda Carvaillac curieux, ou peut-être charitable.

– Parce que je sais ce qu'ils me feront, si je parle.

– Ils ne le sauront pas, que tu as parlé, dit Carvaillac.

– Attends un peu ce qu'on va te faire, nous, si tu ne parles pas, dit Gonarelle.

La situation échappait à Lavilhaud. La baignoire se remplissait. Carvaillac et Redouane y jetèrent Bohémond la tête la première. Les mains immobilisées dans le dos par des menottes, il faillit se noyer immédiatement. Il fallut que Gonarelle le rattrapât par le peu qu'il avait de cheveux. On le mit à genoux. Il vomissait. L'odeur eût été insupportable si on y avait fait attention, mais l'interrogatoire avait pris possession de tous ces hommes et développait sa propre logique, semblait vivre de sa propre vie.

– Le nom du bateau ? demanda Lavilhaud.

– *Le… Le…*

Bohémond cherchait un nom de bateau qui ne fût pas le bon et n'en trouvait pas un seul.

On le replongea.

– Le nom du bateau ?

Et il donna le vrai, simplement parce qu'il n'arrivait pas à en inventer un faux :

– Le *Köln*.

On lui fit épeler le nom. Il trébucha sur le *Umlaut*, le tréma. Les trois hommes interrogeaient dans le désordre et la précipitation :

– Est-ce que les armes sont embarquées ?

– Je ne sais pas.

– Est-ce que les armes sont embarquées, je te demande.

– Sur le point.

– Dans quel port ?

– Je ne sais pas.

– Dans quel port ?

– Hambourg.

– Qu'est-ce qu'on attend ?

– Le paiement.

– Où ?

– Je ne sais pas.

– Où ? !

– Une banque suisse. Je ne sais pas laquelle. Ce n'est pas de mon ressort.

– Quel rôle joues-tu dans cette histoire ?.

– Je ne suis rien. Un garçon de courses. Comme je réussissais pour les valises, ils ont décidé de m'utiliser… pour du plus gros.

Il s'ébrouait, crachant un mélange d'eau et de vomi.

– Où est le bateau en ce moment ?

– Je ne sais pas.

On le replongea.

– Où est le bateau en ce moment ?

– En mer.

– Quand la livraison doit-elle avoir lieu ?

Une seconde, la porte de la salle de bains s'entrouvrit et l'on aperçut le profil sombre de Gastonne Clisson. Carvaillac lui claqua le battant au nez.

Cela prit des heures, car Bohémond prétendait ne rien savoir, essayait de ne livrer les renseignements qu'un à un, à les rendre inexploitables, se coupait, se reprenait, démentait, et lorsque ce fut Lavilhaud qui lui plongea la tête sous l'eau il l'y maintint si longtemps qu'il faillit l'asphyxier : ce furent Carvaillac et Gonarelle qui lui arrachèrent le prisonnier. Pourtant, ce ne fut qu'à de rares moments que Lavilhaud oublia qu'il était en train de faire souffrir son semblable, son frère, un coupable, oui, mais aussi un homme que Dieu aimait autant qu'il l'aimait, lui, Robert.

Peu à peu, l'affaire se dessinait.

Bohémond de Saint-Salvat était porteur de valise depuis deux ans. Il s'était lié avec un chef FLN qui le laissait bénéficier des faveurs de sa sœur Djamila. C'était ce chef, Djelloul Ben Djelloul, qui lui avait confié sa dernière mission : il devait prendre contact avec le conseiller général Améziane, qui était en liaison avec la rébellion et fournirait les bateaux de pêche chargés d'aller chercher les armes à bord du *Köln*, lequel, le paiement devant être fait incessamment, passerait au large de Bourmont le mercredi et le jeudi de la semaine prochaine. Améziane fournirait aussi les mulets qui transporteraient les armes dans la montagne, ce qui permettrait de redonner un nouveau souffle à la rébellion armée. Par précaution, Bohémond avait emporté le sachet comme aide-mémoire, mais il n'avait oublié aucun détail du manifeste : Améziane était content de lui.

Dix fois on repassa sur ces renseignements, jusqu'au moment où Bohémond ne se coupa plus, et eut livré tout ce qu'on pouvait espérer tirer de lui en quelques heures.

L'aube fourrait son nez entre les volets, et le plancher était trempé et il n'y avait presque plus d'eau dans la baignoire lorsque les quatre interrogateurs se relevèrent et se regardèrent sans expression. Ni honte du procédé, ni vanité de la victoire. Seulement une extrême fatigue. Bohémond, toujours à genoux, haletait. Son pyjama pendait en lambeaux. Redouane lui ôta ses menottes. Carvaillac le doucha soigneusement.

– Je vais lui prêter un pyjama, dit-il, et lui mettre un matelas dans sa cellule.

Une paix étrange pesait sur les cinq hommes qui avaient partagé cette nuit atroce. Pour le moment, personne n'éprouvait de haine. Les interrogateurs étaient reconnaissants à l'interrogé d'avoir fini par parler et l'interrogé leur était reconnaissant d'avoir mis fin à son supplice. Une sorte d'horrible camaraderie s'était nouée entre eux : ils avaient tous participé à une action honteuse, peu importait par quel bout.

Lavilhaud dégouttait de sueur. Il se passa la main dans les cheveux et la ramena poisseuse.

Il fut le dernier à quitter la salle de bains. Lui, si ménager des deniers du gouvernement, il ne s'aperçut même pas qu'il laissait la lumière allumée. Il chancela jusqu'à la porte de Gastonne, ouvrit sans frapper et, comme elle se relevait sur son séant, se jeta sur elle.

11

Robert Lavilhaud se réveilla au bout d'une heure dans le lit de Gastonne, qui, dûment déculottée, ronflait avec complaisance, sa dent en or luisant au fond de sa bouche entrebâillée. Il avait l'impression d'avoir dormi une très longue nuit. Il se précipita dans la salle de bains. La baignoire blanche et tarabiscotée était accroupie dans son coin, l'air innocent, comme une mangeuse d'hommes enfin assouvie.

Douchée aussi par Carvaillac, elle étincelait de propreté.

Robert se lava avec frénésie, se lava, se lava. Il se lava de Gastonne. Il se lava de Bohémond. Il se serait lavé de lui-même s'il l'avait pu. Or, il savait qu'il ne pouvait se laver de rien, que même l'absolution de l'Église, le jour où il aurait trouvé un prêtre pour l'absoudre, ne pourrait rien changer à ce qu'il avait commis d'indélébile, d'inscrit pour jamais dans les registres de l'éternité. Le temps n'était pas encore venu pour lui de dénombrer exactement les péchés qu'il avait commis, mais il se sentait déjà souillé pour toujours et de tant de façons diverses. Souillé comme chrétien : il avait brutalisé un frère, il l'avait humilié, amené à trahir les siens, or, malheur à celui qui tente « un de ces petits ». Souillé comme membre de l'Église : il avait violé le commandement qui interdit de forniquer et il l'avait fait sans joie, sans amour, sans respect de l'autre, par une sorte de désespoir qui l'avait porté à s'enfoncer encore un peu plus dans le mal. Souillé comme officier, à l'honneur duquel il avait forfait : il se demanda s'il oserait glisser les doubles barrettes d'or sur les pattes d'épaule de la chemisette propre, repassée par Normand, qu'il allait endosser dans un instant. Avait-il encore droit à ces barrettes, lui qui les avait déshonorées ? Avait-il encore le droit de se faire repasser ses chemises ?

Dans sa tête, un tribunal l'encerclait, qui n'était pas composé du seul Chef trahi de tant de manières. Pis que trahi : violenté physiquement et personnellement puisque « Ce que vous faites à l'un de ces petits, vous me le faites à Moi ».

Son père était là, qui pardonnerait peut-être l'impureté, encore qu'il passât pour avoir été un chaste, mais ne supporterait pas qu'un officier français eût maltraité un être sans défense.

Sa mère était là, qu'il avait salie comme femme en salissant Gastonne, et qui ne comprendrait jamais que son petit Robert eût pu plonger sous l'eau la tête d'un homme sans défense.

Blandine était là, à qui il s'imaginait avoir promis – encore qu'il ne l'eût jamais fait expressément – de ne la toucher intacte qu'à condition d'être demeuré intact lui-même. Naturellement, il lui devait la vérité, et il ne savait comment la lui dire sans évoquer des images dont il ne voulait à aucun prix lui salir l'imagination.

Mais le plus impitoyable de ses juges, c'était lui-même, et l'idée de citer à décharge les cinquante-huit mille trois cents jeunes Français dont certains lui devraient peut-être la vie ne lui venait même pas, parce qu'il ne s'agissait pas pour lui d'une culpabilité qui se mesure – forte ou nulle ou mitigée – mais de l'irrémédiable qu'il avait commis deux fois en une seule nuit : jamais plus il ne serait un officier chrétien impollu, jamais plus il ne redeviendrait vierge. Les deux taches qu'il s'était faites à l'âme n'étaient pas seulement deux péchés (à tout péché miséricorde) : c'étaient deux transgressions qui ne pourraient jamais être défaites. C'était, en somme, un changement de nature : lui, qui se voulait, qui se croyait, différent des autres, supérieur aux autres, était devenu comme tout le monde. Quelle honte ! Il essayait de dire « Chef, aime-moi » et de nouveau il ne pouvait pas, ce qui était encore une autre honte, car il savait bien que Dieu l'aimait toujours : c'était lui qui, du fond de sa bassesse, n'était plus capable de répondre à cet amour, qui, pour tout dire, le rejetait.

La trompette sonna le rassemblement – Lavilhaud avait réintroduit la trompette, plus martiale que le sifflet. Y aller, ne pas y aller ? Le facile était de se cacher, de démissionner, de ne plus jamais commander la moindre prise d'armes parce qu'on ne s'en sentait pas digne. Mais était-ce là ce dont la troupe avait besoin ? La troupe avait-elle à se préoccuper des tortures morales que subissait son chef ? Lavilhaud arriva juste à temps pour que la cérémonie pût avoir lieu impeccablement. Marceau lui présenta le commando :

– Commando rassemblé, mon lieutenant.

– Merci. Commando, à mon commandement, rposez… armes !… Préstez… armes !… Attention pour les couleurs ! Envoyez !

Et, comme si rien ne s'était passé cette nuit, l'étamine aux trois couleurs toujours aussi pimpantes, ni déteintes ni machurées, s'éleva dans le ciel éventé d'une Algérie encore française pour un peu de temps. La drisse chantait contre le mât de métal creux.

– Rposez armes. Rpos. Grdvous. Rpos.

Il sembla à Lavilhaud que la cérémonie des couleurs avait été, ce matin, plus nerveuse, plus virile et mieux orchestrée que d'habitude, avec une sorte de gaieté supplémentaire qu'y avait mise chaque homme de troupe s'empêchant de rire de sympathie. Ils avaient tous l'air contents d'être là à manœuvrer leurs armes, il y avait quelque chose de singulier et d'enthousiaste dans l'air… C'était comme s'ils félicitaient leur lieutenant soit d'avoir rompu son vœu d'innocence, soit d'avoir enfin été dépucelé. Car, dans un aussi petit poste, il ne pouvait y avoir de secrets de la vie privée.

– Grdvous. À la disposition du sergent Marceau.

Il fallait maintenant, que, la mort dans l'âme, la vie continuât. Lavilhaud avait forfait à son honneur, pas à ses responsabilités. Il aurait dû rendre compte à Tourquois, mais, sans clairement savoir pourquoi, il décida – au point où il en était ! – de court-circuiter la voie hiérarchique. Il téléphona directement à Alger, au général Simonoff, qui ne se fit pas prier pour venir en ligne lui-même :

– Des renseignements qui dépassent le niveau du secteur et peut-être même de la région ?… Mais si, mais si, je fais confiance à votre estimation. Prenez le premier avion. Ne vous inquiétez pas pour le commandant Tourquois : je lui téléphonerai pour lui dire que c'est moi qui vous ai convoqué… Vous avez une drôle de voix. Ça n'a pas été facile ?… Tenez bon le temps d'arriver, lieutenant.

Ce fut le même vaste bureau d'anglomane aux murs lambrissés, mais, comme le soir était tombé, un lourd rideau de velours vert voilait la baie et des lampes de cuivre à abat-jour d'un vert plus opaque, dissipaient çà et là les ombres en mettant sur un coin de table, sur un rond de tapis, sur une gravure de chasse à courre, des cônes renversés de lumière jaune. La table roulante était déjà en place avec ses verres de cristal, sa bouteille de Saint-Raph', sa carafe de whisky et de petites assiettes roses et vertes chargées d'amuse-gueule : céleris, radis, friands, huîtres fumées, diables à cheval encore brûlants.

– Dépêchez-vous d'en prendre, dit le général en civil, faisant le service, ils ne resteront pas aussi chauds longtemps.

Il avait toujours l'air d'une grenouille fumant la pipe et ses chaussettes jaune vif étaient toujours aussi bien tirées. Il dévisagea Lavilhaud sans y mettre de formes et ajouta :

– Vous ne m'en voudrez pas de vous le dire, mon petit, mais vous avez une sale tête. Qu'est-ce qui s'est passé ?

Et, de nouveau, le charme simonovien joua, et Lavilhaud, qui s'était promis de taire au moins l'incident Gastonne, Lavilhaud raconta tout à ces gros yeux embusqués derrière leurs grosses lunettes, à ces yeux qui avaient tout vu des hommes, qui pouvaient tout comprendre ou plutôt qui avaient déjà tout compris.

Des yeux de confesseur.

Lavilhaud était convaincu que le général ne relèverait pas l'histoire ridicule du pucelage perdu, s'intéresserait à peine aux tourments moraux de Robert, demanderait immédiatement à voir le compte rendu d'interrogatoire. Mais sans doute espérait-il inconsciemment autre chose, sinon il ne se serait pas laissé aller à parler, et ses espoirs ne furent pas déçus. Simonoff hochait la tête et la pipe, et, tout en pétunant, il marmonna :

– Dommage, dommage. Ç'aurait été un joli cadeau à lui faire, à votre fiancée, que d'arriver au mariage neuf comme elle. Et, bien sûr, vous allez lui avouer que vous… ? Parce que vous pourriez le lui cacher, vous savez : sur un homme, ça ne laisse pas de traces. Mais, moi, tel que je vous devine… Me permettez-vous de faire un pronostic ? Elle comprendra. Elle pardonnera. La plupart des femmes sont bien, vous savez. Elles comprennent presque tout, elles pardonnent presque toujours. Elle sera peut-être même rassurée à l'idée que vous ayez plus d'expérience qu'elle. Et alors vous me dites que ce monsieur est un de ses cousins ? Pensez-vous que cela ait joué dans la décision que vous avez prise ? Ou dans la rage qui vous a pris ?

Robert n'avait pas pensé à cet aspect de la question et il sut gré à Simonoff d'avoir vu ce que lui n'avait pas vu :

– Peut-être, mon général. Si vous saviez comme je le méprisais ! Et en un sens, oui, ce mépris était proportionnel à la dévotion que j'ai pour elle.

– Aucun Français n'a le droit de trahir, mais un cousin, même lointain, de cette demoiselle, moins que les autres ?

– C'est peut-être ça, mon général.

Le général hocha la tête plusieurs fois, lentement, presque comme s'il allait s'endormir. Puis, soudain, il bondit de son fauteuil, alla à son bureau, saisit une brochure qu'il y avait déposée à dessein, s'assit derrière le bureau et commença à lire des passages qu'il avait soulignés à l'encre verte :

– « *La France, depuis sa naissance en tant que nation, s'est vue mêlée à plus d'une guerre ; en général, nos soldats s'en allaient forts de l'approbation de tous les honnêtes gens... Nous nous trouvons en face d'une guerre d'un type nouveau... Nos défenses habituelles... ont été tournées. Nous sommes en face du terrorisme dans toute sa lâcheté, dans toute son horreur... À nous de trouver la riposte, la parade qui s'imposent... Ce que nous trouvons en face de nous... ce sont des bandits qui... s'en prennent au non-combattant, tuant, mutilant, terrorisant... L'on ne peut être assuré... de protéger efficacement les innocents parce qu'un tueur – ou plusieurs – sont sous les verrous : c'est... le réseau qu'il faut atteindre et anéantir, si l'on veut réellement rétablir l'ordre. Et cela, il faut le faire... avec la plus extrême urgence ; sinon... ce soir peut-être, des innocents vont payer de leur vie... le manque de courage de nos réactions... Cette modification dans nos méthodes n'est pas allée sans soulever de sérieux problèmes de conscience ; et certains se sont demandé s'ils avaient le droit de sortir de leur rôle idéal de soldats combattant loyalement des soldats...* »

Robert frémit de se voir si bien compris. Le général poursuivait :

– « *C'est pour vous plus qu'un droit, c'est un véritable devoir de justice... Le pape Pie XII affirmait :*

"Protéger les individus et les peuples contre l'injustice et les violations du droit... constitue un objectif élevé"... Une justice qui, se sachant inefficace (il avait élevé la voix), *entendrait pourtant se réserver exclusivement la prérogative de maintenir l'ordre ne serait plus qu'un sinistre hochet pour vieillards inconscients... Relisez... l'Exode, chapitre 21... ""Quiconque frappe quelqu'un et cause sa mort devra être mis à mort" ... Qu'exige de vous votre conscience de chrétien, d'homme civilisé?... Que, d'une part, vous protégiez efficacement les innocents dont l'existence dépend de la manière dont vous aurez rempli votre mission, et que, d'autre part, vous évitiez tout arbitraire... Quand un homme n'a pas été pris sur le fait... on n'a pas le droit de le choisir arbitrairement comme bouc émissaire, ni de lui extorquer, par quelque moyen que ce soit, des aveux qu'il ne ferait pas librement... Par contre... entre deux maux: faire souffrir passagèrement un bandit pris sur le fait... en venant à bout de son obstination criminelle par le moyen d'un interrogatoire obstiné, harassant, et, d'autre part, laisser massacrer des innocents que l'on sauverait si, de par les révélations de ce criminel, on parvenait à anéantir le gang, il faut sans hésiter choisir le moindre: un interrogatoire sans sadisme mais efficace... Qu'on ne vienne pas ici me parler du "respect de la liberté" de cet individu:... les serments qu'il a pu prêter de mal faire, de se taire, ne valent pas, même pour lui: si l'on tient à discourir de liberté à sauvegarder, c'est celle des innocents qu'il faut défendre... Il suit de là qu'on a le droit d'interroger efficacement... tout homme dont on est certain qu'il connaît les coupables... De ce seul fait, il n'a qu'à s'en prendre à lui-même s'il ne parle qu'après avoir été efficacement convaincu qu'il devait le faire... En venant*

ici, vous aviez accepté le risque de vous faire tuer pour assurer la protection des honnêtes gens, qu'ils soient Musulmans ou Européens. Le terrorisme... vous impose en plus une besogne moins conforme à votre goût de soldats. Cette besogne, il faut la faire... À circonstances exceptionnelles... tâches exceptionnelles. »

« Vous savez de qui sont ces lignes, lieutenant Lavilhaud ?

– Non, mon général.

Simonoff referma la brochure.

– Du père Louis Delarue [1], aumônier du 1er REP et du 2e RPIMa [2]. Comme je vous sais catholique, j'ai pensé qu'elles pourraient peut-être vous aider à vivre ce que vous avez vécu.

Des larmes voilèrent la vue de Lavilhaud. Il n'était nullement rassuré, absous, réconcilié avec lui-même, mais, de se savoir si bien compris, il ne maîtrisait plus sa voix. Il ne put même pas balbutier « Merci, mon général ». Le général prit une rasade de pur malt.

– Bon. Vous m'avez apporté votre compte rendu d'interrogatoire ?

Lavilhaud tira de sa poche un papier plié en quatre :

– Je suis désolé, il n'a pas la forme officielle, mon général. Ce ne sont que les renseignements que nous avons recueillis.

---

1. Le père Delarue, personnage authentique, est l'auteur d'un texte intitulé *Terrorisme urbain*. Des extraits de ce texte ont été publiés dans la presse et cités dans des livres consacrés à la guerre d'Algérie, généralement avec malveillance. Le texte entier, seul à rendre justice aux intentions de l'auteur, est difficile mais non impossible à se procurer.

2. 1er Régiment étranger parachutiste et 2e Régiment de parachutistes de l'Infanterie de marine.

– J'admire votre tact. La forme officielle, je ne sais pas encore s'il faudra lui en donner une…

Il lut attentivement, stylomine d'argent en main, soulignant légèrement ici et là, ajoutant des notes et des renvois encadrés ou non, en carré ou en ovale. De temps en temps, il pressait un poussoir, changeait la couleur, et utilisait la mine rouge au lieu de la noire. Lavilhaud buvait son Saint-Raphaël, et tout compte fait, constatait qu'il n'aimait plus ça.

– Je vous ai fait retenir une chambre au Saint-Georges, dit enfin le général. C'est moins commun que l'Aletti. Acceptez-vous d'y dîner avec moi ?

Le dîner fut discrètement somptueux, sans rien d'exotique que les serveurs en boubou blanc et seroual rouge.

– Je vais vous laisser goûter le chambertin, dit Simonoff. Comment aimez-vous le chateaubriand ?

Pendant tout le repas, on ne parla que « d'autre chose ». Le général questionna Lavilhaud sur sa vocation de professeur, sur son amour des lettres, sur son goût pour la peinture. « Moi, avoua-t-il, je n'aime que Bosch et Goya. » Ils en étaient au cognac, quand le général, qui avait fait retenir une table un peu isolée, proposa de revenir « à notre sujet ».

– Un certain nombre d'éléments doivent être traités. En fait, six.

S'il avait eu son tableau noir, il les y aurait inscrits avec sa craie jaune.

– Tourquois, Fauberge, Saint-Salvat, le *Köln*, Améziane, vous.

« Tourquois est le plus facile. Ne vous inquiétez pas de ce côté : c'est moi qui l'aurai court-circuité, pas vous. Tout de même, il faudra, pour la forme, que vous lui envoyiez un compte rendu d'interrogatoire. Restez dans les généralités. Saint-Salvat aura avoué être un porteur de valise. Pas question par écrit de la livraison d'armes. Exprimez le désir qu'il soit livré à la justice.

« Fauberge, vous lui enverrez le même compte rendu qu'à Tourquois : en sera-t-il dupe ou non ? C'est à voir. Il sera probablement assez habile pour l'être. S'il vous cherche des poux dans la paille, vous m'avertissez immédiatement.

« Saint-Salvat. Au fait, dites-moi, est-il marqué ?

La rougeur d'innocence qui se répandait si souvent sur les joues rebondies de Robert le trahit une fois de plus :

– Pas vraiment, mon général. Si, pourtant. Il doit avoir la nuque un peu cabossée.

– Bien. Je vais faire vérifier les résultats que vous avez obtenus. Soit Saint-Salvat a menti et il faudra tout reprendre à zéro, mais ne vous inquiétez pas non plus, je le ferai faire par d'autres personnels. Soit, ce qui paraît vraisemblable, l'affaire du *Köln* est confirmée par d'autres sources, et je la règle de mon côté, vous n'avez pas à savoir comment.

« Améziane, je m'en occupe aussi.

« Revenons à Saint-Salvat. Gardez-le le temps que ses ecchymoses guérissent. Ensuite… je vais vous faire, Lavilhaud, l'aveu de mon impuissance. S'il s'avère, comme je le pressens, que ce Français était sur le point de faire livrer des armes aux ennemis de la France, en d'autres temps je n'aurais pas hésité à le perdre quelque part, au-dessus de la Méditerranée ou du Sahara, et tant pis si cela choque votre sensibilité. Mais *je ne peux plus* (une colère rentrée passa dans sa voix), et tant pis si cela aussi vous choque. L'opinion est dressée contre nous. On parle des CROP dans les journaux. En exploitant vos renseignements, *je fais déjà plus que je ne suis censé pouvoir.* Je me mépriserais de ne pas le faire, mais je ne peux pas risquer l'existence du service sur un coup de ce genre. Un jeune comédien qui passera sûrement pour génial et qui prétend connaître Jean-Paul Sartre !... Je vais vous dire une chose, Lavilhaud : aujourd'hui le morceau est trop gros pour moi, Simonoff. Donc, dès que le jeune comédien génial sera redevenu indemne, nous le livrerons à la justice avec une accusation anodine qui ne tiendra pas trois minutes devant les tribunaux civils. Il sera remis en liberté, justice ne sera pas faite. Ça blesse, mais c'est comme ça.

« Reste... vous.

« Votre citation sera rédigée en termes partiellement fictifs, mais elles le sont à peu près toutes dans nos services. Je crois pouvoir vous obtenir une palme et je vous garantis en tout cas une étoile de vermeil. Ça vous va ?

Une citation à l'ordre de l'armée ou du corps d'armée.

Lavilhaud aspira beaucoup d'air :

– Mon général, je ne sais pas comment vous dire ça... Mais pour cette affaire-ci... Je préférerais n'être pas décoré.

Simonoff ôta ses grosses lunettes, les essuya soigneusement, et, sans regarder Lavilhaud, lui dit :

– Je n'en attendais pas moins de vous, mon petit.

12

Et une nouvelle vie commença pour Robert Lavilhaud.

En surface, il était demeuré à peu près le même, mais encore plus exigeant dans le service et froid, presque cassant, avec Gonarelle, Carvaillac et Redouane. Il tenait à marquer que ce qui s'était passé l'autre soir ne les liait d'aucun copinage, d'aucune complicité. Il ne retourna pas voir Mme Clisson et prit soin de fermer sa porte à clef la nuit. Il se montrait d'autant plus sec avec tout le monde qu'il sentait ce que cette attitude pouvait avoir de ridicule et même, dans un certain sens, de peu charitable ou du moins de peu humain. En revanche, il se souciait encore plus du confort des prisonniers, comme si le bien qu'il leur faisait pouvait racheter le mal qu'il avait fait à Saint-Salvat.

En lui-même, il ne se consolait pas de sa double déchéance – triple même, car il découvrait que sa religion le soutenait mal dans son épreuve, et, plus il se reprochait son manque de foi, plus sa foi se dérobait. Il se fustigeait mentalement pour faire son examen de conscience quotidien, mais il découvrait que tout cela l'ennuyait, et il cessa d'aller à la messe à Bourmont, parce qu'il n'imaginait pas y aller sans communier, ni communier sans s'être confessé de ses forfaits, ni se confesser à un prêtre qui ne cachait plus ses sympathies fellaghas. Pour autant, il ne doutait pas de Dieu : cela lui eût paru trop facile, mais il remettait sa réconciliation à plus tard, un jour, si Dieu voulait... De toute manière, Dieu ne pouvait le condamner plus durement qu'il ne se condamnait lui-même.

Il écrivit à Blandine pour lui dire qu'il était désormais indigne d'elle, sans autres précisions, et pour lui rendre sa parole tout en l'assurant de son indéfectible amour. Quand la réponse arriva – l'écriture de Blandine conservait un vestige de ce qu'avaient été, dans le passé, les caractères cunéiformes enseignés dans les maisons du Sacré-Cœur –, il emporta la lettre dans le vignoble et l'ouvrit en marchant entre les ceps. « Mon destin va être scellé », se disait-il.

La lettre de Blandine était pleine de bon sens. Elle ne pouvait pas croire que Robert se fût rendu indigne d'elle. Un événement, quel qu'il fût, ne raturait pas toute une vie. Elle avait suffisamment d'intuition pour formuler deux hypothèses. Ou il lui avait été passagèrement infidèle et le regrettait, dans ce cas, elle ne voulait rien savoir de plus : « que ce qui a été soit comme si ça n'avait pas été ». Ou il avait commis une de ces horreurs que les hommes sont obligés de commettre à la guerre, et elle ne voulait rien en savoir non plus. Elle n'aurait su mieux dire, mais cette lettre ne le rendit pas heureux encore qu'elle lui rendît Blandine. Sans doute, il ne pouvait que lui être reconnaissant de la confiance qu'elle lui montrait, mais néanmoins une voix lui disait : « Qu'as-tu à faire, mon vieux Robert, d'une femme qui ne veut rien savoir de toi ? » Un lièvre fila un mètre devant lui.

Il continua sa routine militaire – embuscades, fouilles, interrogatoires polis – sans plus beaucoup y croire, car la décision secrète de « dégager » prise par le chef de l'État devenait de plus en plus patente, et la routine tournait au mensonge.

Il y fut bientôt arraché par des événements qu'il n'avait pas prévus : cela commença par une convocation à la sécurité militaire de Bourmont. En partant pour s'y rendre, Robert Lavilhaud n'eut même pas le soupçon qu'il ne reverrait jamais la Ferme Garcia.

13

La chance s'était complue à sourire au beau colonel – bientôt général – Fauberge tant qu'il lui avait fait totalement confiance. Mais l'initiative, pourtant subtile, qu'il avait prise, de mettre le livreur d'armes entre les mains du non-tortionnaire ne lui apporta que des déboires.

D'abord, le conseiller général Améziane disparut quelques jours de la circulation pour reparaître peu après, ayant avoué au général Simonoff, chef des CROP, que, depuis des années, il roulait dans la farine l'armée française en général et le colonel Fauberge en particulier et qu'il était favorable à la politique secrète du chef de l'État, sur le point d'être mise en application. Sans doute avait-il livré aux CROP quelques noms de chefs FLN mineurs, en particulier ceux qui étaient chargés de la réception des armes, mais, pour sa part, il était – comment dire ? – en instance d'amnistie et avait rendu trop de services des deux côtés pour être inquiété de l'un ou de l'autre après l'indépendance. Il se contenta, en attendant, de quitter Bourmont et de regagner discrètement la mechta héréditaire de Tifritine.

Le *Köln* coula au large des côtes algériennes à la suite d'une explosion inexplicable, dont les services de sécurité de la Présidence prétendirent faire remonter l'origine, sinon la responsabilité directe jusqu'au colonel Fauberge, entre les mains de qui le commissaire Beaugarde ne se cachait plus d'avoir remis l'affaire.

Cela commençait à devenir compromettant. Il y eut pis.

Le comédien Fritz Bohémond, de son vrai nom Bohémond de Saint-Salvat, étant déféré au Parquet, sa cause avait séduit l'avocat de renom Jaime Gervès, qui l'avait facilement convaincu de contre-attaquer : oui, Fritz Bohémond, acteur qui allait faire du bruit sur les planches et à l'écran, ne cachait pas ses sympathies pour la cause de l'indépendance algérienne en faveur de laquelle la majorité absolue de Français allait bientôt voter, mais, justement à cause de ces opinions à la fois révolutionnaires et conformes à la volonté du gouvernement, il avait été kidnappé, séquestré et torturé dans le secteur de Bourmont, commandé par le colonel Fauberge. Il avait résisté héroïquement à toutes les pressions.

Cet incident justifia l'arrêt que fit à Bourmont, au cours d'une tournée d'inspection, le général surnommé Miror.

– Vous vous rappelez ce que je vous ai dit à propos de vos étoiles, Fauberge ?

– Oui, mon général.

– L'armée fourmille de subversifs, de désobéissants, de nostalgiques du putsch, qui prétendent sentimentalement honorer un certain serment du Forum[1], que la

1. Serment de rester en Algérie prononcé par plusieurs officiers français.

plupart, du reste, n'ont jamais prononcé. Beaucoup ont été activistes, certains ont pratiqué la torture. Il y en a qui exercent encore des commandements importants. Naturellement, ils seront bientôt épurés, mais on voudrait porter le fer au fond de la plaie et purger cette gangrène au niveau des officiers subalternes. Un commandant de secteur qui n'hésiterait pas à nous donner des noms de suspects s'attirerait la reconnaissance du gouvernement.

Miror déglutit une goutte du bas-armagnac que Fauberge avait tiré de son coffre.

Fauberge se pencha en avant et eut l'illusion de se refléter dans le crâne en forme d'obus du général. Il fallait donner un nom, vite.

– Tous mes officiers sont naturellement des inconditionnels du chef de l'État… et de la République, ajouta-t-il, pour faire bon poids. Cependant, je ne suis pas responsable des francs-tireurs des CROP. Nous avons là un certain *Lavilo* que tout le monde appelle «le Tortionnaire» et qui pourrait bien être un membre de *Catena* [1]…

1. Réseaux militaires secrets, apparemment favorables au maintien de la France en Algérie. Certains pensent qu'ils étaient en réalité manipulés par les services de sécurité de la présidence, constituant une opération de provocation.

14

Entre les procès des quatre généraux Challe, Zeller, Jouhaud, Salan, qui tous sauvèrent leur tête et ceux du colonel Bastin-Thiry, du lieutenant Degueldre et de l'adjudant Dovecar qui furent fusillés, le procès de Lavilhaud Robert passa presque inaperçu, mais pas tout à fait, car la personnalité pittoresque de l'avocat Gevrès qui représentait la partie civile attira l'attention des journalistes. Le principal témoin était un acteur dont personne n'avait jamais entendu parler, mais qui reçut aussitôt plusieurs engagements et, quelques années plus tard, en mai 1968, se fit remarquer sur les barricades sous le nom de Fritz Bohémond. Son arrivée fut une providence pour l'accusation, qui tombait en capilotade. Malgré un séjour dans les geôles des services de sécurité de la Présidence, l'accusé n'avait avoué aucun contact avec l'armée secrète et aucune preuve, aucun témoignage même n'avaient été apportés contre lui : un général Simonoff était venu témoigner à huis clos en sa faveur et un lieutenant Cressé de Beauhaloir en avait fait de même publiquement. Lavilhaud serait apparu comme une pure et simple victime de l'hostilité de son colonel, si

Me Gevrès n'avait exécuté un de ces rapprochements de génie qui avaient fait sa célébrité.

Me Gevrès défendait les intérêts de Fritz Bohémond de Saint-Salvat qui, poussé par ses amis intellectuels, avait porté plainte pour « coups et blessures volontaires » – termes pudiques et juridiques pour désigner la torture – dans un lieu inconnu du secteur de Bourmont. Or, le lieutenant Lavilhaud, accusé de menées subversives, avait servi dans le même secteur de Bourmont et il appartenait aux CROP qui passaient pour pratiquer la manière forte. Qui plus est, Lavilhaud avait été présenté sous le surnom de « Tortionnaire » par son propre colonel, lequel, lui, était un loyal serviteur de l'État… Gevrès leva les yeux sur son client et lui dit :

– Ça sent bon, Fritz, ça sent bon.

Il y eut d'abord enquête sur place et les photographes firent exploser leurs flashes dans la cave de la Ferme Garcia que Bohémond reconnut sans hésitation. On voulut lui faire reconnaître aussi des personnages qui auraient participé à son interrogatoire, mais le général Simonoff avait eu la prévoyance de renvoyer Gonarelle en métropole et de donner d'autres affectations à Redouane et Carvaillac. Le doute demeura permis jusqu'au jour où il y eut confrontation entre Saint-Salvat et Lavilhaud, et où Bohémond pointa sur Lavilhaud un index de tragédien :

– C'est lui. Je le reconnais formellement. Le Tortionnaire en chef, c'était lui. Il y en avait un qui jouait, plutôt mal, le rôle de commandant, mais le vrai chef c'était lui. Tu vas nier, je suppose ?

Lavilhaud l'observait de ses yeux limpides et pensait à la justice immanente :

– Non, je ne vais pas nier.

Saint-Salvat ne résista pas au plaisir d'humilier celui qui l'avait humilié :

– Alors, tu es fier de toi, maintenant ?

– Pas plus maintenant qu'alors, répondit doucement Lavilhaud.

Et il ajouta cette phrase, qui le surprit lui-même :

– Non, je ne suis pas fier, Bohémond, mais il faut ce qu'il faut.

Cet « il faut ce qu'il faut » était contraire à tous les principes rigoristes qu'il avait toujours professés, à la culpabilité non mitigée qu'il assumait, à la certitude qu'il conservait que Dieu – il était encore à peu près sûr qu'il y avait un Dieu quelque part – trouvait certaines choses absolument bonnes et d'autres absolument mauvaises. Peu de temps plus tôt, cette formule lui aurait semblé être une parole de tiède, de médiocre, de soumis. À présent, au contraire, c'en était une d'insoumission à la filière légaliste, puritaine, moralisatrice, « inconditionnelle », où il s'était trouvé au sortir de la Ferme Garcia.

Il était officier français, décoré de la Croix de la Valeur militaire, et voilà que des scribouillards de la Sécurité militaire, qui avaient passé leur vie à faire des fiches, se permettaient de l'interroger ? « Sergent, quand vous parlez à un officier, vous vous levez. – Ha ha ! On va bientôt vous les arracher, vos barrettes ! » Il se les enleva lui-même. Il s'enleva lui-même son petit ruban de la Valeur militaire pour que de sales pattes d'argousin ne se posassent pas sur cette chose sacrée.

Il se disait : « Le Christ aussi a été prisonnier, et n'a pas faibli devant ses juges. On le gifle, il riposte : – Si j'ai bien parlé, pourquoi me frappes-tu ? – Tu es le Fils de Dieu ? – C'est vous qui le dites. – Tu es roi ? – D'un autre royaume. – Sais-tu que j'ai le pouvoir de te relâcher ou de te crucifier ? – Tu ne l'aurais pas s'il ne t'avait pas été donné. »

Non qu'il se prît pour le Christ, Robert, et, à vrai dire, son Christ, il ne le retrouvait pas. N'y eût-il eu que la répugnante torture de Bohémond, il aurait pu se trouver des justifications. N'y eût-il eu que la dégoûtante fornication avec Gastonne, il aurait pu plaider la faiblesse. Mais l'idée que le juste qu'il avait été si longtemps eût sombré du même coup des deux côtés, lui enlevait toute fierté ; or, sa foi avait été pétrie de fierté.

Il avait, pour un temps, espéré une rédemption par la souffrance, et cela risqua de lui arriver, car les services de sécurité de la présidence, constitués entre autres de repris de justice, n'étaient pas regardants sur les procédés employés pour faire parler les partisans supposés de l'Algérie française. Plusieurs fois, Lavilhaud entendit hurler de douleur dans la salle d'interrogatoire, et deux fois ce furent des femmes d'officiers, dont les maris, apprit-il par la suite, étaient soupçonnés d'appartenir à l'OAS[1]. Lui-même ne subit que des interrogatoires humiliants mais non douloureux et, d'une certaine manière, le regretta : il aurait eu le sentiment d'expier, de devenir Christ, alors qu'il avait été bourreau du Christ. Et puis il aurait eu l'occasion de vérifier si c'était bien aussi horrible qu'il le pensait… Mais il n'eut pas cette douteuse consolation.

Du fond de ses prisons, il correspondait avec sa mère et avec Blandine.

1. Organisation de l'armée secrète, acquise au maintien de la France en Algérie.

Mme Lavilhaud ne comprenait pas bien la situation, mais sa foi maternelle était à toute épreuve. Son fils avait d'abord été accusé de complicité avec des Français qui voulaient rester Français : elle ne voyait pas où était le mal. Puis, l'accusation avait dévié, et c'était maintenant d'avoir maltraité des ennemis de la France : tout ça, c'était des histoires d'hommes et elle ne doutait pas que le fils de Bertrand n'eût fait précisément ce qu'il devait faire, rien de moins, rien de plus. Qu'un cousin de Blandine fût mêlé à l'affaire était regrettable, mais ce n'était pas la faute de la pauvre enfant.

La pauvre enfant réagit différemment.

Les actes qu'avait pu commettre Robert... elle considérait qu'ils ne la regardaient pas. On ne lui avait pas appris au Sacré-Cœur à faire la guerre, encore moins la révolutionnaire. Elle aussi, elle faisait confiance. Mais lorsque, pendant quelques jours, la presse parla assez abondamment de son fiancé Robert, de son insortable cousin Bohémond à qui son fiancé aurait fait des misères et surtout du courageux et populaire Maître Gervès, elle se sentit embarquée pour un voyage plus périlleux qu'elle ne s'y sentait préparée. Elle avait accepté d'être la femme d'un professeur d'humanités, pas d'un ex-officier mis au ban de l'humanité. « L'ex-lieutenant Lavilhaud », dépouillé de son grade et de sa Valeur militaire, ridiculisé dans *Crux*, insulté dans *Labeur chrétien*, traîné dans la boue dans *L'Univers* et paraissant brièvement à la télévision entre deux gendarmes, n'était pas l'homme qu'elle s'était promis et qu'elle avait promis d'épouser. Il y avait encore un espoir : l'acquittement. Si Robert était acquitté, Blandine oublierait tout et, à son bras, ferait tête à l'opinion déchaînée. Il n'y eut pas d'acquittement. Sans doute Robert avait-il recherché sa propre condamnation en défiant plusieurs fois ses juges.

Entre autres, il avait prononcé une phrase peu conforme à la formation jésuite, toute de soumission, qu'il avait reçue. Se voyant interrogé dans le prétoire par un président en robe rouge, deux juges civils en robe noire et des assesseurs militaires chamarrés de rubans, rosettes et canapés gagnés dans la naphtaline et les riz-pain-sel, il avait déclaré :

– Monsieur le président, je sais le mal que vous pouvez me faire. Je m'y soumets. Mais je considérerai toujours qu'un soldat n'a pas à être jugé par des bureaucrates. Ce n'est pas convenable. Merci, monsieur le président.

En face de lui, Bohémond fut modeste et digne : la victime qui souhaite la punition de son bourreau, non par rancune mais parce qu'une justice sans faille est le fondement de la démocratie.

La condamnation tomba, emberlificotée mais aussi lourde que possible : cinq ans de réclusion criminelle.

La presse hulula de plaisir.

Un officier, catholique de surcroît, et acquis à l'Algérie française, avait été condamné théoriquement pour atteinte à la sûreté intérieure de l'État – c'était, à l'époque, le motif passe-partout –, en réalité pour avoir exercé des sévices contre des hommes sans défense. On ne connaissait qu'une seule de ses victimes, le brillant acteur Fritz Bohémond, mais, s'il avait osé infliger le supplice nazi de la baignoire à un acteur français, on imaginait ce qu'il avait dû faire subir aux Algériens – qu'il considérait sûrement comme des « bougnouls »...

Ce fut dans la prison de Clairvaux que Robert reçut un petit paquet enveloppé d'une lettre de Blandine. La lettre ne manquait ni d'humilité ni de noblesse : Blandine s'était trompée ; l'homme qu'elle avait cru aimer n'était pas celui que Robert se révélait être ; elle ne gardait que de bons sentiments à son égard, mais elle ne voulait pas lui mentir ; ci-joint le saphir.

15

Des mois passèrent.

Robert ne remontait pas la pente. Il ne se faisait pas d'amis en prison. Il ne jouait ni au volley-ball ni au bridge. Il ne lisait pas. Il ne faisait plus d'examen de conscience, sauf pour constater amèrement que son Chef l'avait abandonné, et il avait beau se dire avec loyalisme que c'était probablement sa faute à lui, cela n'arrangeait rien. Nourrissait-il de cette manière un repentir, un remords, un regret ? Il ne savait pas. Il ne se sentait plus digne de vivre :

– Moi, Robert, j'ai torturé un de mes frères…

Qu'il eût peut-être sauvé par là d'autres frères ne pesait pas dans la balance. Il n'y avait pas de balance. S'il y en avait eu une, il aurait fallu mettre sur l'autre plateau les noyés du *Köln* dont tous n'étaient pas coupables de trafic d'armes. La seule façon logique de considérer les traitements infligés à Bohémond était de partir d'un absolu, celui auquel Robert avait si longtemps cru : la torture est inacceptable en toute circonstance. Un tortionnaire est déshonoré et, quand on est déshonoré, c'est complètement et pour toujours. L'honneur est une virginité et le déshonneur une maladie sans convalescence possible. Curieusement, la crainte de la damnation ne l'obsédait pas. Il était convaincu de la mériter mais n'y croyait plus vraiment. L'idée lui vint de se faire religieux, car l'honneur religieux est différent du laïc, mais il la repoussa aussitôt : elle lui avait paru ennuyeuse. Et puis on ne se fait pas religieux par désespoir.

Or, le Grand Rêve était détruit.

Au reste, depuis son procès, toute agressivité et, pour tout dire, toute énergie l'avait quitté : il était donc le prisonnier modèle.

Il grossissait flasque.

Seule sa mère profitait du droit de visite qui lui avait été accordé. Il la voyait vieillir de mois en mois ; ses lunettes avaient des verres plus épais et les pattes d'oie se creusaient autour de ses lèvres. Elle ne comprenait toujours pas vraiment ce qui était arrivé à son fils et sa vie devenait de plus en plus dure parce qu'elle avait perdu une partie de sa clientèle.

Un jour cependant il fut convoqué chez le directeur de la prison, un barbu timide :

– J'ai longtemps hésité… J'ai reçu une demande de visite qui n'émane pas de votre famille… Mais étant donné votre bonne conduite… Et l'identité de la personne, qui a quelques relations et qui est en plus une parente d'une autre personne mêlée au procès… Bref, voulez-vous recevoir Mlle de Saint-Salvat ?

Il n'y avait aucune raison pour que la petite Guillemette vînt le voir et, bien que les Saint-Salvat fussent une famille nombreuse qui devait compter beaucoup de demoiselles, Robert n'en connaissait aucune. Ce ne pouvait donc être que Blandine, et, un instant, les espoirs cavalcadèrent dans sa tête. Mais c'étaient des espoirs fatigués, sans conviction. Blandine allait-elle lui revenir ? Qu'en ferait-il ? Il avait renoncé à elle. Dans dans le parloir, de l'autre côté de la double grille, ce ne fut pas Blandine : ce fut Guillemette.

– Salut, Robert, lui dit-elle. Ils ont l'air de bien te nourrir ici.

Elle avait toujours son petit museau carré, mais une frange et pas de nattes ; ce n'était plus une adolescente, mais une jeune femme à l'air résolu.

Leurs deux mains ne pouvaient se toucher, elle fit néanmoins un geste entre les barreaux.

– Alors, reprit-elle, comment tiens-tu le coup ?

– Mais... bien, je crois, dit Robert en s'asseyant.

– Pas possible ! fit Guillemette. Enfin, au moins tu es débarrassé de mon idiote de sœur. Je suis venue t'annoncer qu'elle allait se marier avec un associé de papa.

Robert trouva la force de dire :

– Je lui souhaite d'être heureuse...

Il était sincère. Ou presque.

– Ouais. Et d'avoir beaucoup d'enfants. Naturellement. Mais toi...

Elle le dévisageait, détaillait ses yeux ternis derrière les lunettes carrées, le teint blafard, les joues encore arrondies.

– Qu'est-ce qui te mine ? Tu vas sortir dans quatre ans. Peut-être moins si tu continues à être sage. Tu poursuis tes études, oui ?

– Non, Guillemette.

– Pourtant j'imagine que tu as le temps. Il va bien falloir que tu aies un métier quand tu seras dehors.

– J'ai l'impression que je ne serai jamais dehors.

– C'est idiot. Tu sais bien que les jours passent. Tu ne les pointes pas sur un calepin ou sur le mur de ton cachot à la paille humide ?

– Ce n'est pas un cachot à la paille humide et je ne pointe pas les jours.

– Eh ben, tu devrais.

Il poussa un gémissement parce qu'il avait envie de se faire plaindre :

– Ma vie est finie, Guillemette. Si je n'étais pas encore un peu catholique, il y a longtemps que je me serais…

Dans le temps, ils se vouvoyaient, maintenant le tutoiement franchissait mieux les grilles.

– Ne me fais pas rigoler, dit Guillemette. Pourquoi ta vie serait-elle finie ?

– Enfin, Guillemette, moi, moi Robert Lavilhaud, chrétien, moi, officier, fils d'officier, j'ai…, j'ai…

Le mot ne passait pas ses lèvres.

Guillemette se pencha :

– Qu'est-ce que tu as fait ? Soyons sérieux. Tu as fait boire la tasse au cousin Bohémond qui est un fumier ? Et tes chrétiens, et tes officiers, tu crois qu'ils n'ont jamais torturé avant toi ? L'Inquisition, tu as entendu parler ? Et pendant les guerres coloniales, tu crois qu'on ne les a jamais bastonnés, les indigènes ? Cesse de jouer les enfants de chœur, Robert. Tu as passé l'âge. Il y a survécu, Bohémond. Ça a même fait de lui une vedette, il devrait t'être reconnaissant. Alors cesse de pleurnicher, mon vieux.

– J'ai transgressé un absolu, Guillemette. On n'a pas le droit de torturer.

– Ouais. Tu as raison. On n'a pas le droit. Parce que tu crois vivre dans un monde simple où les droits sont les droits et les devoirs les devoirs, rangés dans des petites boîtes ? Tu y a pris plaisir à torturer le cousin ?

– Non, bien sûr. Mais, si je m'étais habitué, peut-être qu'à la longue…

– De quoi parles-tu ? Tu l'as fait une fois ? Eh bien oui, tu n'avais pas le droit. Mais qu'est-ce que c'est que cette fixation sur la torture ? Il y a beaucoup de choses qu'on n'a pas le droit de faire et qu'on fait quand même. Figure-toi, je me suis renseignée. Dans l'État d'Israel, tu sais que la torture, c'est légal ? Et que dans tous les pays du monde ça a longtemps été légal aussi ? En France, jusqu'à Louis XVI.

– Oui, Guillemette, mais moi, moi, Robert, le fils de mon père et de ma mère, moi qui ai été le fiancé de Blandine, moi qui…

Sa voix se brisa :

– Moi qui aimais tant servir la messe !…

Elle vit qu'il était sur le point de pleurer :

– Écoute, Robert. Je vais finir par avoir honte de toi. Il faut savoir pardonner et demander pardon et se demander pardon et se pardonner soi-même. Toi, qui te dis chrétien, tu devrais comprendre ça, non ? Va voir un curé, n'importe quel curé, même le plus rouge, le plus taré, confesse-toi et efface l'ardoise. C'est fait pour ça, les ardoises : pour écrire et pour effacer. De toute façon, dans cette histoire de torture, je ne sais pas lequel souffre le plus en toi : le catholique ou une espèce de snob qui a l'impression de s'être trompé de fourchette dans un grand dîner.

– Tu es dure, Guillemette.

– Oui, je suis dure. C'est ma façon d'aimer, à moi. Si tu savais ce que j'ai souffert dans mon petit cœur dur quand tu faisais des yeux de merlan frit chaque fois que tu les posais sur cette idiote de Blandine ! Alors quand j'ai compris que toi et cette idiote, c'était fini, j'ai commencé à intriguer pour venir te voir. Papa m'a aidée, sans enthousiasme, je dois dire, mais il a été bien. De toute façon, j'étais déjà là au procès. Tu m'as vue ?

– Non, Guillemette, pardonne-moi. Je ne t'ai pas vue.

– Mais moi, je t'ai vu et je t'ai entendu et tu étais un homme à cette époque, pas une mauviette : « Ah ! j'ai torturé, j'ai torturé !... » Eh bien oui, tu t'es sali les mains, tu t'es sali l'âme. Tu n'es plus Abel. Mais qui a peuplé la terre et créé la civilisation ? Pas les descendants d'Abel, qui n'était juste bon qu'à se faire zigouiller. C'est les descendants de Caïn, Robert. Tu vas me dire que j'approuve la torture. Non, je ne l'approuve pas. Tu vas me dire que je l'excuse. Non, je ne l'excuse pas. Mais j'ai beau n'avoir que dix-sept ans et demi, j'ai compris dans quel monde nous vivons et c'est un monde de saloperie.

– Raison de plus pour qu'il y ait des purs, Guillemette. J'étais né pour être pur et j'ai trahi mon destin.

Les doubles barreaux zébraient de noir l'ensemble blanc cassé, fort élégant, de Guillemette : jupe, col roulé, cardigan. Un gardien, assis à une petite table dans un coin, lisait un *Parisien délivré* en lorgnant de temps en temps sur sa montre. La poussière tournoyait dans le parallélogramme de lumière blanche qui tombait en oblique de la fenêtre grillée que le plafond coupait en deux pour qu'elle éclairât deux étages superposés.

Guillemette se tut longtemps. Elle finit par dire :

– Moi, Robert, je t'admire depuis que je suis toute gosse. En fait depuis que je me *rappelle être*. Tu me racontais la mythologie. En expurgeant, je m'en doute. J'aimais surtout l'histoire de Narcisse qui s'est noyé dans son propre reflet. Mais tu sais quand tu m'as vraiment bluffée ? C'était au procès, et tu étais là entre deux pandores qui, je suppose, venaient de t'enlever les menottes, et tu avais tout le poids de la République sur le dos pour t'écraser, et un de ces juges couverts de décorations qui s'imaginaient qu'ils avaient le droit de te juger t'a dit une phrase, je ne sais plus laquelle, mais en t'appelant *Lavilo*. Alors toi, tu t'es dressé, et tu lui as lancé :

« Ça se prononce *Lavilio*, mon colonel. »

Du même auteur

ROMANS

L'Agent triple (Julliard).
Les Mousquetaires de la République (La Table Ronde).
The Underdog Appeal (Renaissance Press).
Le Retournement (L'Âge d'Homme), prix Chateaubriand.
Les Humeurs de la mer (L'Âge d'Homme) :
I. *Olduvaï*
II. *La Leçon d'anatomie*
III. *Intersection*
IV. *Les Maîtres du temps*
Le Montage (L'Âge d'Homme), grand prix du Roman de l'Académie française 1982.
Les Trois Scorpions (sous le pseudonyme de Rolf Barbare), Albin Michel.
Le Trêtre (L'Âge d'Homme).
Le Professeur d'histoire (L'Âge d'Homme).
Nouvelles américaines (L'Âge d'Homme).
Une histoire surannée quelque peu (L'Âge d'Homme).
L'Interrogatoire (Éditions de Fallois/L'Âge d'Homme).
Les Hommes du tsar (De Fallois/L'Âge d'Homme) :
I. *Les Hommes du tsar*
II. *Les Faux Tsars*
III *Le Grand Tsar blanc*
L'Enfant posthume (L'Âge d'Homme).
Le Bouclage (Éditions de Fallois/L'Âge d'Homme).
La Chambre meublée (L'Âge d'Homme).
Le Berkeley à cinq heures (Éditions de Fallois/L'Âge d'Homme), prix de la ville d'Asnières 1994.
La Crevasse (Éditions de Fallois/L'Âge d'Homme).
Chroniques angéliques (Éditions de Fallois/L'Âge d'Homme).
Il y a longtemps mon amour (Éditions de Fallois/L'Âge d'Homme).
L'Enlèvement (Éditions du Rocher).
Opération Barbarie (Éditions des Syrtes).
Le Contrat (Éditions du Rocher).
La Grenade (Éditions des Syrtes).

Le Complot (Éditions du Rocher).
L'Hôte du Pape (Éditions du Rocher).
Les Orphelins du Tsar (Éditions du Rocher).

ESSAIS ET SOUVENIRS

Vers une métrique française (French Literature Publication Company).
Le Complexe de Procuste (L'Âge d'Homme).
Lawrence le Magnifique, Essai sur Lawrence Durrell et le roman relativiste (L'Âge d'Homme).
Lecture de l'Évangile selon saint Matthieu (L'Âge d'Homme).
La Désinformation, arme de guerre, textes de base présentés par Vladimir Volkoff (L'Âge d'Homme).
Du roi (L'Âge d'Homme).
Vladimiriana, recueil d'articles (L'Âge d'Homme).
La Trinité du mal ou Réquisitoire pour servir au procès posthume de Lénine, Trotsky, Staline (Éditions de Fallois/L'Âge d'Homme).
La Bête et le Venin ou la Fin du communisme (Éditions de Fallois/L'Âge d'Homme).
Lecture des Évangiles selon saint Luc et saint Marc (L'Âge d'Homme).
Petite histoire de la désinformation (Éditions du Rocher).
Désinformation : flagrant délit (Éditions du Rocher).
Manuel du politiquement correct (Éditions du Rocher).
La Garde des ombres (Éditions de Fallois/L'Âge d'Homme).
Désinformations par l'image (Éditions du Rocher).
Pourquoi je suis moyennement démocrate (Éditions du Rocher).
Pourquoi je serais plutôt aristocrate (Éditions du Rocher).
Lecture de l'Évangile selon Saint Jean (L'Âge d'Homme).

BIOGRAPHIES

Vladimir, le soleil rouge (L'Âge d'Homme).
Tchaïkovsky (L'Âge d'Homme).

THÉÂTRE

L'Amour tue, comédie (L'Âge d'Homme).
Yalta, tragédie (L'Âge d'Homme).

Le Mistère de saint Vladimir, théâtre (L'Âge d'Homme), prix Alfred-de-Vigny 1988.
Œdipe (L'Âge d'Homme).
Théâtre I : L'Interrogatoire. Le Réquisitoire (L'Âge d'Homme).
Charme slave (L'Âge d'Homme).
L'Hôte du Pape (Éditions du Rocher).

SCIENCE-FICTION

Métro pour l'enfer, roman, prix Jules-Verne 1963 (L'Âge d'Homme).
Le Tire-Bouchon du bon Dieu, roman (L'Âge d'Homme).
La Guerre des pieuvres, roman (L'Âge d'Homme).

AVEC JACQUELINE DAUXOIS-BRULLER

L'Exil est ma patrie, entretiens (Le Centurion).
Alexandra, roman (Éditions du Rocher).

BANDES DESSINÉES

Vladimir le soleil radieux (Lombard), prix de la Bande Dessinée chrétienne.
Alexandre Nevsky (Lombard).

POUR LA JEUNESSE

Conte d'Ivan le nigaud (L'Âge d'Homme).
Série *Langelot* (Éditions du Triomphe).
Peau-de-Bique, récit (Hachette).

Achevé d'imprimer sur les presses de
l'Imprimerie France Quercy à Cahors
N° d'impression : 60064/

Dépôt légal : janvier 2006

Imprimé en France